中國語言文字研究輯刊

二四編

許學仁 主編

第 3 冊

清華簡〈治政之道〉疑難字詞考釋

李亦鵬 著

花木蘭文化事業有限公司

國家圖書館出版品預行編目資料

清華簡〈治政之道〉疑難字詞考釋／李亦鵬 著 -- 初版 -- 新
北市：花木蘭文化事業有限公司，2023〔民112〕
目 2+186 面；21×29.7 公分
（中國語言文字研究輯刊 二四編；第 3 冊）
ISBN 978-626-344-239-9（精裝）
1.CST：簡牘文字 2.CST：研究考訂

802.08   111021972

ISBN-978-626-344-239-9

9 786263 442399

中國語言文字研究輯刊
二四編　第三冊　　　　　　　ISBN：978-626-344-239-9

清華簡〈治政之道〉疑難字詞考釋

作　　　者	李亦鵬
主　　　編	許學仁
總 編 輯	杜潔祥
副總編輯	楊嘉樂
編輯主任	許郁翎
編　　　輯	張雅淋、潘玟靜　美術編輯　陳逸婷
出　　　版	花木蘭文化事業有限公司
發 行 人	高小娟
聯絡地址	235 新北市中和區中安街七二號十三樓
	電話：02-2923-1455／傳真：02-2923-1452
網　　　址	http://www.huamulan.tw 信箱 service@huamulans.com
印　　　刷	普羅文化出版廣告事業
初　　　版	2023 年 3 月
定　　　價	二四編 9 冊（精裝）新台幣 30,000 元

清華簡〈治政之道〉疑難字詞考釋

李亦鵬　著

作者簡介

李亦鵬，中興大學中國文學研究所碩士。著有單篇文章〈讀清華簡札記五則〉。

提　要

　　本文以《清華大學藏戰國竹書（玖）》中的〈治政之道〉為研究對象，主要以原考釋為討論對象考釋疑難字詞。第一章介紹本篇竹書「同篇異制」的罕見情況，並指出簡背畫痕與簡序的不一致之處。其次，簡單介紹編聯、釋字情況，並提出完整的編聯。第二章首先修正原考釋四處分段，並在李守奎的基礎上提出新的完整段旨分析。其次，提出新編釋文，並出注修正或補證原考釋 16 則，如「上下」、「逾」、「大紀」、「辡」、「祾」、「不道」、「開」、「愚悠」、「慈」、「怒」、「馬女」、「㥽」、「絑」等，諸家無說處或句讀或釋讀出注 10 則，如、「節」、「備」、「令色」、「暴贏」、「皇示」、「不謀初過之不立」、「愈」、「劶」等，其餘諸家有可從之說處出注數十條。再次，針對 67 處疑難字詞集釋並提出己見。最後，以逐字翻譯為原則提供白話語譯，俾利學界進一步研究。

目 次

凡　例

一、簡號以【　】表示，《清華大學藏戰國竹簡（玖）》〈治政之道〉以數字 01、02 表示，《清華大學藏戰國竹簡（捌）》〈治邦之道〉以「邦」加數字表示，如【邦 01】。斷成兩截的簡，另標明「上」、「下」。〔　〕表示所討論的疑難字詞編號，對應第二章的編號。通讀或今字以（　）表示。若釋讀有兩可之狀況，在（　）以「／」表示，其中前者表示較為可能，如「憮（罔／誣）」。＝為合文、重文符號。□表示缺字，一個□表示缺一個字，不能完全確定缺幾字者以……表示。補殘字、漏字用方框將字框起，如材。

二、本文以原考釋為討論對象，採信原考釋而未有較詳細論證者不予注明。對原考釋僅略作修訂而未有較詳細論證者，於註腳說明。採信學者意見而未有新見或較詳細論證者，於新釋文用註腳方式說明。有新見或較詳細論證者放在疑難字詞考釋中。

三、疑難字詞考釋中，大標題以句為單位，小標題以字詞為單位。大、小標題依照本文之斷句、釋讀結果。大標題下附紅外線放大圖版及隸定、句讀符號。

四、上古音歸部採用郭錫良《漢字古音手冊（增訂本）》，若採用其他學者意見則另外註明。

五、小標以下羅列各家說法，以原考釋為優先，其餘依照發表時間排列。原則

採取全文收錄，超過千字以上節錄。最後加上筆者按語「鵬按」，闡述筆者意見。以補證優先，不逐一反駁。

六、除業師林師清源外，概不予尊稱，以省篇幅。各大網站、論壇發表者直稱其網名。

七、論文意見蒐集截止日為 2021 年 6 月 8 日。又，本論文徵引的「簡帛網」、「復旦網」、「清華網」、「中國社會科學網站」、「中國先秦史網站」等網站資料，均曾於 2021 年 6 月 8 日再度上網確認無誤。

八、意見出現六次以上之文章採取簡稱，簡稱方式如下表：

簡　稱	出　　處
〈邦〉某樓	ee：〈清華八《治邦之道》初讀〉，武漢大學簡帛網，http://www.bsm.org.cn/forum/forum.php?mod=viewthread&tid=4357&extra=page%3D1，2018 年 10 月 10 日。
原考釋（頁）	清華大學出土文獻研究與保護中心、黃德寬主編：《清華大學藏戰國竹簡（玖）》，上海：中西書局，2019 年。
〈補說〉	陳民鎮：〈據清華九《治政之道》補說清華八（六則）〉，《出土文獻》（第十五輯），2019 年 10 月，頁 193～199。
〈初讀〉某樓	〈清華九《治政之道》初讀〉，武漢大學簡帛網，http://www.bsm.org.cn/forum/forum.php?mod=viewthread&tid=12426。
〈筆記 2〉	陳民鎮：〈讀清華簡《治政之道》筆記（2）〉，清華大學出土文獻與保護中心網站，https://www.tsinghua.edu.cn/publish/cetrp/6830/2019/20191122152705853803309/20191122152705853803309_.html，2019 年 11 月 22 日。
〈札記〉	胡寧：〈讀清華九《治政之道》札記〉，復旦大學出土文獻與文字研究中心網站，http://www.gwz.fudan.edu.cn/Web/Show/4491，2019 年 11 月 28 日。
〈散札〉	王寧：〈讀清華簡《治政之道》散札〉，復旦大學出土文獻與文字研究中心網站，http://www.gwz.fudan.edu.cn/Web/Show/4490，2019 年 11 月 28 日。
〈解析上〉	子居：〈清華簡九《治政之道》解析（上）〉，先秦史論壇，http://www.xianqin.tk/2019/12/07/868/，2019 年 12 月 7 日。
〈解析中〉	子居：〈清華簡九《治政之道》解析（中）〉，先秦史論壇，http://www.xianqin.tk/2019/12/15/876/，2019 年 12 月 15 日。
〈解析下〉	子居：〈清華簡九《治政之道》解析（下）〉，先秦史論壇，http://www.xianqin.tk/2019/12/29/884/，2019 年 12 月 29 日。
〈試解〉	劉信芳：〈清華玖《治政之道》所言詩教與「憮」試解〉，復旦大學出土文獻與文字研究中心網站，http://www.gwz.fudan.edu.cn/Web/Show/4508，2019 年 12 月 22 日。

〈試說〉	劉信芳：〈清華玖《治政之道》試說〉，武漢大學簡帛網，http://www.bsm.org.cn/show_article.php?id=3486，2019 年 12 月 27 日。
〈札記〉	馬曉穩：〈讀清華簡《治政之道》札記（六則）〉，《清華大學學報（哲學社會科學版）》，2020 年第一期（第 35 卷），頁 52～56。
〈民壇〉	HYJ：〈清華九《治政之道》初讀〉，出土文獻與民族古文字論壇，http://wenxiansuo.com/article/1577703513333，2020 年 1 月。
〈邦說〉	劉信芳：《清華（八）〈治邦之道〉試說》，武漢大學簡帛網，http://www.bsm.org.cn/show_article.php?id=3507，2020 年 1 月 23 日。
〈對讀〉	沈培線上演講〈出土本於傳世本古書對讀舉例〉，bilibili 網站，https://www.bilibili.com/video/av885823169/，2020 年 12 月 30 日。
〈校釋〉	侯瑞華：〈清華大學藏戰國竹簡《治政之道》校釋五則〉《文物春秋》2020 年第五期，頁 46～50。

第一章　緒　論

第一節　前　言

　　《清華大學藏戰國竹書（玖）》出版後，其中〈治政之道〉一篇引起學者的注意。〔註1〕因為該篇當是《清華大學藏戰國竹書（捌）》的〈治邦之道〉的前半部分，而一篇完整的竹書被整理者誤分為兩篇的情況極其罕見。〔註2〕隨後賈連翔撰文說明，乃是因為此篇竹書「同篇異制」所造成，以下簡單條列賈文列舉的特殊形制之處：

　　1.〈政〉正面地頭有簡號、〈邦〉無。

　　2.〈政〉實際的排序與簡號不合，〈政〉41 號與〈政〉42 號簡當加入一支無簡號之 X 號簡。

　　3. X 號簡書寫極密，比別支簡多近 20 字，寫到地頭以至於無處寫簡號。

〔註1〕清華大學出土文獻研究與保護中心編、李學勤主編：《清華大學藏戰國竹簡（玖）》（上海：中西書局，2019 年），頁 125～130。

〔註2〕一篇竹書誤分為二的狀況又如《上博二・從政》原分為「甲篇、乙篇」兩篇，陳劍指出所謂甲乙兩篇應合為一篇（見陳劍：〈上博簡《子羔》、《從政》篇的竹簡拼合與編連問題小議〉，《文物》2003 年第五期，頁 57～64），學者多信從。但其原因，據原整理者後來的介紹，蓋因初步整理時所據圖版比例不一，遂導致分篇出現問題。（見沈培：〈《上博（六）》和《上博（八）》竹簡相互編聯之一例〉，復旦大學出土文獻與古文字研究中心論壇，http://www.gwz.fudan.edu.cn/Web/Show/1590，2011 年 7 月 17 日，下面程少軒 2011 年 7 月 19 日的留言。）

4.〈政〉、〈邦〉書手不同，但〈政〉之 X 號簡為〈邦〉之書手。

5.〈邦〉15 號簡削去 31 字重新書寫，且為第三名書手。

6.〈政〉為先編後寫、〈邦〉為先寫後編。

7.〈政〉、〈邦〉簡長不同。

而賈文認為兩篇簡文可編聯在一起的證據有：

1. 簡長不同，但契口、編痕位置相同。

2. 兩篇共有特殊的句讀符號習慣。

3. 內容一致性。

4.〈邦〉14 號簡，當接續〈政〉的最後一支簡。此簡地頭有特殊標記，可能即為表示兩篇當編連在一起。

對於形制的描述及二者當為一篇之說，學者概無異議。〔註3〕後續賈連翔又針對〈邦〉的第 15 簡撰文，提出其與《清華大學藏戰國竹書（肆）》的〈封許之命〉的篇題的字跡相同。〔註4〕雖然賈文僅憑單一個「之」字，難以服人，但這些特殊情況使人產生各種疑問，如若〈治政之道〉有底本，何以會發生前後形制差異如此巨大的情況？如果沒有底本，又會是什麼情況？第二層是〈治政之道〉、〈治邦之道〉兩位書手的關係為何？第三位書手的身分，以及與〈治政之道〉、〈治邦之道〉、〈封許之命〉三位書手的關係，以及與墓主的關係為何？種種疑問豐富了文書學方面的討論。〔註5〕

〈政〉、〈邦〉重新編聯為一篇後，共有 70 簡，存字 3165（重文、合文算一個）、殘約 107 至 114 字，現存出土文獻中罕見如此長篇政論文。內容主旨明確，即「治政之道」的核心在「舉賢」。〈治政之道〉43 簡及〈治邦之道〉的第 14、1、2 簡，透過各種今昔對比，強調舉賢與否對諸侯、人民各種不同方面的影響。〈治邦之道〉後面 25 簡的部分則對前面論述具體闡述興賢的必要條件與方式。全篇首尾連貫、一氣呵成，排比豐富、氣勢宏大。〈治政之道〉全文 70 簡對話的對象，當是有國之君。對比《上博二・從政》與想要從政的「君

<hr />

〔註3〕賈連翔：〈從《治邦之道》《治政之道》看戰國竹書「同篇異制」現象〉，《清華大學學報（哲學社會科學版）2020 年第一期，頁 43～47。

〔註4〕賈連翔：〈《封許之命》綴補及相關問題探研〉，《出土文獻》2020 年總第三期，頁 19～20。

〔註5〕更詳細討論可參賈連翔：〈《封許之命》綴補及相關問題探研〉，頁 20。

子」對話、《睡虎地・為吏之道》與最底層的小吏對話，豐富我們對於出土文獻思想的討論，以及對於墓主與文獻關係的想像。而本文主要針對《清華九・治政之道》討論，也就是全篇 70 簡的前 43 簡，延及〈治邦之道〉前 2 簡及第 14 簡，以下凡稱〈治政之道〉都只包含這 46 簡。至於全篇後 25 簡，也就是《清華八・治邦之道》的討論可參陳姝羽的《〈清華大學藏戰國竹簡（捌）〉集釋》〔註6〕。

第二節 〈治政之道〉簡文編聯與形制情況評述

〈治政之道〉編聯情況除了上述第 41 號簡與第 42 號簡中間，當插入無簡號簡外，還有半截簡需要調整位置，為子居〈解析下〉所提出：

> 簡三六為 42 字，是可推知簡三五缺失約為 8～10 字，而簡二一上段存七字，「以奪民務」與「妨民之務」正相呼應，簡背劃痕也可排在簡三四與簡三六之間，故可推測簡二一上段當下接簡三五。

正確可從。調整後的簡序為：「1-20＋21下＋22-34＋21上＋35-43」。

附帶一提，劉國忠提到〈治邦之道〉有簡背畫痕與簡序不合的狀況。〔註7〕而〈治政之道〉除了有簡號與簡序不完全相符的情況，也有與簡背畫痕不相符的情況。根據簡背畫痕，第 5-9 號簡應該排作 9＋8＋7＋5＋6，如圖一所示。〔註8〕

〔註6〕陳姝羽：《〈清華大學藏戰國竹簡（捌）〉集釋》（上海：華東師範大學碩士論文，白於藍教授指導，2020 年），頁 267～383。

〔註7〕劉國忠：〈清華簡治邦之道初探〉，《文物》2018 年第 9 期，頁 41～45。

〔註8〕有關簡背畫痕與編聯的問題，另可參孫沛陽：〈簡冊背劃線初探〉，《出土文獻與古文字研究》第四輯（上海：上海古籍出版社，2011 年），頁 456～458；田天：〈北大藏秦簡〈祠祝之道〉初探〉，《北京大學學報（哲學社會科學版）》2015 年第 02 期，頁 37～38；賈連翔：〈清華簡《鄭武夫人規孺子》篇的再編連與復原〉，《文獻》2018 年第 3 期，頁 54～59。此文又曾發表於香港浸會大學饒宗頤國學院、澳門大學中國語言文學系、清華大學出土文獻研究與保護中心主辦「清華簡國際研討會」，2017 年 10 月 26～28 日。

圖一　簡 5-9 簡背畫痕

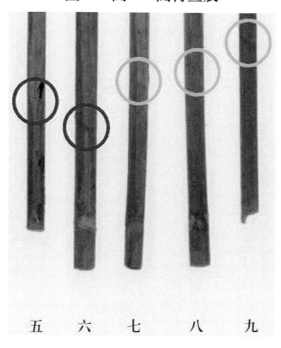

五　六　七　八　九

第三節　〈治政之道〉釋字情況評述

〈治政之道〉相對其他楚簡，字跡端正，釋讀相對容易，而其中有一些字為過去無法解決的問題帶來曙光，以下簡單提要。

簡 42 的「🔲」，亦曾出現於《上博五·鮑叔牙》05 作「🔲」。過去一直爭論不休，現在〈治政之道〉出現較完整的字形，使得現在可以清楚地把楚文字的「邑」跟「宛」區分開，過去楚系某些糾結的「宮」得以跟「序」區分。此外也能清楚地區分出｛怨｝在楚系以「肯（肙）」表示，在齊系以「夗」表示。〔註9〕

簡 35 的「🔲」，辭例為「府🔲倉㢟」。「庭」字出現在東周兵器銘文中，過去對於釋讀一直有爭議，〈治政之道〉中出現的辭例即傳世文獻中常見的「府庫」，為此爭議畫下句點。〔註10〕同一條辭例中「倉㢟」的「㢟」在傳世文獻中都作「鹿」，此處「㢟」當是為這種倉庫造的字，比起傳世文獻中的「鹿」表義明顯，較不易引起誤會，也一口氣為以往見於包山楚簡、楚國官璽的「㢟」字

〔註 9〕詳參蘇建洲：〈根據清華簡《治政之道》「🔲」字重新討論幾個舊釋為「夗」、「邑」、「序」的字形〉，《中國文字》總第三期（2020 年 6 月），頁 223～252。

〔註10〕詳參蘇建洲：〈「庭」讀為「庫」補證兼論金文「龖福」的讀法〉，《古文字研究》第33 輯（2020 年 8 月），頁 249～252。

帶來新的理解。〔註11〕

　　簡 30 的「」，辭例為「未於聖人」。類似字形曾出現在《上博四・曹沫之陣》，讀為「篡」。也出現在《清華七・子犯子餘》，但仍未完全讀通。現在〈治政之道〉的辭例很明確，可以確定從車從留當是楚系﹛軌﹜的專造字，為《清華七・子犯子餘》的釋讀帶來機會。〔註12〕

　　簡 43 的「」，辭例為「珪璧」，也是新見字形。甲骨文的「沈」或從林從牛，〈治政之道〉此字從水、從禾、從牛，與甲骨文相承，用法也相同，當是文字演變序列上重要的一環。〔註13〕

　　簡 22 的「戋」，王寧〈初讀〉60 樓指出當為從「二」會意，戈聲，讀為「再」。〔註14〕海天遊蹤〈初讀〉91 樓有詳細補充，並據此改讀《上博四・簡大王泊旱》簡 13 的「戋」，並討論楚簡「再」字的構型。〔註15〕

　　字形方面，也有許多值得一提，如「保」、「缶」乃是常見通假，但「保」寫作「」【07】、「」【24】乃是楚簡首見。楚簡「海」多從「母」聲，從「每」作「」【06】乃是首見。「宮」字作「」【05】乃是首見。楚簡「宮」字的中間多作「吕」形，而我們知道楚文字中「V」形部件常訛混成「」形，如「帝」字作「」（清二・繫年 004）、「」（清八・八氣 05），且「」形部件常進一步訛混成「M」形部件，如「死」字作「」（望山 1.48）、「」（望山 1.176）。所以「宮」從「」（新蔡甲零：484）變成「」（上博五・

〔註11〕可參王挺斌：〈聖印考釋兩篇〉，《「古文字與出土文獻」青年學者西湖論壇論文集》，2001 年，頁 52～56。

〔註12〕詳參石小力：〈釋戰國楚文字中的「軌」〉，《首屆漢語字詞關係學術研討會論文提要》待刊（2019 年 10 月），頁 81～85。

〔註13〕詳參黃德寬：〈清華簡新見「湛（沈）」字說〉，《清華大學學報（哲學社會科學版）2020 年第一期，頁 35～38。又相關討論可參單育辰：〈由清華簡《封許之命》《四告》釋四十二年逨鼎「」字〉，《出土「書」類文獻研究高階學術論壇論文集》，2021 年，頁 131～132。

〔註14〕王寧：清華九《治政之道》初讀，武漢大學簡帛網，60 樓，http://www.bsm.org.cn/forum/forum.php?mod=viewthread&tid=12426&extra=page%3D1&page=6，2019 年 11 月 26 日。

〔註15〕海天遊蹤：清華九《治政之道》初讀，武漢大學簡帛網，91 樓，http://www.bsm.org.cn/forum/forum.php?mod=viewthread&tid=12426&extra=page%3D1&page=10，2019 年 11 月 30 日。又可參蘇建洲：〈說戰國文字「再」、「兩」的字形結構〉，《中國文字》2021 年總第 5 期夏季號（待刊）。

鬼神8）再進一步變成「」【05】也很好理解。「解」字簡 15 作「」，〈治邦〉簡 14 作「」，右旁構形很特殊，放大來看作「」，上面的圈形左邊似乎還有一筆貫穿「角」旁，所以整個右旁看起來應該像是「兩個」刀旁上下相疊。〈治邦〉的書手在 34 個「則」字中，32 個的「刀」旁寫成「」形，另外兩個作「」【治邦 03】、「」【治邦 18】，其中前者的「刀」旁第一筆跟「」的第一筆基本一致。「」【治邦 01】的刀旁的第一筆也很類似。推測可能是「刀」旁第一筆太圓，第二筆跟「角」旁疊在一起不明顯，所以下面又再補兩筆，最後形成類似兩個圈形，與「」（九店 56·7）〔註16〕類似，相較於 （九店 56·8）正常的刀旁，也像是第一筆寫太圓，於是接著補筆。寫成有點像兩個刀旁的例子又如「」（郭語四 22）、「」（郭·老丙 12）。另外一種思考是，看成兩個圈形，而在戰國文字中兩個圈形上下相疊有時會訛變的類似爪形或又形〔註17〕，而爪形又常跟刀形訛混〔註18〕。簡 7 的「毀」字作「」，「臼」旁跟中間的部件整個反過來寫，見於《清華三·芮良夫毖》，有三例「纏」字作「」形，寫成跟「門」同形，但此處不只反過來，還寫的很像「尸」形，也是首見。此外簡 43「全（牷）」字作「」形是典型的楚文字，晉系文字此字形為「百」字。

除此之外，其他疑難字詞本文也有提出一些新的想法，最特別的是簡 34「高臺述」，本文把「述」讀為「壇」，訓為「壇」，並提出文獻及考古上的證據，可參第〔51〕條討論。其他 67 條意見，或改訓解，或改句讀分段等等，可參第二章疑難字詞考釋，另有小部分在新編釋文的註腳。

當然，《清華九》出版經過一年半仍有相當多難解之處，如：

簡 4 的「」，辭例為「一不及」，原考釋（頁 132）疑從只聲，讀為「肢」。但是此字左半並不類「只」。或以為是「旨」旁之訛〔註19〕，但亦不類。

〔註16〕字形為魏宜輝所摹，見氏著：《楚系簡帛文字形體訛變分》（南京：南京大學博士論文，張之恒教授指導，2000 年），頁 28。

〔註17〕吳良寶：〈野王方足布幣考〉，《江蘇錢幣》2008 年第 1 期，頁 1～4。

〔註18〕趙平安：〈談談戰國文字中用為「野」的「也」字〉，《嶺南學報》第 10 輯，2018 年，頁 54。

〔註19〕見 ee：清華九《治政之道》初讀，武漢大學簡帛網，78 樓，http://www.bsm.org.cn/forum/forum.php?mod=viewthread&tid=12426&extra=page%3D1&page=8，2019 年 11 月 27 日。

至於右半，或以為是「手」〔註20〕、「力」〔註21〕亦皆不類。從詞的考慮此字也可能是「體」，但左右半都不類「豐」、「身」、「肉」。究為何字尚待研究。

簡28的「」，辭例為「五穀歲」，從上下文判斷，應該是表示類似五穀豐登的意思，但字形不釋。原考釋（頁140）以為是「刈」，或以為是「央」〔註22〕、「貎」〔註23〕，但都不類。其釋、讀皆尚待研究。

簡43的「」，辭例為「沈珪璧」，原考釋（頁145）出注：「疑由石、夾、示構成，讀爲『瘞』。」從這個字所表達的詞來考慮，原考釋的讀法應是正確的。但是就字形而言，去掉清楚的省「口」形的石旁，中間模糊的部分看起來不像「夾」。看不到「夾」的「大」形在哪裡，兩旁也不像「人」形，與曾侯丙方缶從石夾聲的「」〔註24〕字亦不類。從楚簡的用字習慣考慮，此字或許也可能是從石、從示、昏聲的字。從石、從昏聲的字楚簡常見，如（包山二‧207），雖多用作人名，但也常用作表示「瘞」，辭例亦類似，如《清華三‧金縢》簡5的「晵（）（瘞）璧與珪」，陳劍已有詳文。〔註25〕但是圖板太過模糊，

〔註20〕見王寧：清華九《治政之道》初讀，武漢大學簡帛網，52樓，http://www.bsm.org.cn/forum/forum.php?mod=viewthread&tid=12426&extra=page%3D1&page=6，2019年11月24日。又見王寧〈散札〉。

〔註21〕見激流震川2.0：清華九《治政之道》初讀，武漢大學簡帛網，87樓，http://www.bsm.org.cn/forum/forum.php?mod=viewthread&tid=12426&extra=page%3D1&page=9，2019年11月27日。

〔註22〕潘燈：清華九《治政之道》初讀，武漢大學簡帛網，64樓，http://www.bsm.org.cn/forum/forum.php?mod=viewthread&tid=12426&extra=page%3D1&page=7，2019年11月26日。以及潘燈：清華九《治政之道》初讀，武漢大學簡帛網，79樓，http://www.bsm.org.cn/forum/forum.php?mod=viewthread&tid=12426&extra=page%3D1&page=8，2019年11月27日。

〔註23〕心包：清華九《治政之道》初讀，武漢大學簡帛網，99樓，http://www.bsm.org.cn/forum/forum.php?mod=viewthread&tid=12426&extra=page%3D1&page=10，2019年12月4日。藤本思源：清華九《治政之道》初讀，武漢大學簡帛網，119樓，http://www.bsm.org.cn/forum/forum.php?mod=viewthread&tid=12426&extra=page%3D1&page=12，2020年2月2日。又見滕勝霖：〈清華九補釋三則〉，《中國文字》總第四期（2020年12月），頁319～321。

〔註24〕湖北省考古研究所、隨州市博物館：〈湖北隨州市文峰塔東周墓地〉，《考古》第七期（2014年7月），頁651。曾侯丙方缶該字袁金平、王麗贊同王子揚、馮勝君之說讀為「瘞」，參袁金平、王麗：〈新見曾國金文考釋二題〉，《出土文獻》第六輯，2015年，頁20～23。

〔註25〕參陳劍：〈清華簡《金縢》研讀三題〉，《出土文獻與古文字研究》第四輯（2011年12月），頁146～150。

似亦沒有「子」形的空間，不能確定，期待未來科技能夠解決。

簡 4 的天頭墨跡「」，辭例是「為上者」，及簡 6 的天頭墨跡「」，辭例是「夫昔之曰」。〈治政之道〉保存狀況不好，43 支簡有大量墨漬、反印墨跡，天頭亦然，但是多數只是小污漬，惟此二者有類似筆畫的痕跡。簡 4 的天頭墨跡原考釋無說，至於簡 6 原考釋（頁 132）則出注疑為「言」之壞字。可以理解原考釋如此處理，大概是因為兩者都難以辨識字形，而前者可以當作純粹墨漬，因為「為上者」是常見辭例，但是後者則必須看成是補字，因為「昔之曰」不合句法，亦不見辭例。「昔」是時間詞，所以不能把「昔之曰」看成「主語＋之＋謂語」的結構，「昔之」只能是定語，而「」是中心語，也就是這句話的主語。考慮到其他簡的天頭的墨跡都很小，而且明顯不是筆畫，差異甚巨，所以簡 4 的天頭墨跡也看成補字比較合理。縱然「為上者」是常見辭例，也有四字者，如《荀子・彊國》：「為人上者。」〔註26〕《管子・宙合》：「為君上者。」〔註27〕但是另一方面考慮，為何字要寫在天頭，若是補字何以不是小字，何以如此模糊又使人感到疑惑。此二墨跡是否為字，若是，表示何詞，都仍有待研究。

其他還有許多難句，如簡 38「至獻□以忠怣之」、簡 41「歖堅（地）攺（改）坴（封）」、簡 42「斅（斅）杜敍（序）軥（陣）」、〈治邦〉簡 1「古軶爲溺」等等都仍有待研究。

〔註26〕〔周〕荀況著，王天海校釋：《荀子校釋》（上海：上海古籍出版社，2005 年），頁 671。

〔註27〕〔周〕管子，黎翔鳳撰，梁運華整理：《管子校注》（北京：中華書局，2004 年），頁 227。

第二章　疑難字詞考釋及語譯

第一節　分段說明

〈治政之道〉的文章架構，原考釋掌握正確，可分為三部分，第一部份從簡 1「昔者前帝」到簡 5「辨於諸侯」，提出全文主旨，即為政的根本在於「興人」。第二部分從簡 5「夫昔之言」到簡 32「危身墜邦之道」，為四組今昔對比，呈現今昔國君「興人」與否的後果。第三部份從簡 32「昔三代」到第 43 簡，接〈治邦之道〉第 14 簡，再接〈治邦之道〉第 1、2 簡到「盡自身出」，總結治政之道全在於興人，下啟〈治邦之道〉具體申論如何興人。唯第一、二部份各有兩處需要調整。

第一部份原釋文分成四段，李守奎合併成一段，本文則認為可以分成兩小段。〔註1〕原釋文在簡 2「今或」上分段，則把一個完整的句子斷開，遞進關係幾乎消失，還容易使人誤解文意，不可從，詳細論證可參第〔04〕、〔05〕條疑難字詞考釋。原釋文在簡 3「上不為上之道」上分段，但「上不為上之道」到「故不可不慎」一句，乃是第一小段的結論，若在此處分段，則前面幾乎只剩敘事，文意中斷、語氣疲弱。本段第一句提出「前帝治政之道」在於把握天下

〔註1〕李守奎：〈治政之道的治國理念與文本的幾個問題〉，《文物》2019 年第 9 期，頁 44〜45。

的綱紀，接著提到把握綱紀之後必須施行教化，而施行教化必須以身作則，否則將會天下大亂。然後此句總結以上行下效，「故為上者不可不慎」，如此方文意完足，故此處不當分段。原釋文在簡4「上何所慎」上分段，李守奎不分，若分開文意更明顯。「上何所慎？曰：興人是慎」是全文主旨。前面鋪陳三支簡，從「六詩」、「施教」、「身服」到「不可不慎」，環環相扣，然後另起一段，以自問自答的方式揭曉全文主旨，強調的效果較不分段更明顯。

故第一大段前言，可以再分為兩小段，第一小段從簡1「昔者前帝之治政之道」到簡4「不可不慎」，第二小段從簡4「上何所慎」到簡5「辨於諸侯」。第一小段談「前帝治政之道」乃是「上下各有其修」，而此「修」乃是「天下之大紀」，為上者總領綱紀後必須施行教化，教化重點在於以身作則，否則將會天下大亂，所以必須慎重。值得一提的是，以身作則的主張從〈治邦之道〉簡7「故求善人，必從身始」開始有具體申論，前後呼應。第二小段則提出簡文要旨，即為上者所當慎重的是「興人」。而「興人」之所以重要，是因為四輔之必要。第二小段缺約20字，但此下一直到文末皆反覆申論此事，所以可以明顯看出「興人」就是全篇主旨。

第二部分可以分為四大段，每一大段可再分為兩小段，第一小段皆論先王之有強輔，所以國富民安，天下歸往，第二小段則皆言今之王公沒有強輔，所以國亡身弒，天下大亂，也就是總共四組今昔對比。其中有兩句原釋文分段不妥，究其原因，可能是因為前面兩組的第一小段分別以「夫昔之曰」、「昔之為百姓牧以臨民之中者」起頭，第二小段分別以「此以亂君受之」、「今之王公」起頭，都是以今、昔有國者作為起頭。〔註2〕所以為了文章的整齊，原考釋把簡17「昔夏后作賞，民以貪貨；殷人作罰，民以好暴。故教必從上始」獨立一段，然後以「昔之有國者」為第三大段第一小段的起頭。並且把簡26「彼庶民譬之若飛鳥之相次，唯所安之木，夫豈可強哉」併進第三大段第二小段的結尾，而以「故昔之有國者」作為第四大段第一小段的起頭。實際上簡17「教必從上始」一句是要引出第三大段段旨「昔之有國者必檢於義」，所以應當併進第三大段第一小段，正如簡26「庶民譬之若飛鳥」，ee所指出：「此句應歸

〔註 2〕李守奎〈治政之道的治國理念與文本的幾個問題〉沒有明確說出此兩句的歸屬，亦無特別說明第三部分的分段。

下段，下段之前諸句是說招民、撫民」。〔註3〕調整之後第一大段兩小段起訖為簡5「夫昔之曰」到簡10「威民不以刑」及簡10「此以亂君受之」到簡11「其失則弗可興」、第二大段兩小段起訖為簡11「昔之為百姓牧」到簡15「此所謂惠德」及簡15「今之王公」到簡17「勸天下之亂者」，第三大段兩小段起訖為簡17「昔夏后作賞」到簡23「文不可犯」及簡23「今夫有國之君」到簡25「必不終其身」，第四大段兩小段起訖為簡25「彼」到簡29「歲可賴」及簡29「唯今之王公」到簡32「危身墜邦之道」。

　　這四組今昔對比，誠如李守奎所言，「各自獨立，又前後相承，彼此照應，從不同的角度論證治政之道。」〔註4〕第一大段提出黃帝之所以能夠不出門以知四海之外，且賢皆興、暴盡滅，是因為有強輔。接著說，有的人以為是國君利用臣子達到的，但其實君臣乃是互利，然後提出本段的側重點，「政所以利眾」。上位者如果明察於此，則「并邦不以力，威民不以刑」，內政外交無往不利。今之王公不知「政所以利眾」，而且「湎於逸樂，而褊於德義」，所以臣子失去行事依據，最終導致眾叛親離、國亡身弒。「君臣互利」的觀點從〈治邦之道〉簡5「彼天下之**頯**士之**䢱**（遠）在下位而不由者」到簡7「彼善人之欲達，亦若上之欲善人」補充說明聖君賢臣互相嚮往，以啟下文君上當如何求賢。

　　第二大段呼應第一大段第二小段亂君「湎於逸樂」，提出本段測重點，即昔之有國者必定「必敬戒毋倦」，而其中作到「沒身免世，患難不臻」的便是聖人。成聖的關鍵在於強輔，於是天下欣然歸往。今之王公則眾征寡、強凌弱，將促使天下趨向大亂。

　　第三大段呼應第一段「上施教，必身服之」，及第一大段第二小段亂君「褊於德義」，提出本段側重點「昔之有國者必檢於義」。簡19缺四字，推測文意應該是聖人檢於義，所以「輔相、左右、邇臣諧和同心」。因為檢於義，所以諸侯將不服於武威，而自固於聖人之文德。今之王公則貪於爭而危其身。

　　第四大段特別針對如何使人民歸往的問題，主張關鍵在於「明政以來之，欽教以撫之」，呼應第一段「上總其紀，乃馭之以教」，以及〈邦〉簡11「貧瘠

〔註3〕參 ee：清華九《治政之道》初讀，武漢大學簡帛網，59 樓，http://www.bsm.org.cn/forum/forum.php?mod=viewthread&tid=12426&extra=page%3D1&page=6，2019 年 11 月 25 日。
〔註4〕李守奎：〈治政之道的治國理念與文本的幾個問題〉，頁 44。

勿廢，毋咎毋誶，教以舉之，則無怨。唯彼廢民之不循教者，其得而服之，上亦蔑有咎焉。」〔註5〕聖人之內政治平，所以「珪璧嘉幣不忒於其時」。而聖人之所以能治平，在於「治者是貴」，亦即本段側重點。今之王公則「使有色，興富貴」，所以「危身墜邦」。呼應〈邦〉簡2「故昔之明者早知此患而遠之，是以不殆，是以不辨貴賤，唯道之所在」。

李守奎曾為第二部分各小段段旨製表：

表1 《治政之道》四組論證一覽表〔註6〕

分組	君	臣	民	諸 侯		簡 號
一	黃帝	四佐、方臣、聖人、賢民	威民不以刑	并邦不以力	方君	5-10
	亂君	各分自立眾多智			上愚失位	10-11
二	聖人	強輔眾愚	使民息民	兼敷諸侯	惠德	11-15
	今之王公			閉諸侯之路	武德	15-17
三	昔之有國者	輔相、左右、邇臣		諸侯萬邦並事之	檢於義	17-23
	今之有國者		脫民務	戎力強取	貪不足	23-26
四	昔之有國者	治者與能治	動其眾庶		治	26-29
	今之王公	富貴與令色			亂	29-32

本文在重新編聯、釋讀、分段的基礎上修正此表，見表2：

表2 〈治政之道〉第二部分論述摘要表

大段	君		臣	民	諸 侯	結 果
	稱 謂	行 為				
一	黃帝、方君	上辨、政所以利眾	四佐、方臣敷心盡惟，不敢妨善弼惡以憂君家	威民不以刑	并邦不以力	無敵
	亂君	上愚、涵於逸樂，而褊於德義	眾多智、反稟政		四荒九州各分，自立以不服于其君	失位，其失則弗可興

〔註5〕瘉，讀法從紫竹道人〈邦〉38樓。誶，讀法從紫竹道人〈邦〉74樓。
〔註6〕李守奎：〈治政之道的治國理念與文本的幾個問題〉，頁45。

二	聖人	敬戒毋倦、能興	強輔	百姓和悅	不刑殺而諸侯服	沒身免世，患難不臻
	今之王公	強征弱			滅人之社稷	勸天下之亂
三	昔之有國者	檢於義	輔相、左右、邇臣諧和同心		諸侯萬邦聘覜不懈	
	今夫有國之君	貪於爭		動其眾庶	戎力強而取之	不終其身
四	昔之有國者、聖人	治者是貴		民歲育（？）、五種歲熟（？）	珪璧嘉幣不忒於其時	聖人之業，日可見、月可知，歲可賴
	今之王公	取相廢興未軌於聖人。貴人以色，富人無量。		大患邦中之政	大患四國之交	危身墜邦

第三部分原考釋分為四段，可從。第三部分總結歷史經驗，指出過往的亡國之君的失敗關鍵。第一小段首句直接點出核心，「昔三代之相取……盡夫興人之過者」，並述內政方面主要問題在於橫徵暴斂，使民不時。第二小段從「彼其嗌因邇臣」開始，提出第二個失敗關鍵在於用人不當。第三小段提出外交方面失敗關鍵在於「欲大啟闢封疆」，以及把自己的失敗都歸咎於天。有關於歸咎於天的態度，〈治邦之道〉從簡22「治邦之道，智者知之，愚者曰：『在命』」到簡26「故旁擇君目，以事之于邦，及其野鄙四邊，則無命大於此」，花了5隻簡的篇幅說明。如《清華六‧子產》：「前者之能役相其邦家，以成名於天下者……不以冥冥仰福，不以逸求得。」「不以冥冥仰福」，即指不是在昏聵的狀態中仰求鬼神佑助。雖然本篇簡文對話的對象是國君，而《子產》是大臣，但都在強調為政是人事，事在人為。第四小段呼應第一小段提出結論「凡彼削邦弱君，以及滅由墟丘，皆以廢興之不度，故禍福不遠，盡自身出。」也就是說廢興不度的責任全在於國君自身。以下從〈邦〉簡3到〈邦〉簡22則主要著重在具體如何興人。最後〈邦〉簡22到〈邦〉簡26再次強調興人的重要。

第二節　原釋文

因為簡文篇幅長，故迻錄原釋文，且不論是採納學者意見或本文新說，凡於有修訂補充原考釋意見、改釋讀、句讀、分段處以底線標示，俾便讀者參照。

　　昔者寺（前）帝之綡（治）正（政）之道，卡＝（上下）各又（有）亓（其）攸（修），又（終）身不解（懈），古（故）六詩不淫〈淫〉。六詩者，所以節民，辡（辨）立（位），思（使）君臣、父子、琵（兄）弟母（毋）相逾，此天下【01】之大紀。上總亓（其）紀，乃馭（馭）之以善（教）。上攺（施）善（教），必身備（服）之；上不攺（施）善（教），則亦亡（無）責於民。

　　今或審甬（用）型（刑）以罰之，是胃（謂）貶（賊）下＝（下。下）乃亦丂（巧）所【02】以憮（誣）上。古（故）卡＝（上下）麗（離）志，百事以腳（亂）。

　　上不為上之道，以欲下之綡（治），則亦不可昃（得）。上風，下歂（艸）。上之所好，下亦好之；上之所亞（惡），下亦亞（惡）之。古（故）為【03】上者不可不懃（慎）。

　　上可（何）所懃（慎）？曰：閨（興）人是懃（慎）。夫四補（輔），卑（譬）之獻（猶）胹（股）厷（肱），一胉不汲（給），則不成人。皆智（知）亓（其）於身之若是，而不感亓（其）四補（輔）之與是同【04】……古（故）以求民安，正（政）又（有）成社（功），則君是（寔）任之，古（故）又（有）蕫（崇）悳（德）以辡于者（諸）侯。

　　夫昔之【05】曰：「昔黃帝方四面。」夫幾（豈）面是胃（謂），四差（佐）是胃（謂）。黃帝不出門棆（櫺），以智（知）四海之外。是向（鄉）又（有）聖人，必智（知）之；是向（鄉）又戮（暴）民，必智（知）之。古天下之臤（賢）【06】民皆閨（興），而眺（盜）悬（賊）亡（無）所中朝立。不唯君又（有）方臣＝（臣，臣）又（有）方君虖（乎）？比正（政）□□，量悳（德）之臤（賢），是以自為，桂（匡）補（輔）窘＝（左右），非為臣賜，曰：是可以羕（永）悆（保）杢（社）【07】禝，定聖（厥）身，脡（延）汲（及）庶祀。夫遠人之燮（變）備（服）于我，是之以。皮（彼）差（佐）臣之專（敷）心寽（盡）隹（惟），不敢边（妨）善，弜亞（惡）以悬（憂）君豪（家），非蜀（獨）為亓（其）君，医（繄）身【08】溝（賴）是（寔）多。古（故）夫君臣之相事，卑（譬）之獻（猶）市賈之交賵（易），則皆又（有）利女（焉）。古（故）上下不桶（痛）以者（圖）正（政）之均，正（政）所以利臮（眾）。上辡（辨）則正＝成＝（政成，政成）則上＝徊＝（上宣，上宣）【09】則亡（無）敵（敵），是以并邦不以力，威民不以型（刑）。

此以䚅（亂）君受之，以邎〈遷〉亓（其）立（位）。皮（彼）湎於愧（逸）樂，而裚（褊）於惪（德）宜（義），古（故）四亢（荒）九州各分【10】自立，以不備（服）于亓（其）君。上愚（愚）則下邎=執=（失執，失職）則嘿=古=（惟古，惟古）則生智，眾多智則反敵（棄）正=（政，政）之不道則上邎（失）立（位），亓（其）邎（失）則弗可毘（興）。

昔之【11】為百眚（姓）牧，以臨民之中者，必敬戒母（毋）拳（倦），以開（避）此難（難），旻（沒）身孚（免）殜（世），恙（患）難（難）不逮（臻），此之曰聖=人=（聖人。聖人）聖（聽）聰貝（視）盟（明），夫幾（豈）訐（信）耳目【12】之力才（哉）！皮（彼）又（有）弪（強）楠（輔）以為异（己）聖（聽）貝（視）于外，古（故）天下之情慁（偽）皆可旻（得）而智（知）。皮（彼）上聖則眾愄=悠=（愚疲，愚疲）則馘=命=（聞命，聞命）則備（服）以可甬（用），威以【13】爾（彌）管（篤）棥（益）耆（耆）。夫以兼專（撫）者（諸）侯，以為天下墅（儀）至（式），是以不型（刑）殺而攸（修）申（中）絧（治），者（諸）侯備（服），不唯上能毘（興）虘（乎）？古（故）卡=（上下）相安，百眚（姓）和懲（悅），【14】宥（每）專（敷）一正（政），民若解凍。亓（其）吏（使）民以旹（時），亓（其）思（息）民以旹（時）。血嬑（氣）迵（通）尾（暢），民不痎（既）虐（且）壽，亡（無）妖（夭）死者。此所胃（謂）惠惪（德）。

今之王公以眾正（征）募（寡），【15】以弪（強）政（征）溺（弱），以多威（滅）人之杢（社）禠（稷），刈（削）人之坿（封）疆（疆），麗（離）人之父子、妣（兄）弟，取亓（其）馬牛齎（貨）資以利亓（其）邦國。或曰此武惪（德）。夫是所以閟（閉）者（諸）侯之迯（路）而【16】蕘（勸）天下之䚅（亂）者。

昔顕（夏）后乍（作）賞，民以貪齎（貨）；毉（殷）人乍（作）罰，民以好戲（暴）。古（故）喬（教）必從上訇（始）。

昔之又（有）國者必怒（檢）於宜（義），毋怒（檢）【17】□□必懕。百眚（姓）之不和、四坿（封）之不實，佻（盜）䁅（賊）之不爾（弭）、金革之不逾（戢），此則侯王、君公之𨒅，古（故）必㬊（早）耆（圖）難（難）安（焉）。專（敷）正（政）乍（作）事，毋【18】汲（及）女（焉）耆（圖）；亓（其）汲（及）女（焉）耆（圖），唯（雖）果孚（免）之，則或非聖=人=（聖人。聖人）

專（敷）正（政）乍（作）事，遠逐（邇）□□□□。皮（彼）亓（其）榑（輔）相、㠯=（左右）、逐（邇）臣皆和同心，以鼠-（一）亓（其）智，聖（聲）【19】以林（益）厚，聝（聞）以林（益）章（彰），者（諸）侯萬邦衒（率）嘉之，則考（孝）季（勉）��（晏）惠以並事之。春矤（秋）之旹（時），以亓（其）馬女、金玉、肖（幣）帛、名鼍（器）聘（聘）覬不解（懈），乃【20】以㪔（閱）民㸚（務），古（故）墬（地）□……新（新）。皮（彼）唯（雖）先不道，我猷（猶）鼠-（一）。皮（彼）戈（一）而【21】不巳（已），亓（其）弐（二）乃巳（以）；厽（三）而不巳（以），四罗（鄰）之者（諸）侯乃必不悪（諒）亓（其）惪（德）以自固于我。卑（譬）之若金，剛之畵（盡）毀，柔（柔）之畵（盡）釪=（鈺。鈺）猷（猶）可逗（復），毀則不可【22】敚（屬）。武威，卑（譬）之若蔞莿之易戲；文威，卑（譬）之若恩（溫）甘之屬（雋）覃（覃）。古（故）武可軋（犯）而文不可軋（犯）。

今夫又（有）國之君牆（將）或軋（曷）不趺（足）才（哉）？亓（其）或貪於【23】懇（爭），以企（危）亓身。皮（彼）亓（其）所君者，眾㝡（寡）句（苟）絢（治）聿（盡）趺（足）君。絢（治）則㤠（保）之，酈（亂）則遙（失）之。夫又（有）或（國）必又（有）亓（其）鼍（器），少（小）大戰（守）之，則必長以亡割。台（殆）亡（無）【24】戰（守）之鼍（器），幾（豈）亓（其）可靜（爭）於戰（守）虐（乎）？少（小）於（乎）不固，引（矧）亓（其）或大唇（乎）？古（故）唯（雖）徸（動）亓（其）眾庶，墅（攝）幼（飭）亓（其）兵靡（甲），以戎力弝（強）而取之，則朴（必）不夊（終）亓（其）身。皮（彼）【25】庶民卑（譬）之若飛鳥之相枛（即），唯所安之木，夫幾（豈）可弝（強）才（哉）！

古（故）昔之又（有）國者，盟（明）正（政）以㭫（來）之，鉑（欽）敳（教）以黴（撫）之。亓（其）所訋（招）則逗〈極〉，所求則【26】昦（得）。以亓（其）珪璧嘉肖（幣）不貣（忒）於亓（其）旹（時），此絢（治）之所至。者（諸）侯之邦，堥（廣）者異（算）千里、異（算）千鼉（乘），曾（儉）者異（算）百里、異（算）百鼉（乘）而又（有）之，亓（其）民【27】散（歲）獃（育），五種（種）散（歲）紊，絲絴（纊）散（歲）管（熟），羽鷹（毛）散（歲）解，䩧（皮）革散（歲）罜（輕），飛鳥、趣麗（鹿）、水鼠散（歲）生，青黃、金、玉、珠、玟、璿、珇𤣫（飾）散（歲）至。【28】古（故）昔者

聖人絤（治）者是貴，能絤（治）乃賈（富），上慐（且）不危，以亡（無）忒（尤）於天下。聖人之齹（業），日可見、月可智（知），截（歲）可購（賴）。

　　唯今之王公蜀（獨）不【29】欲絤（治）而欲矙（亂）才（哉）？医（緊）取相瀣（廢）塱（興）未軋（軌）於聖人，吏（使）又（有）色，塱（舉）賈（富）貴，古（故）厇（度）事思（謀）煮（圖），大悆（患）邦审（中）之正（政）、四國之交，是以多逢（失）。【30】夫幾（豈）窒（令）色、賈（富）貴乃必或聖虐（乎）？唯亓（其）又（有）之，亦亓（其）希。今貴人以色，賈（富）人無量。女（如）亓（其）所貴奠（正）而是，則亦猷（猶）可。唯（雖）肰（然），聖人【31】猷（猶）為厽（三）殜（世）者，既為身煮（圖），或（又）為子煮（圖），或（又）為孫煮（圖）。女（如）亓（其）所貴賈（富）而非，是則危身述（墜）邦之道。

　　昔晶（三）弋（代）之相取，周宗之絤（治）庳（卑），【32】聿（盡）自逢（失）秉。夫裔（諺）又（有）言：「漸=柯=（斬柯斬柯），亓（其）㤅（則）遠=（遠。」遠）監顥（夏）后、毉（殷）、周，遄（邇）監於齊、晉、宋、奠（鄭）、魯之君，是聿（盡）夫塱（興）人之怣（過）者。句（苟）亓（其）塱（興）【33】人不厇（度），亓（其）瀣（廢）人必或不厇（度），记（起）事必或不旹（時），奉（妨）民之逐（務）。大宮室，高坴（臺）述（燧），深沱（池）宔（廣）宏（閎），敊（造）敊（樹）闍（關）獸（守）波（陂）隉（塘），土扛（功）亡（無）既。【34】……〔橦〕不隆（登），賓（府）定（庫）倉㝬，是以不實，車馬不关（完），兵廬（甲）不攸（修），亓（其）民乃夅（寡）以不正。亓（其）惪（德）屖（淺）於百眚（姓），【35】虘（虐）殺不砧（辜），騂（罪）戾型（刑）㱠（戮），取人之子女，貧僌（賤）不惡（愛），獄訟不中，詞（辭）告（誥）不達。正卿夫=（大夫）或倦（卷）𥝼（糧）暴贏（贏），以敓（漁）亓（其）邦，迓（及）亓（其）坖（野）郢（里）【36】四鄒（邊）。或（又）㙅厚為正（征）貣（代），以多敊（造）不甬（用）之器，以戏（飾）宮室，以為目觀之亡（無）既。亓（其）民乃賕立（位）䝿（賈）貣（貸），亡（無）又（有）閗（聞）斃（廢）。古（故）萬民㝷通【37】寒心以惪（盡）于上=（上。上）唯（雖）智（知）之，或（又）弗屑（屑）卹，曰：「虘（吾）人之亡（無）又（有）虐（乎）？」

　　皮（彼）亓（其）匽（暱）因逐（邇）臣至（致）獻〔言〕以忠惡（愛）

之。乃窒（令）色弗受以固御之，曰：【38】「女（汝）或臨我以智虐（乎）？」皮（彼）弎（二）晶（三）而不巳（已），亓（其）柬（諫）絑（益）勌（耆），乃遠遷（屏）之。謹（讒）臣宦（崇）亓（其）煮（圖）裕（欲）之不韋（違），以厶（私）利亓（其）身，出則歚（播）情牖（揚）亞（惡），以流【39】……塈（陷）之于大難＝（難。難）之既返（及），則或（又）自瞏（罷）女（焉）。

皮（彼）不智（知）亓（其）達（失），不煮（圖）审（中）正（政）之不絈（治）、邦豪（家）之多疠（病）、萬民之不恤，則【40】或欲大啟壁（關）垀（封）墻（疆），以立名於天下，歚坒（地）改（改）垀（封），以鑾（絕）者（諸）侯之好。皮（彼）亓（其）行李（李）吏（使）人杢（來）請亓（其）故，不聖（聽）亓（其）訶（辭），唯從（縱）亓（其）志。皮（彼）乃歚（播）善執悥（怨），亦戒以詩（待）之，【41】為旹（時）以相見坪（平）鄶（邊）之审（中），歚（鑿）杜敘（除）軔（軔），被虜（甲）綏（纓）軬〈軬〉（冑），以眾相向。夫釁（亂）者乃違心悥（愊）悥（怨），不楫（輯）君事以辱亓（其）君，事亡（無）成礼（功），波（疲）逜（敝）軍徒，苦（露）亓（其）車兵，以不旻（得）亓（其）意於天下，則或（又）咎天曰：「母（毋）乃虔（吾）【42】□□□非山川、丘坴（社）、后禝（稷），以及（及）虔（吾）先祖、皇示、庶神，是亓（其）悃（愊）愸（憯）于我邦，以不右（祐）我事。」古（故）卲龜，鰥祀、祧（磔）禳、祈䄆，埀（沉）□珪辟（璧）、我（犧）全（牷）、饋䚮，以忎（祈）亓（其）多福，乃卽以逯（復）之。

皮（彼）【43】亓（其）型（刑）正（政）是不改（改）。不愳（謀）初愆（過）之不立，亡（無）募（顧）於者（諸）侯。亓（其）民愈（偷）敝（弊）以鄶〈解〉（改釋為解）悥（怨）。鬧固以不興于上，命是以不行，進退不勌（耆），至力【邦14】不孞（勉）。乃剷（斷）弎閬（杜）匿（慝），以孞（免）亓（其）殛（屠）。古（固）壴為溺，以不匲（掩）于志，以至于邦豪（家）懇（昏）釁（亂），戔（翦）少（小）刿（削）歚（損），以及（及）于身。峇（凡）皮（彼）刿（削）垀（邦）疠（弱）君，以及（及）䙂（滅）由虛丘，【邦01】□□瀗（廢）嚳（興）之不厇（度），古（故）禣（禍）福不遠，聿（盡）自身出。【邦02】

第三節　新編釋文

　　昔者竻（前）帝〔註7〕之綰（治）正（政）之道，卡=（上下）〔註8〕各又（有）亓（其）攸（修）〔1〕，殳（終）身不解（懈），古（故）六詩不淫〈淫〉。六詩〔2〕者，所以節〔註9〕民，䛒（辨）立（位），思（使）君臣、父子、𤯍（兄）弟母（毋）相逾〔註10〕，此天下【01】之大紀〔註11〕。上總亓（其）紀，乃馭（馭）之以善（教）。上攺（施）善（教），必身備（服）〔註12〕之。上不攺（施）善（教），則亦亡（無）責於民〔03〕，今或（又）〔04〕審〔05〕甬（用）型（刑）以罰之，是胃（謂）戝（賊）下=（下。下）乃亦丂（巧），所〔06〕【02】以憮（罔）〔07〕上。古（故）卡=（上下）麗（離）志，百事以亂（亂）。上不為上之道，以欲下之綰（治），則亦不可旻（得）。上風，下屮（艸）。上之所好，下亦好之；上之所亞（惡），下亦亞（惡）之。古（故）為【03】上者不可不𢜶（慎）。

　　上可（何）所𢜶（慎）？曰：𦥯（興）人是𢜶（慎）。〔08〕夫四補（輔），

〔註7〕竻（前）帝，子居〈解析上〉：相當於傳世文獻常見「先帝」。

〔註8〕上下，鵬按：原考釋（頁130）認為「上，謂君也；下，謂臣也」，非也。從《治邦》簡16「君守器，卿大夫守政，士守教，工守巧，賈守賈鬻、聚貨，農守稼穡，此之曰修。」來看，此處「下」不只指臣，還包括民。

〔註9〕節，鵬按：訓為「節制」，如《論語·學而》：「不以禮節之亦不可行也。」（見〔曹魏〕何晏集解，〔宋〕邢昺疏，〔清〕阮元校勘：《十三經注疏·論語正義》，頁8）「禮」使人進退有度，簡文「六詩者，所以節民，辨位，使君臣、父子、兄弟毋相逾」，說明詩教跟禮是一體的，其所對比，是下文「不施教……用刑以罰之」。前者是以教化，使民知禮，後者是以政刑管束。

〔註10〕逾，鵬按：訓為「逾越」，如《禮記·曲禮上》：「禮，不逾節。」（見〔漢〕鄭玄注，〔唐〕孔穎達疏，〔清〕阮元校勘：《十三經注疏·禮記注疏》（臺北：藝文印書館，2001年），頁14）原考釋（頁131）在「逾」字出注：「君臣、父子、兄弟毋相逾，即孔子『君君，臣臣，父父，子子』思想的闡發」不妥。本篇簡文後文說君臣如「交易」，類於韓非，卻要求君王「檢於德義」；說「不厚葬」，類於墨子，卻說「祭以禮」等，都反映本篇簡文思想的雜揉特性，不宜單憑此句，就說此句是孔子思想的闡發。但整體而言本篇竹書確實是以儒家為骨幹。

〔註11〕大紀，原考釋（頁131）：「大紀，指治國之綱紀。」鵬按：原考釋注釋不夠準確。簡文下句言國君當統領這樣的綱紀，並施行教化。國君位於最高政治權力，同時也是宗法制度內的核心，簡文此處甚合儒家「為政以禮」的主張，所以從思想層面考慮，也不能說原考釋如此注釋一定錯。但是「此天下之大紀」的「此」當指代「君臣、父子、兄弟毋相逾」這件事，簡文字面上當意謂此人倫綱紀乃是天下綱紀。

〔註12〕備（服），鵬按：讀為「服」，訓為「實行」，如《晏子春秋·內篇諫上·景公飲酒醒三日而後發晏子諫》：「君身服之，故外無怨治，內無亂行。」（見吳則虞編著：《晏子春秋集釋》（北京：中華書局，1982年），頁9。）「身服之」意謂「親身實踐教化的內容」。

卑（譬）之猷（猶）朕（股）厷（肱），一▉（肢）不汲（給），則不成人。皆智（知）亓（其）於身之若是，而不戚亓（其）四補（輔）之與是同【04】……古（故）以求民安，正（政）又（有）成玌（功），則君是（寔）任之，古（故）又（有）寙（崇）惪（德）以弅（辨）于者（諸）侯。〔註13〕

夫昔之【05】曰：「昔黃帝方四面。〔09〕」夫幾（豈）面是胃（謂）？〔10〕四差（佐）是胃（謂）。黃帝不出門檜（檐），以智（知）四海之外。是向（鄉）又（有）聖人，必智（知）之；是向（鄉）又（有）戤（暴）民，必智（知）之。古（故）天下之奘（賢）【06】民皆嬰（興），而姚（盜）惥（賊）亡（無）所中朝立〔11〕，不唯〔註14〕君又（有）方臣＝（臣，臣）又（有）方君〔12〕虖（乎）？比正（政）之功，量惪（德）之奘（賢），是以自為〔13〕，椹（匡）補（輔）笇＝（左右），非為臣賜〔14〕，曰：「是可以兼（永）悤（保）杢（社）【07】褑，定圼（厥）身，脡（延）汲（及）庶祀〔15〕。夫遠人之燮（變）備（服）于我，是之以。〔註15〕」皮（彼）差（佐）臣之尃（敷）心聿（盡）焦（惟），不敢迏（妨）善弡（惡），以惥（憂）君豖（家）〔16〕，非蜀（獨）為亓（其）君，医（抑）〔17〕身【08】潢（賴）是（寔）多。古（故）夫君臣之相事，卑（譬）之猷（猶）市賈之交賜（易），則皆又（有）利女（焉）。古（故）上下不恿（庸）〔註16〕，以煮（圖）正（政）之均。正（政）所以利彔

〔註13〕弅，原考釋（頁132）以為讀為「別」或讀為「辯」，訓為「治」。鵬按：讀為「別」未見音例，暫不考慮。「辯」若訓為「治」則是及物動詞，中間不需要「於」，如《淮南子・泰族》：「辯治百官」。（見張雙棣撰：《淮南子校釋》（北京：中華書局，2013年），頁2101）「弅」當讀為「辨」，訓為「分辨」。「於」是助詞，此句是受動句，正如《荀子・榮辱》：「口辨酸鹹甘苦」（〔周〕荀況著，王天海校釋：《荀子校釋》，頁141）與《鄧析子・無厚》：「五味未嘗而辨于口。」（〔周〕鄧析著：《鄧析子》（北京：中華書局，1991年），頁4）「辨於口」的結構同於「辨於諸侯」。故有崇德以辨於諸侯」的「以」是「介詞」，引進「結果」，意謂「因此能因為擁有崇高的德性而被諸侯辨別出來。」

〔註14〕不唯……乎，悅園：意謂「不是因為……嗎？」《左傳》僖公五年：「桓莊之族何罪，而以為戮，不唯偪乎？」句式正相近。參悅園：清華九《治政之道》初讀，武漢大學簡帛網，65樓，http://www.bsm.org.cn/forum/forum.php?mod=viewthread&tid=12426&extra=page%3D1&page=7，2019年11月26日。

〔註15〕是之以，沈培〈對讀〉2:32:16～2:35:10：當是「以是」的倒裝，賓語提前表示強調，「因為這樣」的意思。

〔註16〕恿，紫竹道人：讀為「庸」。當是「庸勳」（《左傳・僖公二十四年》）之「庸」。《孟子・盡心上》：「殺之而不怨，利之而不庸，民日遷善而不知為之者。」「庸」意謂「償」。「上下不庸」承上句「夫君臣之相事，譬之猶市賈之交易，則皆有利焉」而言。君臣相事雖皆有利，但不必相酬謝，大家共同的目的是求政之均以利眾。參紫

（眾），上辩（辨）〔18〕則正₌成₌（政成，政成）則上₌𢓊₌（上宣，上宣）【09】則亡（無）戠（敵），是以并邦不以力，威民不以型（刑）。

此以𤔔（亂）君受之，以遊〈遾〉（失）亓（其）立（位）。〔19〕皮（彼）湎於𣡸（逸）樂，而𧙕（褊）〔註17〕於悳（德）宜（義），古（故）四𡆵（荒）九州各分【10】自立以不備（服）于亓（其）君。上𢘅（愚）則下遾₌執₌（失執，失執）則𢜩₌古₌（惟故〔20〕，惟故）則生智，眾多智則反𣪠（稾）正₌（政。政）之不道〔註18〕，則上遾（失）立（位），亓（其）遾（失）則弗可𦦼（興）。

昔之【11】為百眚（姓）牧〔21〕以臨民之中者〔22〕，必敬戒母（毋）拳（倦），以閞（避）〔註19〕此𩡧（難）。𡕵（沒）身𡤼（免）殜（世），𢚔（患）𩡧（難）不遠（臻），此之曰聖₌人₌（聖人。聖人）聖（聽）聰𥃩（視）盟（明），夫幾（豈）訐（信）耳目【12】之力才（哉）！皮（彼）又（有）𢎗（強）𥸨（輔）以為㠯（已）聖（聽）𥃩（視）于外，古（故）天下之情𢡺（偽）皆可𣌭（得）而智（知）。皮（彼）〔註20〕上聖則眾𢘅₌悠₌（愚披，愚披）〔註21〕則𦖞₌命₌（聞

竹道人：清華九《治政之道》初讀，武漢大學簡帛網，72 樓，http://www.bsm.org.cn/forum/forum.php?mod=viewthread&tid=12426&extra=page%3D1&page=8，2019 年 11 月 27 日。

〔註17〕𧙕，原考釋（頁 135）：疑即「褊」字，訓為「狹小迫促」。鵬按：劉剛認為「𧙕」、「褊」為異體字（參氏著劉剛：〈釋《上博六．用曰》20 號簡的「裕」和「褊」——兼說「扁」聲字的上古音歸部問題〉，《安徽大學學報（哲學社會科學版）》2017 年第 5 期，頁 96），可從。原考釋之通讀及訓解可從。「褊於德義」即「在德義方面很少」，類似結構如《鹽鐵論．水旱》：「褊於日而勤於用。」（〔漢〕桓寬著，〔清〕王利器校注：《鹽鐵論》（北京：中華書局，2015 年），頁 478。）

〔註18〕不道，鵬按：原考釋（頁 135）出注：「道，行也。《管子．任法》：『民不道法，則不祥。』《荀子．王霸》：『不可不善為擇道然後道之』，王念孫《讀書雜志》：『道之，行之也。』」把「道」訓解成動詞，大概是因為「不」是否定副詞。但訓為「行」難以理解，因為前幾句都在講昏君如何亂政，而非政令何以無法推行。且「行」義當源自「取道」，所以當有賓語，但此處沒有賓語。「不道」可以直接理解成「不合於道」，如《管子．中匡》：「賜小國地，而後可以誅大國之不道者。」（〔周〕管子，黎翔鳳撰，梁運華整理：《管子校注》，頁 379）簡文「政之不道」意謂「施政如果不合於道」。

〔註19〕閞，原考釋（頁 136）：讀為「避」，或讀為「闢」，訓為「屏除」。鵬按：當從前說，「避難」乃是成詞，不煩別解。

〔註20〕彼，沈培〈對讀〉2:51:29～2:52:08：這種「彼」是很虛的遠指詞，其功能主要是引起話題，跟「夫」相近，有人就直接讀這種「彼」為「夫」。

〔註21〕𢘅悠，鵬按：「𢘅」從原考釋之說讀為「愚」，本文以為當訓為「愚直」，《說文．心部》：「愚，戇也。」（〔漢〕許慎注，〔清〕段玉裁注：《說文解字注》（臺北：洪葉文化，2016 年），頁 514。）《史記．仲尼弟子列傳》：「柴也，愚。」裴駰《集解》引何晏曰：「愚直之愚。」（〔漢〕司馬遷撰，〔劉宋〕裴駰集解，〔唐〕司馬貞索隱，〔唐〕張守節正義：《史記》（臺北：鼎文書局，1981 年），頁 2185。）「悠」

命，聞命）則備（服）以可甬（用），威以【13】爾（彌）筥（篤）桼（益）旨（耆）。夫以兼專（傅）〔23〕者（諸）侯，以為天下埶（儀）𡊁（式），是以不型（刑）殺而攸（修）申（中）䋨（治）〔01〕，者（諸）侯備（服），不唯上能𦥑（興）虐（乎）？古（故）卡〓（上下）相安，百眚（姓）和慾（悅），【14】㝅（每）專（敷）一正（政），民若解凍。亓（其）吏（使）民以旹（時），亓（其）思（息）民以旹（時）。血熨（氣）迵（通），尾（庶）民不疢（瘠）〔24〕虗（且）壽，亡（無）妖（夭）死者。此所胃（謂）惠悳（德）。

今之王公以眾正（征）募（寡），【15】以弜（強）政（征）溺（弱），以多威（滅）人之杢（社）視（稷），㓝（削）人之坺（封）壃（疆），麗（離）人之父子、𨑑（兄）弟，取亓（其）馬牛賵（貨）資以利亓（其）邦國，或（又）曰此武悳（德）。夫是所以閟（閉）者（諸）侯之迲（路）而【16】慫（勸）〔註22〕天下之𨁈（亂）者。

昔顥（夏）后乍（作）賞，民以貪賵（貨）；殹（殷）人乍（作）罰，民以好戮（暴）。古（故）喬（教）必從上訇（始）。昔之又（有）國者必忞（檢）於宜（義）〔註23〕，毋忞（檢）【17】於宜（義）必慼。百眚（姓）之不和、四坺（封）之不實、佻（盜）娍（賊）之不爾（彌）、金革之不逓（敝）〔註24〕，此

當讀為「披」，訓為「分散」、「散開」。《廣韻‧支韻》：「披，分也，散也。」（宋‧陳彭年，周祖謨校：《廣韻校本》（北京：中華書局，2011 年），頁 45。）《史記‧項羽本紀》：「於是項王大呼馳下，漢軍皆披靡，遂斬漢一將。」（〔漢〕司馬遷撰，〔劉宋〕裴駰集解，〔唐〕司馬貞索隱，〔唐〕張守節正義：《史記》，頁 334。）《後漢書‧張王种陳列傳》「軍士皆披。」（〔劉宋〕范曄撰，〔唐〕李賢等注，〔晉〕司馬彪補志，楊家駱主編：《後漢書》（臺北：鼎文書局，1981 年），頁 1830。）「上聖則下愚披」意謂君上聖明，則臣下愚直而分散。愚直則不私，分散即不阿黨。

〔註22〕慫，鵬按：原考釋括讀為「勸」，可從，但無說。當訓為「促進」、「鼓勵」，如《漢書‧王莽傳》：「幾上下同心，勸進農業。」（〔漢〕班固撰，〔唐〕顏師古注，楊家駱主編：《漢書》（臺北：鼎文書局，1986 年），頁 4143。）上半句說「閉諸侯之路」，猶簡 41 的「決諸侯之好」，下半句「勸天下之亂」言不只使諸侯不來，更說「促使天下趨向動亂」。

〔註23〕忞（檢），鵬按：原考釋（頁 137）之或說訓為「約束」可從，但原考釋理解為「以義約束」就不夠精準。「僉」聲字多有收斂義，如斂、儉、撿。「於」是介詞，表示所止。「檢於義」結構與「斂於棺」同，直譯作「約束到義」，意謂「約束自己使自己合於義」。

〔註24〕逓，麒麟兒：整理者讀「敝」可從，但應訓為「終止」，乃「終止」之意，如《禮記‧緇衣》「故言必慮其所終，而行必稽其所敝」；《左傳》襄公十三年「國之禍難，誰知其敝」，《經義述聞》訓為「終」。「金革之不敝」之義應為「戰爭之不息」。參麒麟兒：清華九《治政之道》初讀，武漢大學簡帛網，16 樓，http://www.bsm.org.cn/forum/forum.php?mod=viewthread&tid=12426&extra=page%3D1&page=2，2019 年 11 月 22 日。

則侯王、君公之卹，古（故）必晃（早）者（圖）戁（難）〔25〕安（焉）。專（敷）正（政）乍（作）事，毋【18】汲（及）女（焉）者（圖）〔26〕；亓（其）汲（及）女（焉）者（圖），唯（雖）果孚（免）之〔27〕，則或（又）非聖＝人＝（聖人。聖人）專（敷）正（政）乍（作）事，遠逐（邇）□□□□。皮（彼）亓（其）桷（輔）相、耑＝（左右）、逐（邇）臣皆（諧）和同心〔28〕，以甼（一）〔29〕亓（其）智。聖（聲）【19】以柰（益）厚，聝（聞）以柰（益）章（彰），者（諸）侯萬邦銜（率）嘉之，則考（孝）孚（勉）蠤（寬）〔註25〕惠以並事之。春臤（秋）之甾（時），以亓（其）馬女〔註26〕、金玉、尚（幣）帛、名鼍（器）鴫（聘）覎不解（懈），乃【20】……〔註27〕新（新）。皮（彼）〔30〕唯（雖）先不道，我猒（猶）甼（一）。〔31〕皮（彼）戈（一）而【21下】不巳（已），亓（其）戔（再）〔註28〕乃巳（已）；厶（三）而不巳（已），四罗（鄰）之者（諸）侯乃必不悪（諒）〔註29〕亓（其）悳（德）以自固于我〔32〕。卑（譬）之若金：剛之，盡（疾）〔33〕毀；忍（柔）之，盡（疾）釖＝（鉎。鉎）猒（猶）可返（復），毀則不可【22】敦（屬）。武威，卑（譬）之若蓼莉〔34〕之易戲（毀）〔35〕；文威，卑（譬）之若恖（溫）甘〔36〕之屪（際）曺（覃）〔37〕。古（故）武可軋（犯）而文不可軋（犯）。

今夫又（有）國之君，牆（將）或（又）軌（焉）〔38〕不欤（足）才（哉）？

〔註25〕蠤，紫竹道人：讀為「寬」，「寬惠」乃古人成詞。參紫竹道人：清華九《治政之道》初讀，武漢大學簡帛網，73 樓，http://www.bsm.org.cn/forum/forum.php?mod=view thread&tid=12426&extra=page%3D1&page=8，2019 年 11 月 27 日。

〔註26〕馬女，原考釋（頁 138）：馬與女，皆可作為禮品。鵬按：以馬與女為禮品的例子，又如《孔子家語‧子路初見》「乃選好女子八十人，衣以文飾而舞容機，及文馬四十駟，以遺魯君。」（〔魏〕王肅注：《孔子家語》（臺北：世界書局，1991 年），頁 49。）

〔註27〕鵬按：此處缺 30 餘字。

〔註28〕戔，王寧〈初讀〉60 樓，又見王寧〈散札〉：字從「二」會意，戋聲。鵬按：海天遊蹤〈初讀〉91 樓有詳細補充論證，可從。又參王寧：清華九《治政之道》初讀，武漢大學簡帛網，60 樓，http://www.bsm.org.cn/forum/forum.php?mod=viewthread &tid=12426&extra=page%3D1&page=6，2019 年 11 月 26 日。海天遊蹤：清華九《治政之道》初讀，武漢大學簡帛網，91 樓，http://www.bsm.org.cn/forum/forum.php?mod= viewthread&tid=12426&extra=page%3D1&page=10，2019 年 11 月 30 日。

〔註29〕悪，原考釋（頁 138）：諒，信也。鵬按：原考釋訓為「信」可從，《說文》「諒，信也。」段注：「經傳或假亮為諒。」（〔漢〕許慎注，〔清〕段玉裁注：《說文解字注》，頁 90）《後漢書‧袁紹劉表列傳上》「公貌寬而內忌，不亮吾忠。」（〔劉宋〕范曄撰，〔唐〕李賢等注，〔晉〕司馬彪補志，楊家駱主編：《後漢書》，頁 2402。）「不諒其德」與「不亮吾忠」結構相同，意謂「不相信他的德行。」

亓（其）或（又）貪於【23】𢡺（爭），以危（危）亓（其）身。皮（彼）亓（其）所君者〔註30〕，眾寡（寡）句（苟）紿（治），𦘔（盡）跅（足）君〔39〕。紿（治）則㥁（保）之，𤔔（亂）則遊（失）之。夫又（有）或（國）必又（有）亓（其）𡔸（器），少（小）大獸（守）之〔40〕，則必長以亡（無）割〔41〕。〈后〉（苟）〔註31〕亡（無）【24】獸（守）之𡔸（器），幾（豈）亓（其）可靜（爭）於獸（守）〔42〕虐（乎）？少（小）於（乎）不固〔43〕，引（矧）亓（其）或（又）大虐（乎）〔44〕？古（故）唯（雖）僮（動）亓（其）眾庶，聑（攝）紡（飭）亓（其）兵虘（甲），以戎力弜（強）而取之，則𠁁（必）不夂（終）亓（其）身。

皮（彼）【25】庶民卑（譬）之若飛鳥之相桼（次）〔註32〕，唯所安之木，夫幾（豈）可弜（強）才（哉）！〔註33〕古（故）昔之又（有）國者，盟（明）正（政）以逨（來）之，鉊（欽／〈審〉）𡥈（教）〔45〕以𢻸（撫）之。亓（其）所訋（招）則遖〈極〉，所求則【26】旻（得），〔註34〕以亓（其）珪璧嘉㡀（幣）不貣（忒）於亓（其）旹（時），此紿（治）之所至。者（諸）侯之邦，韢（廣）者巽（筭）千里、巽（筭）千𩃴（乘），㑒（儉）者巽（筭）百里、巽（筭）百𩃴（乘）而又（有）之。〔註35〕亓（其）民【27】𢦏（歲）猷（育），五穜（種）𢦏（歲）[illegible]，絲絴〔註36〕𢦏（歲）篙（熟），羽𣯃（毛）𢦏（歲）解，皺（皮）

〔註30〕所君者，子居〈解析下〉引《管子·君臣下》：「國，所有也；民，所君也。」鵬按：子居之說可從，「所君者」當指民。

〔註31〕〈后〉，沈培〈對讀〉2:55:01～2:57:30：應為「句」字多一筆，讀為「苟」。

〔註32〕桼，激流震川 2.0：當如整理者或說讀為「次」。以楚簡用字習慣而論，「朿」往往與「次」相通。《楚辭·九歌·湘君》：「鳥次兮屋上」，王逸注云：「眾鳥舍止我之屋上」。參激流震川 2.0：清華九《治政之道》初讀，武漢大學簡帛網，117 樓，http://www.bsm.org.cn/forum/forum.php?mod=viewthread&tid=12426&extra=page%3D1&page=12，2020 年 1 月 21 日。

〔註33〕彼……強哉，ee：此句應歸下段，下段之前諸句是說招民、撫民。ee：清華九《治政之道》初讀，武漢大學簡帛網，59 樓，http://www.bsm.org.cn/forum/forum.php?mod=viewthread&tid=12426&extra=page%3D1&page=6，2019 年 11 月 25 日。

〔註34〕鵬按：原釋文在此處下句號，不妥，當是逗號。「以」是連詞，表「而且」，如王引之《經傳釋詞》引《廣雅》：「以，猶而也。」（王引之撰，李花蕾點校：《經傳釋詞》（上海：上海古籍出版社，2014 年），頁 64。）上句言先王修內政以招民，此句言不只人民歸往，連諸侯都朝聘不懈，都是因為內政治平所致使的結果。

〔註35〕鵬按：原釋文在此處下逗號，容易導致誤會，不如句號。前句言朝聘的諸侯大者極大，小者亦不小，後句言在先王治平的狀況下，百姓、萬物、外交的昌盛、和平。若下逗號，容易使人誤會「其民」的「其」指代「諸侯」，「其」當指代「昔之有國者」。

〔註36〕絴，鵬按：原考釋括讀為「纑」，但以母跟溪母相隔較遠，尚待研究。

革戠（歲）亟（極），飛鳥、趣麈（鹿）、水鼠戠（歲）生，青黃、金、玉、珠、玫、璿、玧珤（飾）戠（歲）至。【28】古（故）昔者聖人，絅（治）者是貴，能絅（治）乃賏（富），上叄（且）不危，以亡（無）厸（尤）〔46〕於天下。聖人之龘（業），日可見，可智（知），戠（歲）可購（賴）。

唯今之王公蜀（獨）不【29】欲絅（治）而欲䵣（亂）才（哉）？医（抑）取相瀘（廢）塱（興）未轚（軌）於聖人，吏（使）又（有）色，塱（舉）賏（富）（富）貴，古（故）厇（度）事愳（謀）煮（圖），大态（患）〔47〕邦宙（中）之正（政）、四國之交，是以多遉（失）。【30】夫幾（豈）窐（令）色〔註37〕、賏（富）貴乃必或（又）聖虘（乎）？唯（雖）亓（其）又（有）之，亦亓（其）希。今貴人以色，賏（富）人無量。女（如）亓（其）所貴奠〈賏〉（富）〔48〕而是，則亦猷（猶）可。唯（雖）肰（然），聖人【31】猷（猶）為厽（三）殜（世）者〈煮〉（圖）〔註38〕，既為身煮（圖），或（又）為子煮（圖），或（又）為孫煮（圖）。女（如）亓（其）所貴賏（富）而非，是則危身述（墜）邦之道。

昔晶（三）弋（代）之相取〔49〕，周宗之絅（治）庳（卑），【32】聿（盡）自遉（失）秉。夫詹（諺）又（有）言：「漸=柯=（斬柯斬柯），亓（其）悬（則）不遠=（遠。）遠」監顯（夏）后、䃒（殷）、周，遫（邇）監於齊、晉、宋、奠（鄭）、魯之君，是聿（盡）夫塱（興）人之忢（過）者。句（苟）亓（其）塱（興）【33】人不厇（度），亓（其）瀘（廢）人必或（又）不厇（度），钇（起）事必或（又）不峕（時），奉（逢）民之远（務）〔50〕。大宮室，高

〔註37〕鵬按：這裡的「令色」跟前句的「有色」都只「有姿色」，面容姣好。古籍多見國君不任賢才，而任用面容姣好、無功富貴，如《墨子·尚賢下》：今王公大人其所富，其所貴，皆王公大人骨肉之親，無故富貴、面目美好者也。今王公大人骨肉之親，無故富貴、面目美好者，焉故必知哉！……王公大人骨肉之親，無故富貴、面目美好者，此非可學能者也。」（〔清〕孫詒讓著，孫以楷點校：《墨子閒詁》（臺北：華正書局，1987年），頁64。）又如《韓非子·詭使》：「斷頭裂腹播骨乎平原野者，無宅容身，身死田奪；而女妹有色，大臣左右無功者，擇宅而受，擇田而食。」（〔周〕韓非著，陳奇猷校注：《韓非子新校注》（上海：上海古籍出版社，2000年），頁991～992）簡文此處呼應〈治邦之道〉簡9「毋湛於令色以熒心，稱其行之厚薄以使之。」（「咸」讀為「湛」，從岳拯士之說，見氏著〈清華簡校釋三則〉，《簡帛研究》二〇二〇年春夏卷（桂林：廣西師範大學出版社，2020年），頁25～27。）

〔註38〕者，沈培〈對讀〉2:57:31–3:00:45：「者」當是「煮」之誤，讀為「圖」。鵬按：沈培之說可從，此句在說就算所任用的是聖人，聖人也會有私心，以接續下句「如其所貴富而非」，言何況用錯人。

臺（臺）述（壇）〔51〕，深沱（池）宝（廣）宏〈宕〉（囿）〔註39〕，敳（造）敳（樹）闕（關）獸（守）、波（陂）壐（塘），土祉（功）亡（無）既，【34】以敓（奪）〔註40〕民尐（務）。古（故）堅（地）【政21上】材（財）盡，五〔穜〕（種）不降（登）〔52〕，寶（府）定（庫）倉𡦝，是以不實，車馬不关（完）〔53〕，兵𡏳（甲）不攸（修），亓（其）民乃戛（寡）以不正。亓（其）悳（德）𡎛（淺）於百眚（姓）〔54〕，【35】虐（虐）殺不䇓（辜），賸（罪）戾型（刑）殘（戮）取人之子女〔55〕，貧俴（賤）不㤅（愛），獄訟不中，詞（辭）告〔56〕不達。正卿夫=（大夫）或（又）倦（卷）𥢶（糧）暴嬴（嬴）〔註41〕，以敥（漁）亓（其）邦，返（及）亓（其）埜（野）郢（鄙）〔註42〕【36】四鄹（邊）。或（又）聚（驟）厚為正（征）貣（貸）〔57〕，以多敳（造）不甬（用）之器，以玫（飾）宮室，以為目觀之亡（無）既。亓（其）民乃賙（贅）立（位）叚（假）貣（貸）〔58〕，亡（無）又（有）閯（閒）𤺺（廢）〔59〕。古（故）萬民寁（窘）通（痛）〔60〕【37】，寒心以蔥（疾）〔註43〕于上=（上。上）唯（雖）智（知）之，或（又）弗屑（屑）屾，曰：「虐（吾）人之亡（無）又（有）虐（乎）〔61〕？」

皮（彼）亓（其）匿（曙）因逐（邇）臣至獻□以忠㤅（愛）之，乃窒（令）

〔註39〕 宏，紫竹道人：「宏」乃「宕」之誤字，「厷」、「右」形近易混，「宕」即「囿」之簡俗體，就是苑囿之「囿」字。參紫竹道人：清華九《治政之道》初讀，武漢大學簡帛網，74 樓，http://www.bsm.org.cn/forum/forum.php?mod=viewthread&tid=12426&extra=page%3D1&page=8，2019 年 11 月 27 日。

〔註40〕 閔，羅小虎：讀為「奪」，訓為「奪取」。羅小虎：清華九《治政之道》初讀，武漢大學簡帛網，12 樓，http://www.bsm.org.cn/forum/forum.php?mod=viewthread&tid=12426&extra=page%3D1&page=2，2019 年 11 月 22 日。

〔註41〕 暴嬴，鵬按：「暴」訓為「猛烈」，如《史記·平津侯主父列傳》：「倒行暴施」。（〔漢〕司馬遷撰，〔劉宋〕裴駰集解，〔唐〕司馬貞索隱，〔唐〕張守節正義：《史記》，頁 2961。）「嬴」，疑讀為「贏」，訓為「超過」，如《周禮·考工記·弓人》：「撟幹欲孰於火而無贏。」（〔漢〕·鄭玄注，〔唐〕賈公彥疏，〔清〕阮元校勘：《十三經注疏·周禮注疏》（臺北：藝文印書館，1965 年），頁 660-2。）「卷糧暴嬴」意謂猛烈而過分的奪取人民的糧食。

〔註42〕 郢，紫竹道人：讀為「鄙」。紫竹道人：清華九《治政之道》初讀，武漢大學簡帛網，74 樓，http://www.bsm.org.cn/forum/forum.php?mod=viewthread&tid=12426&extra=page%3D1&page=8，2019 年 11 月 27 日。

〔註43〕 蔥，陳民鎮〈補說〉，頁 197～198：讀為「疾」，訓為「怨恨」。鵬按：類似「疾於上」的說法如《戰國策·楚策》：「今王之大臣父兄，好傷賢以為資，厚賦斂諸臣百姓，使王見疾於民。」（〔漢〕劉向集錄：《戰國策》（上海：上海古籍出版社，1987 年），頁 537。）

色弗受以固御之〔62〕，曰：【38】「女（汝）或（又）臨〔63〕我以智虐（乎）？」皮（彼）或（二）晶（三）而不巳（已），亓（其）柬（諫）林（益）耆（耆），乃遠遯（屏）之。謹（讒）臣審（崇）亓（其）者（圖）裕（欲）之不韋（違），以厶（私）利亓（其）身，出則敚（播）〔註44〕情牄（揚）亞（惡），以流【39】……埶（陷）之于大難=（難。難）之既辺（及），則或（又）自麗（罹）女（焉）。

皮（彼）不智（知）亓（其）遳（失），不者（圖）审（中）正（政）之不綯（治）、邦豪（家）之多疠（病）、萬民之不恤，則【40】或（又）欲大啟壁（闢）坴（封）墥（疆），以立名於天下，歓（摧）〔註45〕墬（地）改（改）坴（封），以鹽（絕）者（諸）侯之好。皮（彼）亓（其）行李（李）吏（使）人枩（來）請亓（其）故，不聖（聽）亓（其）訽（辭），唯從（縱）亓（其）志。皮（彼）〔64〕乃敚（播）〔註46〕善執悫（怨），亦戒以詩（待）之，【41】為旹（時）〔65〕以相見坪（平）韵（邊）之审（中），歓（鑒）杜（度）敘（序）軙（陣）〔66〕，被虜（甲）緌（縷）皐〈皐〉（冑），以眾相向。夫齵（亂）者乃違心〔註47〕悥（悒）悫（怨）〔註48〕，不楫（輯）君事以辱亓（其）君。事亡（無）成礼（功），波（疲）逊（敝）軍徒，荅（露）亓（其）車兵，以不旻（得）亓（其）意於天下，則或（又）咎天曰：「母（毋）乃虐（吾）【42】□□□非山川、丘杢（社）、后禝（稷），以辺（及）虐（吾）先祖、皇示〔註49〕、庶神。是亓（其）棍（慍）

〔註44〕敚（播），黃春蕾：訓為放棄。參黃春蕾：〈讀清華簡九《治政之道》札記四則〉，《四川職業技術學院學報》2021年第1期，頁124。

〔註45〕歓（摧），羅小虎：整理報告的意見可從。「崔」聲之字與「衰」聲之字可通。庚壺銘有「林子」，李家浩先生認為「林子」同於「崔子」，為齊國之崔杼。所以本簡「歓」讀為「摧」可行。摧，折也。摧折鄰國國土，更改國家的邊界，所以導致「絕諸侯之好」。鵬按：類似用法如《史記‧太史公自序》：「南拔鄢郢，北摧長平。」（〔漢〕司馬遷撰，〔劉宋〕裴駰集解，〔唐〕司馬貞索隱，〔唐〕張守節正義：《史記》，頁3313。）羅小虎：清華九《治政之道》初讀，武漢大學簡帛網，43樓，http://www.bsm.org.cn/forum/forum.php?mod=viewthread&tid=12426&extra=page%3D1&page=5，2019年11月23日。

〔註46〕蕙，陳民鎮〈補說〉，頁197～198：讀為「疾」，訓為「怨恨」。鵬按：類似「疾於上」的說法如《戰國策‧楚策》：「今王之大臣父兄，好傷賢以為資，厚賦斂諸臣百姓，使王見疾於民。」（〔漢〕劉向集錄：《戰國策》（上海：上海古籍出版社，1987年），頁537。）。

〔註47〕違心，蘇建洲：訓為「叛心」或「邪心」。參蘇建洲：〈根據清華簡《治政之道》「⿱⿰」字重新討論幾個舊釋為「夗」、「邑」、「序」的字形〉，頁233～234。

〔註48〕悥悫，讀為悒怨，訓為憂悶忿恨；或讀為含怨。參蘇建洲：〈根據清華簡《治政之道》「⿱⿰」字重新討論幾個舊釋為「夗」、「邑」、「序」的字形〉，頁225～235。

〔註49〕皇示，鵬按：《周禮‧天官‧大宰》：「祀大神示。」鄭注：「神祇謂天地。示本又作

愁（懠）于我邦，以不右（祐）我事。」古（故）卲（灼）龜，鰥祀、祇（礫）禳、祈襟（祡）〔註50〕，痓（沈）□（瘞）珪辟（璧）、我（犧）全（牷）、饋爨，以忌（祈）亓（其）多福，乃卽以逨（復）〔67〕之。

皮（彼）【43】亓（其）型（刑）正（政）是不改（改），不愚（謀）初怣（過）之不立〔註51〕，亡（無）募（顧）〔註52〕於者（諸）侯，亓（其）民愈（瘝）〔註53〕敝〔註54〕以解（恚）〔註55〕怘（怨），閨（託）〔註56〕固（故）〔註57〕以不甄（孚）〔註58〕于上，命是以不行。〔註59〕進退不劼（詣）〔註60〕，至（致）

祇，音機。」（〔漢〕鄭玄注，〔唐〕賈公彥疏，〔清〕阮元校勘：《十三經注疏・周禮注疏》，頁36。）《尚書・微子》：「今殷民乃攘竊神祇之犧牷牲用以容將食無災。」陸德明《釋文》：「天曰神，地曰祇。」（陸德明：《經典釋文》（上海：上海古籍出版社，1985年），頁172。）《文選・三月三日曲水詩序》：「皇祇發生之始。」李善注：「皇，天神也；祇，地神也。」（〔梁〕蕭統編，〔唐〕李善注：《文選》（上海：上海古籍出版社，1986年），頁2052。）可知皇示即神祇，即指天神與地神。

〔註50〕 ，鵬按：從潘燈之說隸定為「襟」，《說文》：「祡，燒柴尞祭天也。古文祡，從隋省。」（〔漢〕許慎注，〔清〕段玉裁注：《說文解字注》，頁4）「差」從「左」聲，「此」從「此」聲，兩者古書常見通假（可參張儒、劉毓慶編：《漢字通用聲素》（山西：山西古籍出版社，2002年），頁511）。參潘燈：清華九《治政之道》初讀，武漢大學簡帛網，49樓，http://www.bsm.org.cn/forum/forum.php?mod=viewthread&tid=12426&extra=page%3D1&page=5，2019年11月23日。

〔註51〕 不謀初過之不立，鵬按：「初」是時間副詞，當初。「立」，訓為建立，猶「立功」。整句意謂不圖謀一開始就不犯錯。

〔註52〕 募，羅小虎〈邦〉27樓：讀為「顧」，訓為「顧念」。

〔註53〕 愈，鵬按：讀為「瘝」，訓為「病」，如《詩・小雅・正月》：「父母生我，胡俾我瘝」，毛傳：「瘝，病也。」（〔漢〕毛亨傳，〔漢〕鄭玄箋，〔唐〕孔穎達疏，〔清〕阮元校勘：《十三經注疏・毛詩正義》（臺北：藝文印書館，2001年），頁397。）上亂政使民病的辭例很多，如《韓非子・初見秦》：「兵甲頓，士民病，蓄積索，田疇荒，囷倉虛」。（〔周〕韓非著，陳奇猷校注：《韓非子新校注》，頁3。）「瘝敝」意謂人民病弱衰敗。

〔註54〕 敝，賈連翔、劉信芳〈邦說〉：如字讀，訓為「凋敝」的「敝」。參賈連翔：〈從〈治邦之道〉、〈治政之道〉看戰國竹書「同篇異制」現象〉，《清華大學學報（哲學社會科學版）》2020年第1期，頁45。

〔註55〕 解，劉信芳〈邦說〉：讀為「恚」，「恚怨」乃是成辭。

〔註56〕 閨，賈連翔〈從〈治邦之道〉、〈治政之道〉看戰國竹書「同篇異制」現象〉：讀為「託」。

〔註57〕 固，哇那〈邦〉52樓：讀為「故」。劉信芳〈邦說〉：「託故」意謂找藉口。

〔註58〕 甄，潘燈〈邦〉92樓：釋為甄。賈連翔〈從〈治邦之道〉、〈治政之道〉看戰國竹書「同篇異制」現象〉：讀為「孚」，訓為「信從」。

〔註59〕 鵬按：此句從「彼其」開始到「于上」是條件，「命是以不行」是結果，原考釋斷句不當。

〔註60〕 劼，鵬按：讀為「詣」，訓為「到」，如《後漢書・荀韓鍾陳列傳》：「荀爽、鄭玄、申屠蟠俱以儒行為處士，累徵並謝病不詣。」（〔劉宋〕范曄撰，〔唐〕李賢等注，

力［註61］【邦14】不孞（勉）［註62］，乃劐（斷）［註63］迏（忒）［註64］閟（杜）匿（慝），以孞（免）亓（其）殯（殂）。［註65］古轪［註66］爲溺，以不廬（慊）［註67］于志，以至于邦豪（家）懇（昏）齓（亂），殺［註68］少［註69］刟（削）歠（損），以返（及）于身。呂（凡）皮（彼）刟（削）坅（邦）疕（弱）君，以返（及）裻（滅）由虛丘，【邦01】皆以［註70］灊（廢）嬰（興）之不厇（度），古（故）褙（禍）福不遠，妻（盡）自身出。【邦02】

第四節　疑難字詞考釋

昔者茬（前）帝之綹（治）正（政）之道，卡＝（上下）各又（有）亓（其）攸（修）〔1〕，夂（終）身不解（懈），古（故）六詩不淫〈淫〉。六詩〔2〕者，所以節民，羾（辨）立（位），思（使）君臣、父子、貹（兄）弟母（毋）相逾，此天下【01】之大紀。

〔晉〕司馬彪補志，楊家駱主編：《後漢書》，頁 2057。)《後漢書・周黃徐姜申屠列傳》：「大將軍何進連徵不詣。」（〔劉宋〕范曄撰，〔唐〕李賢等注，〔晉〕司馬彪補志，楊家駱主編：《後漢書》，頁 1753。)「進退」疑是偏義複詞，意謂進用。「進退不詣」意謂國君任用不到職。

〔註61〕 至，子居：讀為「致」。鵬按：但當訓為一般的「出」、「獻」。參注62。

〔註62〕 孞，賈連翔〈從〈治邦之道〉、〈治政之道〉看戰國竹書「同篇異制」現象〉頁45、劉信芳〈邦說〉：讀為「勉」。「致力不勉」意謂為國君出力怠惰做做樣子。

〔註63〕 劐（斷），石小力：訓為「斷絕」。參石小力：《清華簡第八輯字詞補釋》，清華大學出土文獻研究與保護中心網站，http://www.ctwx.tsinghua.edu.cn/info/1081/2469.htm，2018 年 11 月 17 日；又收錄於《紀念清華簡入藏暨清華大學出土文獻研究與保護中心成立十周年國際學術研討會論文集》，2018 年 11 月 17～18 日，頁 301。

〔註64〕 迏，賈連翔〈從〈治邦之道〉、〈治政之道〉看戰國竹書「同篇異制」現象〉頁45：讀為「忒」。

〔註65〕 鵬按：此句指臣民盡可能抵抗為國君作事，才能避免出錯杜絕災害，以避免殺身。與「命是以不行」的主語不同，當單獨成句。

〔註66〕 轪，ee〈邦〉54 樓：釋為轪。又參單育辰：〈《清華大學藏戰國竹簡（捌）》釋文訂補〉，《出土文獻》第 14 輯（2019 年），頁 168。鵬按：「古轪為溺」四字如何理解尚待研究。

〔註67〕 廬，心包〈邦〉76 樓：讀為「慊」。

〔註68〕 殺，海天遊蹤〈邦〉39 樓：釋為「殺」，訓為「消耗」、「衰微」。

〔註69〕 少，蕭旭：如字讀，「殺少削損」四字同義。參蕭旭：《清華簡（八）〈治邦之道〉校補》，復旦大學出土文獻與古文字研究中心網站，http://www.gwz.fudan.edu.cn/Web/Show/4340，2018 年 11 月 26 日。

〔註70〕 皆以，子居補。參子居：〈清華簡八《治邦之道》解析〉，先秦史論壇，https://www.xianqin.tk/2019/05/10/735/，2019 年 5 月 10 日。

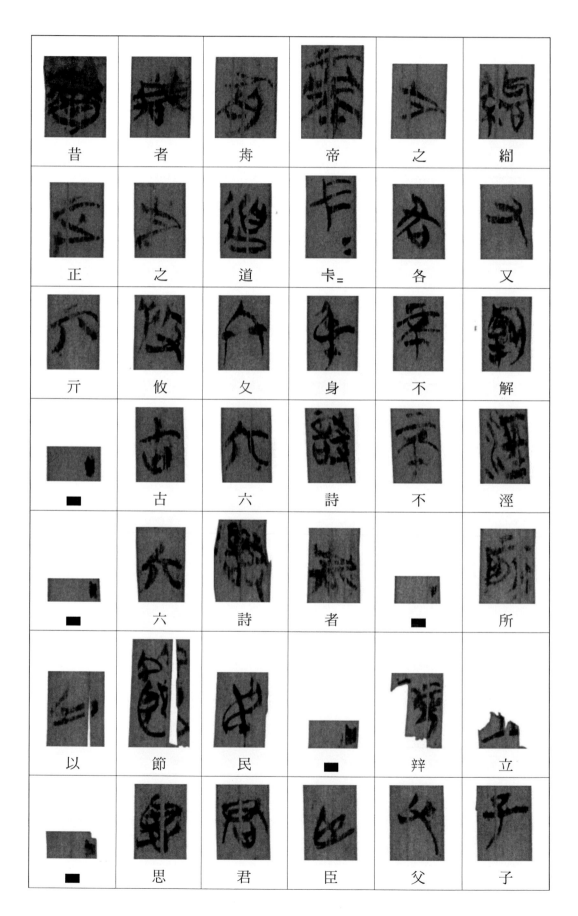

昔	者	耑	帝	之	絧
正	之	道	卡=	各	又
元	攸	夊	身	不	解
■	古	六	詩	不	淫
■	六	詩	者	■	所
以	節	民	■	𢓃	立
■	思	君	臣	父	子

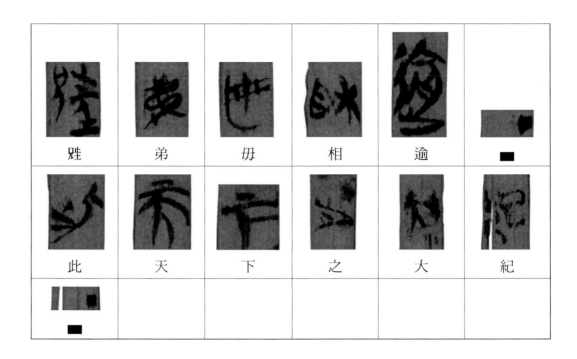

姓	弟	毋	相	逾	■
此	天	下	之	大	紀
■					

〔01〕攸（修）

原考釋（頁130）

攸，讀為「修」，指職責。清華簡《治邦之道》：「君守器，卿大夫守政，士守教，工守巧，賈守賈鬻聚貨，農守稼穡，此之曰修。」上博簡《曹沫之陣》：「鄰邦之君明，則不可以不攸（修）政而善於民。」《禮記‧王制》：「司徒修六禮以節民性，明七教以興民德。」

陳民鎮〈筆記2〉

整理者的理解是由文義推導出的，尚缺乏訓詁依據。「攸」讀作「修／脩」是合乎用字習慣的，但其涵義有待進一步推求。筆者認為此處「修／脩」猶言條理、秩序，參見《逸周書‧周祝解》：「舉其脩，則有理。」孔晁注：「脩……謂綱例也。」王念孫《讀書雜志‧逸周書四》：「脩，即條字也。條必有理，故曰舉其條，則有理。」「上下各有其脩」指的是各階層各安其位。

子居〈解析上〉

意見同〈治邦之道解析〉

「修」當訓為飾，指「車服」等，引申為「職司」，《說文‧彡部》：「修，飾也。」《荀子‧王制》：「上以飾賢良，下以養百姓而安樂之。」楊倞注：「飾，謂車服。」《國語‧魯語上》：「夫位，政之建也；署，位之表也；車服，表之章

也。」車服是職位的象徵，故「以抗其修」就是現在說的要稱職，《治邦之道》下文列舉君、卿大夫、士、工、商、農的職司所在，然後言「此之曰修」，即可見「修」實際上就是指的「職守」。

劉信芳〈試解〉

「修」本義為「飾也」（《說文》），治也，蓋謂上下乃至各行各業守職之飾，之治，成其職守、專業之長也。

鵬按

本篇竹書「攸（修）」字凡五見，另有一「埊（修）」字，辭例如下：

1. 兵甲不攸（修）。【35】

2. 埊（修）谷滐，順舟航。【邦22】

3. 君守器，卿大夫守政，士守教，工守巧，賈守賈鬻、聚貨，農守稼穡，此之曰攸（修）。【邦16】

4. 前帝治政之道，上下各有其攸（修），終身不懈，故六詩不淫。【01】

5. 上有過不加之於下，下有過不敢以罔上，失之所在，皆知而更之，故莫敢怠，以亢其攸（修）。【邦15】

6. 是以不刑殺而攸（修）中治，諸侯服。【14】

例1、例2的「修」都是動詞，詞義都是「修繕」或「修治」，對象是具體事物，毋庸深論。主要問題在例3、4、5、6。筆者認為例3、4、5、6的「攸（修）」是一樣的詞義，相同的用法，都訓為「職守」。疏通本篇竹書文意時，此四例當互相照應。

例3「此之曰修」蕭旭讀為「道」。例4「上下各有其修」之「修」，原考釋認為指「職責」，陳民鎮讀為「條」、訓為「條理」。劉信芳意見太模糊，暫不予置評。例5「以亢其修」之「修」，原考釋訓為「善」〔註71〕；蕭旭讀為「道」。例4、5子居皆訓為「飾」指「車服」，再引申為「職司」、「職守」。例6「修中治」之「修」，原考釋、子居訓為「修治」。

〔註71〕清華大學出土文獻研究與保護中心編、李學勤主編：《清華大學藏戰國竹簡（捌）》，頁143。

　　例 3、5 蕭旭讀為「道」〔註72〕，雖然兩者「攸」、「道」疊韻，心母、定母可通，但是楚簡｛道｝不見以借字表示，不合用字習慣。例 5「以攸其修」之「修」原考釋訓為「善」，然「修」訓為「善」時多為形容詞性質，需要中心語，不能單獨存在，如《楚辭・離騷》「老冉冉其將至兮，恐脩名之不立」〔註73〕，這個義項不適用於例 3、4、5、6。例 4「上下各有其修」、例 5「以攸其修」最明顯，都找不到「修」若訓為「善」可修飾的中心語。陳民鎮訓為「條理」，於例 3、4、6 似未必不可通，但是置於例 5「以攸其修」則成「以對得起他職位的條理」難以理解（例 5「攸」字詳後）。子居訓為「飾」指「車服」，但所引《荀子・王制》「上以飾賢良，下以養百姓而安樂之」楊倞注：「飾，謂車服。養，謂衣食」〔註74〕，「飾」是針對「上以飾賢良」整句而言，而非單一個「飾」字的詞義，而上引幾處簡文此處皆不能指「車服」，如例 3 談的是上下各有其所守，例 5 談上下皆兢兢業業，都與車服無關，故也就不能經由「車服」引申出「職守」義。

　　綜上所述，例 4、5、6 的「修」，多數意見對於簡文文意的理解是類似的，也就是表達「職責」、「職司」的意思，癥結在於「修」如何能表達「職責」、「職司」義（例 5、6 文意詳後）？「攸」之本義為「擦洗人身」裘錫圭已有詳論，且「攸」也可以有「『掃除糞洒』宮室壇兆的意義。」裘錫圭詳細舉出許多用法相同的辭例，如《周禮》天官、春官、夏官，《禮記》，《中庸》，論證「修」是「攸」的後起字，繼承了「掃除糞洒」的原始義，也擔負了「修飾」、「修治」的引申義。〔註75〕《周禮・天官・冢宰》「祀五帝，則掌百官之誓戒，與其具、修。」鄭注：「具，所當共。修，掃除糞洒。」〔註76〕《周禮》的「其修」即「他的修」，這裡的「修」指「修」這個動作或事務，或可翻譯作「掃除工作」。亦即「修」作名詞可以表示「修」的動作或事務本身，我們可以看到即便已經引申作「修治」、「修備」，用法仍然不變。如《史記・平準書》：「宮

〔註72〕蕭旭：〈清華簡（八）《治邦之道》校補〉，復旦大學出土文獻與古文字研究中心論壇，http://www.gwz.fudan.edu.cn/Web/Show/4340，2018 年 11 月 26 日。

〔註73〕〔宋〕洪興祖著，白化文等點校：《楚辭補注》（北京：中華書局，1983 年），頁 12。

〔註74〕〔周〕荀況著，王天海校釋：《荀子校釋》，頁 377。

〔註75〕裘錫圭：《裘錫圭學術文集第一卷》（上海：復旦大學出版社，2012 年），頁 562～563。

〔註76〕〔漢〕鄭玄注，〔唐〕賈公彥疏，〔清〕阮元校勘：《十三經注疏・周禮注疏》，頁 35。

室之修，由此日麗」〔註77〕意謂宮室的修建越來越華麗。又如《莊子‧人間世》：「且昔者桀殺關龍逢，紂殺王子比干，是皆修其身以下傴拊人之民，以下拂其上者也。故其君因其脩以擠之。」〔註78〕先秦傳世典籍中未見「修」表示今天名詞「修養」的用例，故《莊子》此處的「其修」應該看成關龍逢及比干的修身這個行為。回到簡文便容易理解，「修」仍當訓為「修治」，只是用法是指「修治」這個事務。例 4「上下各有其修」，字面上表示上下尊卑、各行各業各有其「修治事務」、「修治工作」，於是表達出「職守」的意思。

例5「以伉其修」的「伉」，原考釋認為同《呂氏春秋‧士節》「身伉其難」的「伉」，蕭旭認為同《漢書‧宣帝紀》「伉健」的「伉」、訓為「強」。原考釋所引高注「伉，當也」的「當」應該理解作「抵擋」，而非「相稱」一類的意思，《呂氏春秋》原文意思是於己有恩者，當以身為其抵擋災難。置於簡文此處，便成「抵擋他的職守」，跟文意不合，此句文意應該類似不敢懈怠，以堅守崗位。至於「伉健」的「伉」，觀《說文‧人部》「健，伉也」〔註79〕，《集韻‧梗韻》「伉，健力也」〔註80〕等，是健壯的意思，《漢書‧宣帝紀》「伉健習騎射者」〔註81〕也是說健壯善於騎射的人。置回簡文便成「健壯他的職守」，同樣難以理解。

簡文此處的「伉」，當即《莊子‧漁父》「分庭伉禮」的「伉」。成玄英疏曰「伉，對也。分處亭中，相對設禮。」〔註82〕首先，必須區辨的是「伉禮」不是狀中結構，而是述賓結構，「禮」是名詞，動詞是「伉」。可證於《春秋穀梁傳‧桓公九年》「使世子伉諸侯之禮而來朝，曹伯失正矣。」〔註83〕「諸侯之」是定語，修飾名詞「禮」。「伉諸侯之禮」意思是「執對等（或相當）於諸侯的禮」，所以「伉」的意思應該是「對等地作」，至於「作」的具體意義要看語境。要注

〔註77〕〔漢〕司馬遷撰，〔劉宋〕裴駰集解，〔唐〕司馬貞索隱，〔唐〕張守節正義：《史記》，頁 1436。

〔註78〕〔周〕莊周，〔晉〕郭象注，〔唐〕成玄英疏，曹礎基、黃蘭發點校：《莊子注疏》（北京：中華書局，2011 年），頁 76。

〔註79〕〔漢〕許慎注，〔清〕段玉裁注：《說文解字注》，頁 373。

〔註80〕〔宋〕丁度：《宋刻集韻》（北京：中華書局，1989 年），頁 122。

〔註81〕〔漢〕班固撰，〔唐〕顏師古注，楊家駱主編：《漢書》，頁 243。

〔註82〕〔周〕莊周，〔晉〕郭象注，〔唐〕成玄英疏，曹礎基、黃蘭發點校：《莊子注疏》，頁 539。

〔註83〕〔東晉〕范寧注，〔唐〕楊士勛疏，〔清〕阮元校勘：《春秋穀梁傳注疏》（臺北：藝文印書館，1965 年），頁 37。

意的是，核心意義是「與其平等、對等」，而不是「相對」，從其他辭例可以明顯的看出來，如《韓非子‧外儲說左上》「所傾蓋、與車以見窮閭隘巷之士以十數，伉禮下布衣之士以百數矣」〔註84〕，「伉禮」後有下士，故指「執與其相同的禮」，是紆尊降貴，而不是持相對的禮。回到簡文此處，「以伉其修」的「其」是第三人稱所有格，正好相當於「伉諸侯之禮」的「諸侯之」。所以整句可以理解作「上下都不敢懈怠，以完成對等於他的職守」，簡而言之，就是兢兢業業各守其職的意思。

例5跟例3是相連的兩句，原簡文作：「上有過不加之於下，下有過不敢以閟上，失之所在，皆知而更之，故莫敢怠，以伉其修。君守器，卿大夫守政，士守教，工守巧，賈守賈鬻、聚貨，農守稼穡，此之曰修。」上一句說上下各伉其職，下一句，即例3，具體說明上下尊卑、各行各業的「修治本分」為何，意思大致如卿大夫管好政令，農民管好種田，這就叫做『修治本分』亦即「職守」。

例6「修中治」，原考釋認為「中治」指內政，子居認為即後文的「邦中之政」，此蓋將「修」理解為「修治」。這樣理解的問題有兩個，其一，「中治」何以能表示「內政」，「政治」是翻譯詞，古漢語以「政」表達今天「政治」這個詞，而不用「治」。其二，此句是「修中治」與「諸侯服」對文，這兩句都是不刑殺而能達到的結果，若將「修」理解為「修治某種事務」，則「修中治」無法表達內政達到太平的意思，亦即無法表達一種結果。此處的「修」也當訓為「修治」，表達「修治」動作本身，與「中」並列，「中」指「國中」。此句可以理解為「職守、邦中都達到治的狀態」，與「諸侯服」對文。

或謂何以「中」指「國中」，可以看到簡文前文多有提及君與諸侯的關係，如【5】「（君）有崇德以辨於諸侯」，【10】「四荒九州各分自立以不服于其君」，而此處又與「諸侯」對文，所以可知「中」只能是「國中」。就如《尚書‧洛誥》：「曰其自時中乂，萬邦咸休，惟王有成績。」〔註85〕《尚書‧洛誥》全文只有一個「中」字，但我們可以知道「中」應指「中原」、「中土」，因為前面有出現「百辟」、「四方」。

〔註84〕〔周〕韓非著，陳奇猷校注：《韓非子新校注》，頁700。
〔註85〕〔漢〕孔安國傳，〔唐〕孔穎達疏，〔清〕阮元校勘：《十三經注疏‧尚書正義》，頁229。

　　或謂「修」作名詞可否以「治」修飾，我們知道「治職（治理職守之事）」是常見辭例，「職治」（職守之事治理的好）也是。「治職」如《韓非子・八經》：「任事者知不足以治職，則放官收。」〔註86〕《管子・明法解》：「人臣者，處卑賤，奉主令，守本任，治分職，此臣道也。」〔註87〕「職治」如《管子・明法解》：「故以戰功之事定勇怯，以官職之治定愚智，故勇怯愚智之見也，如白黑之分。」〔註88〕《韓非子・顯學》：「夫有功者必賞，則爵祿厚而愈勸；遷官襲級，則官職大而愈治。夫爵祿大而官職治，王之道也。」〔註89〕而「修職」與「職修」也有辭例，如《左傳・昭公二十六年》「能脩其職。」〔註90〕《論衡・吉驗》：「堯聞徵用，試之於職，官治職脩，事無廢亂。」〔註91〕由此可知，職守之事可以「治」來修飾。

〔02〕六詩不涇〈淫〉

原考釋（頁131）

　　六詩，《周禮・大師》「教六詩：曰風，曰賦，曰比，曰興，曰雅，曰頌」，鄭注：「風言賢聖治道之遺化也。賦之言鋪，直鋪陳今之政教善惡。比，見今之失，不敢斥言，取比類以言之。興，見今之美，嫌於媚諛，取善事以喻勸之。雅，正也，言今之正者，以為後世法。頌之言誦也，容也，誦今之德，廣以美之。」先秦「詩教」記載見於《禮記，經解》：「入其國，其教可知也。其為人也溫柔敦厚，詩教也。」涇，「淫」之訛，過度。《論語・八佾》：「《關雎》，樂而不淫，哀而不傷。」

李守奎〔註92〕

　　「六詩」應是《詩》的統稱，是文教的代稱。

〔註86〕〔周〕韓非著，陳奇猷校注：《韓非子新校注》，頁1074～1075。

〔註87〕〔周〕管子，黎翔鳳撰，梁運華整理：《管子校注》，頁1208。

〔註88〕〔周〕管子，黎翔鳳撰，梁運華整理：《管子校注》，頁1219。

〔註89〕〔周〕韓非著，陳奇猷校注：《韓非子新校注》，頁1137。

〔註90〕〔晉〕杜預注，〔唐〕孔穎達疏，〔清〕阮元校勘：《十三經注疏・春秋左傳正義》（臺北：藝文印書館，2001年），頁904。

〔註91〕〔漢〕王充著，黃暉校釋：《論衡校釋》（北京：中華書局1990年），頁1147。

〔註92〕李守奎：〈治政之道的治國理念與文本的幾個問題〉，頁44～49。

侯瑞華〔註93〕

我們認爲簡文的「六詩」應該讀爲「六志」，就是指好、惡、喜、怒、哀、樂六情。這在楚簡的用字習慣以及文本的思想內涵兩個方面，都能得到很好的證明。

《左傳・昭公二十五年》：「夫禮，天之經也，地之義也，民之行也……淫則昏亂，民失其性，是故爲禮以奉之……民有好惡喜怒哀樂，生于六氣，是故審則宜類，以制六志。……禮上下之紀，天地之經緯也，民之所以生也，是以先王尚之。……」「淫」是過度、沉溺的意思，如果沉溺於氣味聲色或者過度，那麼就會昏亂，導致喪失本性。爲了防止昏亂失性，所以「爲禮以奉之」，說明禮是爲了防止「淫」，起到節度的作用。而民有「好惡喜怒哀樂」六志，這當然也需要「禮以奉之」，否則就會「淫」，即過度失當。

明白了簡文所指是「禮」而不是「詩」，結合《左傳・昭公二十五年》論禮的內容，我們認爲簡文的「六詩（志）」就是《左傳》的「六志」，「六詩（志）不淫」就是指「好惡喜怒哀樂」六情因爲「上下各有其修，終身不懈」，所以得到了節制，不會過度、沉溺而導致昏亂失性。

陳民鎮〈筆記2〉

此處「詩」字有言旁限定，當如字讀。「六詩」，整理者已指出見於《周禮・春官・大師》：「教六詩：曰風，曰賦，曰比，曰興，曰雅，曰頌。」「六詩不淫」強調的是「詩」的禮樂教化意義。「詩」與「不淫」搭配，亦見於載籍：《左傳》襄公二十九年：「美哉，蕩乎！樂而不淫，其周公之東乎？……遷而不淫……」《論語・八佾》：「子曰：『《關雎》，樂而不淫，哀而不傷。』」《詩大序》：「是以《關雎》樂得淑女，以配君子，憂在進賢，不淫其色。」《史記・屈原賈生列傳》：「《國風》好色而不淫，《小雅》怨誹而不亂。」《禮記・樂記》：「鄭音好濫淫志。」

劉信芳〈試解〉

李守奎：「『六詩』應是《詩》的統稱，是文教的代稱。詩既是社會風化的反映，又是社會教育的手段。」是說與整理者注歧出，留下解說漏洞。侯瑞華

〔註93〕侯瑞華：〈《清華簡九・治政之道》「六詩」解〉，清華大學出土文獻與保護中心網站，https://www.tsinghua.edu.cn/publish/cetrp/6830/2019/20191124220010506191167/20191124220010506191167_.html，2019 年 11 月 22 日。

云：「將『六詩』理解爲《詩》的統稱等等是存在若干問題的。」解「六詩」爲「六志」。侯瑞華沒有提及《周禮》「六詩」及鄭注，也許有所迴避。按：破讀是在講不通的情況下作出的選擇，筆者認爲，依簡文「詩」本音本義可以作出解說。這個問題容有討論空間，達成共識需要時間。

鵬按

侯瑞華以為「詩」字當讀為「六志」的「志」，然如陳民鎮所言，從用字習慣觀察，楚簡从言从寺聲或之聲的字，基本上都讀作「詩」，如 ![字形]（郭・語一・38「詩所以會古音之志也」）、![字形]（上一・孔子・1「詩無隱志」）、![字形]（上一・孔子・4「詩其猶坪門」）、![字形]（上一・孔子・16「氏初之詩」）、![字形]（清七・越公・55「諷音誦詩」）。且本篇竹書其他表｛志｝之處有三，皆作「志」字如簡【03】「古（故）卡=（上下）麗（離）志」、簡【41】「唯從（縱）亓（其）志」、簡【邦01】「以不𢈔（掩）于志」，故此處讀為「志」可商。從文意上看，此處主要談論上下尊卑，顯然是在講禮樂之教化，若訓為「六志」，則難以說通「六志」如何「節民」、「辨位」。相對而言「前帝之政」之能使「六詩不淫」，以及「六詩」之能使上下尊卑謹然有序，相關文獻豐富，也為人熟知，此處姑各舉一例。前者如《禮記・樂記》「治世之音安以樂，其政和。亂世之音怨以怒，其政乖。亡國之音哀以思，其民困。」[註94] 傳世先秦文獻習見音樂特性會反映其政治社會狀況之說，加以上古時期詩、樂、舞乃是一體三面，而簡文此處認為先王之政已經達到「上下各有其修，終身不懈」的狀態，是故其樂不淫、「六詩不淫」。後者如《論語・陽貨》：「子曰：『小子！何莫學夫詩？詩，可以興，可以觀，可以群，可以怨。邇之事父，遠之事君。』」[註95] 詩教有使人立於禮的效果，亦不煩贅引。故簡文此二處「六詩」皆當如字讀。

上不攷（施）季（教）則亦亡（無）責於民〔03〕**，今或（又）**〔04〕**審**〔05〕**甬（用）型（刑）以罰之，是胃（謂）戝（賊）下=（下。**

〔註94〕〔漢〕鄭玄注，〔唐〕孔穎達疏，〔清〕阮元校勘：《十三經注疏・禮記注疏》（臺北：藝文印書館，2001年），頁633。

〔註95〕〔曹魏〕何晏集解，〔宋〕邢昺疏，〔清〕阮元校勘：《十三經注疏・論語正義》，頁156。

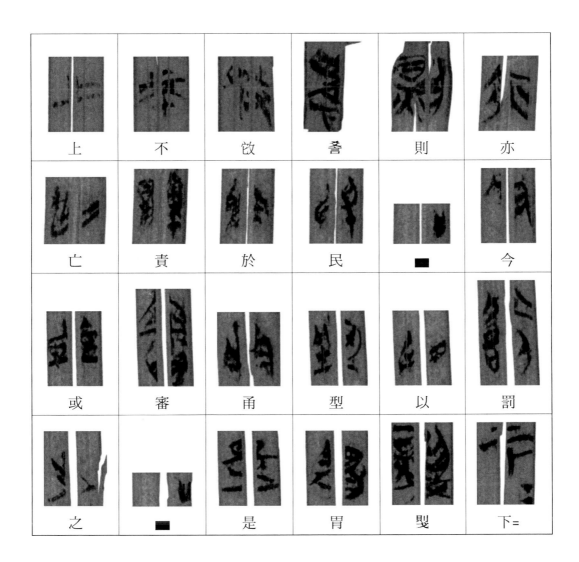

上	不	攸	喬	則	亦
亡	責	於	民	▬	今
或	審	甬	型	以	罰
之	▬	是	胃	製	下=

〔03〕則亦亡（無）責於民

子居〈解析上〉

「無責」一詞，先秦傳世文獻見於《孟子‧離婁上》、《莊子‧山木》、《呂氏春秋‧任數》、《呂氏春秋‧應言》，由此可見《治政之道》的成文時間最可能是戰國末期。

劉信芳〈試解〉

以上第一章。言「上下各有亓（其）攸（修）」者，君王亦無例外也。言《詩》者，申《詩》教也。《詩》之「不淫」，不過也，以明簡文「毌相逾」之理也。「上不攸（施）喬（教），則亦亡（無）責於民」，施教乃君王之核心政治，施教之失，過不在民而在君王也。《禮記‧禮運》：「故天生時，而地生財，人其父生，而師教之。四者君以正用之，故君者立於無過之地也。」《淮南子‧齊俗》：

「治世不以責於民。」簡文論教，適在《禮記》與《淮南子》之間。開宗明君王之修，君王之教，君王之責，破官學藩籬，頗有自我立說之創新也。

鵬按

子居跟劉信芳都沒有明確提出具體訓釋，茲予以簡要補充。「上不施教，則亦無責於民」是條件句，第一分句是前提。「則」是假設連詞，表示結果，此處是順承，可以翻譯為「便」或「就」。「亦」表示「也」，「則亦」常連用。「責」當訓為「要求」，如《論語·衛靈公》：「躬自厚而薄責於人，則遠怨矣。」〔註96〕《論衡·順鼓》：「煙氛郊社不脩，山川不祝，風雨不時，霜雪不降，責於天公。臣多弒主，孽多殺宗，五品不訓，責於人公。城郭不繕，溝池不脩，水泉不隆，水為民害，責於地公。」〔註97〕「亡（無）」訓為禁戒詞「不要」，如唐風〈蟋蟀〉皁詩：「好樂毋荒」，今本：「好樂無荒」〔註98〕；《尚書·盤庚上》：「汝無侮老成人，無弱孤有幼。」〔註99〕本句可翻譯為「上位者若不施行教化，就不要要求人民。如今又細密地用刑法懲罰人民，這叫做傷害人民。」可以呼應〈治邦〉簡11「貧瘻勿廢，毋咎毋誶，教以舉之，則無怨」，若不教以舉之，就不要責備。

然此說主要問題在於「亡（無）」跟「毋」在本篇簡文的使用判然分明，除了此處，其餘21個「亡」字都只用於表示動詞「有無」的「無」〔註100〕，23個「毋」都只用於表示否定副詞，表「不」或「不要」。前者如「無敵」、「土功無既」，後者如「敬戒毋倦」、「毋相逾」。從本簡文的語言習慣來看，或許訓為「無」更可能，但也只是可能。訓為「無」則可翻譯為「上位者若不施行教化，也就沒有要求人民。如今又細密地用刑法懲罰人民，這叫做傷害人民。」意謂不施行教化，相當於沒有要求人民，前面不要求，後面卻嚴刑峻罰，這叫作傷害人民。把教化等同於要求。兩者語句都可通，文意亦相去無

〔註96〕〔曹魏〕何晏集解，〔宋〕邢昺疏，〔清〕阮元校勘：《十三經注疏·論語正義》，頁139。

〔註97〕〔漢〕王充著，黃暉校釋：《論衡校釋》，頁685。

〔註98〕〔漢〕毛亨傳，〔漢〕鄭玄箋，〔唐〕孔穎達疏，〔清〕阮元校勘：《十三經注疏·毛詩正義》，頁216。

〔註99〕〔漢〕孔安國傳，〔唐〕孔穎達疏，〔清〕阮元校勘：《十三經注疏·尚書正義》，頁130。

〔註100〕不計〈治邦〉簡18之例，因為「亡」字後斷簡。

多，皆類似《韓詩外傳・卷三》：「不教而誅謂之賊」〔註101〕；《荀子・宥坐》：
「嫚令謹誅，賊也。」〔註102〕

〔04〕或

鵬按

我們知道「或」可作代詞，不論是有先行詞的分指代詞，或是沒有先行詞
的不定代詞，通常翻譯作「有的⋯⋯」。分指代詞的先行詞可以離得很遠，如
《詩・小雅・無羊》：「誰謂爾無羊⋯⋯誰謂爾無牛⋯⋯或降于阿、或飲于池、
或寢或訛。」〔註103〕先行詞也可以跟分指代詞接在一起，如《左傳・哀公七
年》：「曹人或夢眾君子立于社宮」〔註104〕，而此時分指代詞也可以好幾個，
如《史記・劉敬叔孫通列傳》：「盡問諸生，諸生或言反，或言盜」。〔註105〕「或」
也可作副詞，表示「不確定」，通常翻譯作「或許」或隨文釋義，如《論語・
子張》：「得其門者或寡矣。」〔註106〕《墨子・小取》：「或也者，不盡也。」
〔註107〕《廣韻・德韻》：「或，不定也，疑也。」〔註108〕原考釋沒有括讀為「又」
的「或」字應該就是看成上述的代詞或疑詞。「或」還有一個副詞義項比較有
爭議，那就是相當於「又」時，王引之《經傳釋詞》：「猶『又』也。」〔註109〕
楊樹達《詞詮》更直接，說：「副詞，又也。」〔註110〕辭例如《詩・小雅・賓
之初筵》：「既立之間，或佐之使。」〔註111〕《左傳・哀公元年》：「今吳不如

〔註101〕〔漢〕韓嬰撰，許維遹校釋：《韓詩外傳集釋》（北京：中華書局，1980年），頁109。

〔註102〕〔周〕荀況著，王天海校釋：《荀子校釋》，頁1110。

〔註103〕〔漢〕毛亨傳，〔漢〕鄭玄箋，〔唐〕孔穎達疏，〔清〕阮元校勘：《十三經注疏・
毛詩正義》，頁388～389。

〔註104〕〔晉〕杜預注，〔唐〕孔穎達疏，〔清〕阮元校勘：《十三經注疏・春秋左傳正義》，
頁1011。

〔註105〕〔漢〕司馬遷撰，〔劉宋〕裴駰集解，〔唐〕司馬貞索隱，〔唐〕張守節正義：
《史記》，頁2720。

〔註106〕〔曹魏〕何晏集解，〔宋〕邢昺疏，〔清〕阮元校勘：《十三經注疏・論語正義》，
頁173。

〔註107〕〔清〕孫詒讓著，孫以楷點校：《墨子閒詁》，頁379。

〔註108〕宋・陳彭年，周祖謨校：《廣韻校本》，頁532。

〔註109〕王引之撰，李花蕾點校：《經傳釋詞》，頁64。

〔註110〕楊樹達：《詞詮》（臺北：臺灣商務印書館，1955年），卷三頁50。

〔註111〕〔漢〕毛亨傳，〔漢〕鄭玄箋，〔唐〕孔穎達疏，〔清〕阮元校勘：《十三經注疏・
毛詩正義》，頁496。

過，而越大於少康，或將豐之，不亦難乎！」〔註112〕《經傳釋詞》：「史記作『又將寬之』。」〔註113〕「或」作副詞可以表示「不確定」的意思已是共識，主要爭議在於，何以可以同時表達語義有時幾乎相反的「遞進」，難以想像詞義演變發展的序列。〔註114〕「或」、「又」雙聲，之、職對轉，有的學者則主張直接將表「又」的「或」字直接通讀為「又」。〔註115〕〈治政之道〉及〈治邦之道〉的原考釋就是採取通讀的方式。〈治政之道〉及〈治邦之道〉全文23個「又」字全部都當讀為「有無」的「有」，沒有一個表示「又」義，如簡23「又（有）國之君」，而表示「又」義全部都用「或」字，或許可為此爭議提供一點材料。〔註116〕此外，「或」字詞義之所以爭議難平，在於上述「或」字的代詞、副詞用法，有時在句子裡的位置完全一樣，所以無法從句法判斷詞義，僅能從上下文語氣推敲。尤其看作代詞跟副詞「或許」常常是兩可，如《中庸》：「或生而知之，或學而知之，或困而知之，及其知之，一也」的「或」，《馬氏文通》就在「狀字」一節說「諸『或』字皆辭之未定為一者也」，相當於語氣副詞，又在「連字」一節看成「凡事理可分舉者，則承以『或』字」，相當於代詞。〔註117〕本文不擬全面展開討論此一爭議，但是兩漢之後「或」字絕少再表示「又」義，而都以「又」字表示，很可能就是為了避免語意混淆而產生的文字職務分化。因此「或」字若表「又」義，則本文採取通讀的方式俾便讀者閱讀，以下盡可能推敲〈治政之道〉及〈治邦之道〉所有的「或」字。

〈治政之道〉及〈治邦之道〉總共有23個「或」字，除去簡24「又（有）或（國）」，以及難以釋讀的兩句「則或恥自縈毫𪒠」【邦03】、「則或𪐴於弗智……

〔註112〕〔晉〕杜預注，〔唐〕孔穎達疏，〔清〕阮元校勘：《十三經注疏・春秋左傳正義》，頁991。

〔註113〕王引之撰，李花蕾點校：《經傳釋詞》，頁65。

〔註114〕相關爭議可參姚堯：〈「或」和「或者」的語法化〉《語言研究》2012年第32卷第一期，頁49～50。楊柳婷：〈從《馬氏文通》看「或」的語法化〉《渤海大學學報（哲學社會科學版）》2009年第4期，頁121。

〔註115〕可參白於藍：《簡帛古書通假字大系》（福州：福建人民出版社，2017年），頁621～623。

〔註116〕清華簡一到八冊中，除了數字如「十又三年」之類，「又」字絕少表示「又」義，最常表示「有無」的「有」，而表示「又」義幾乎都用「或」字，頗疑這也是楚簡用字習慣。而「有」字罕見，〈越公其事〉2例、〈攝命〉18例、〈治邦之道〉11例，其中〈治邦之道〉的「有」字也全部表示「有無」的「有」。

〔註117〕呂叔湘、王海棻編：《馬氏文通讀本》（上海：上海古籍出版社，1986年），頁383、410、507。

則何或益」【邦 05】，剩下 20 個「或」字出現在 16 句，如下表：

讀為「又」	例號	簡　　文
子居	1	今或審用刑以罰之。【02】
子居	2	或曰此武德。【16】
子居	3	其及焉圖，雖果免之，則或非聖人。【19】
子居	4	今夫有國之君將或焉不足哉？【23】
子居	5	其或貪於爭，以危其身。【23】
	6	小於不固，矧其或大乎？【25】
子居	7	夫豈令色、富貴乃必或聖乎？【32】
原考釋、子居	8	聖人猶為三世圖，既為身圖，或為子圖，或為孫圖。【32】
子居	9	苟其興人不度，其廢人必或不度，起事必或不時，逢民之務。【34】
原考釋、子居	10	正卿大夫或倦𤵸暴贏……或驟厚為征貸……。【36＋37】
原考釋、子居	11	上雖知之，或弗屑卹，曰：「吾人之無有乎？」【38】
原考釋、子居	12	汝或臨我以智乎？【39】
子居	13	難之既及，則或自罹焉。【40】
原考釋、子居	14	彼不知其失，不圖中政之不治、邦家之多病、萬民之不恤，則或欲大啟關封疆【41】
原考釋、子居	15	事無成功，疲蔽軍徒，露其車兵，以不得其意於天下，則或咎天曰【42】
子居	16	豈或在它？【邦 02】

此 16 句中的 20 個「或」字，就句法而言，除了例 3、4、7、8、9、11、16 不能是代詞，其他都可以訓為代詞、副詞表不確，或通讀為「又」，也就是說 16 例都可以是兩種副詞，差別只在於語氣。而本文認為 16 例中的 20 個「或」字全部都當讀為副詞的「又」。

首先看例 1，原考釋在「今」上分段，如此則「或」只能看成代詞，「今或」意謂「當今有的為上者」，但是如此則前後段的對照不明顯，文意難以理解。當從子居之說，不當分段，且將「或」通讀為「又」，上下句意謂「上位者不施行教化，那實在是相當於沒有要求人民。如今又細密地施用刑罰，這便叫做傷害人民」，如此因果關係才清楚。此例詳細討論可參第〔05〕條疑難字詞討論。

接著看例 2，茲將原釋文移錄於下：

今之王公以眾征寡，【15】以強征弱，以多減人之社稷，削人之封疆，離人之父子、兄弟，取其馬牛貨資以利其邦國。或曰此武德。夫是

所以閉諸侯之路而【16】勸天下之亂者。

原考釋在「或」字上斷句,「或」字沒有通讀不知何訓,「或曰此武德」單獨成句,與上下文關係不明,不理想。「此」指代「以眾征寡」到「利其邦國」,句法上「或」可以看做代詞,並將「或曰此武德」屬下讀,意謂「有的人說這是武德」,而後〈治政之道〉作者提出反駁,語氣平淡、委婉。當從子居之說,把「或曰此武德」屬上讀,並將「或」通讀為「又」。如此則「夫是所以」的「是」指代「以眾征寡」到「又曰此武德」,剛好「閉諸侯之路」是批評「以眾爭寡」到「利其邦國」,「勸天下之亂」批評「又曰此武德」,「勸」跟「曰」對得很好。也符合〈治政之道〉全文一貫強力批評「今之王公」的立場及語氣,如「今夫有國之君將或焉不足哉【23】」、「唯今之王公獨不欲治而欲亂哉【29】」。

接著看例 3,簡文「沒身免世,患難不臻,此之曰聖人【12】」與此句遙相呼應,此句言「侯王、君公之卹,故必早圖難焉。敷政作事,毋【18】及焉圖;其及焉圖,雖果免之,則又非聖人。」前言患難不臻方謂聖人,此言大難臨頭即使倖免,也又不是聖人。此「又」字除了表示轉折,「又」在否定句中,也有加強語氣的作用,如《史記‧遊俠列傳》:「要以功見言信,俠客之義又曷可少哉!」〔註118〕

例 4、5 是上下兩句,例 6 相隔兩句。例 4 只能是「又」,表示重複、一再,其他意思都不通,意謂「如今那些有國之君將又要不滿足於什麼?」詳細可參第〔39〕條討論。例 5「其或貪於爭,以危其身」,「其或」的「其」指代例 4 的「有國之君」,「或」雖可以是代詞,看成「他們有的」,但是〈治政之道〉全文都以今昔對比批評所有的「今之王公」,所以此處當從子居之說讀為「又」。「以」是連詞,表示順承。「危」是使動用法,如《漢書‧萬石衛直周張傳》:「動危之而辭位」,顏注:「搖動百姓,使其危急,而自欲去位。」〔註119〕例 5「其又貪於爭,以危其身」意謂「他們又貪求爭奪,以至於使他們自身危險。」此段在講諸侯大夫相互爭奪國之重器,而簡文批評這樣的作法,認為沒有重器的人就不該去爭奪,而「小於不固,矧其或大乎」。例 6 可參第〔44〕條討論。

〔註118〕〔漢〕司馬遷撰,〔劉宋〕裴駰集解,〔唐〕司馬貞索隱,〔唐〕張守節正義:《史記》,頁 3183。

〔註119〕〔漢〕班固撰,〔唐〕顏師古注,楊家駱主編:《漢書》,頁 2198。

例8「聖人猶為三世圖，既為身圖，或為子圖，或為孫圖」句式很明顯，是「既……或……或……」的並列句式，且上半句就已經說為三世圖，所以後面不會是不定詞，只能讀為「又」。

例7「夫豈令色、富貴乃必或聖乎」及例9「苟其興人不度，其廢人必或不度，起事必或不時，逢民之務」，「或」在副詞「必」後面，所以不會是代詞，而且在「必」後面所以也不會是疑詞。例8「夫豈令色、富貴乃必或聖乎」，「乃」是副詞，表示順承，整句意謂難道臉色好看、富貴的人就一定又是聖人？例9「苟其興人不度，其廢人必或不度，起事必或不時，逢民之務」，「苟」作為假設標記可以譯為「只要」，整句意謂只要他任用人不合法度，他廢黜人一定又不合法度，辦事一定又不合時節，遇到農忙。

例9-15是一整段，全部在講亂君的各種暴政，環環相扣，一貫相承，直到最後國亡身死，所以「或」都當讀為「又」，才符合簡文強調虐政亡國全部是國君一個人的責任的語氣。

例16上下文是「是以不辨貴賤，唯道之所在。貴賤之位，豈或在它？貴之則貴，賤之則賤，何寵於貴，何羞於賤？」「豈或在它」及「何寵於貴，何羞於賤」連續兩句反詰句回應「不辨貴賤」的主張，所以這裡的「或」讀為「又」在語氣上更一致。

〔05〕審

原考釋（頁131）

審，副詞，猶「信」。《管子‧小稱》：「審行之身毋怠，雖夷貉之民，可化而使之愛；審去之身，雖兄弟父母，可化而使之惡。」

陳民鎮〈筆記2〉

當讀作「深」。「審」與「深」聲韻皆同。睡虎地秦簡《秦律十八種》簡71《金布律》「工獻輸官者，皆深以其年計之」，整理者便將「深」讀作「審」。「深」可用來形容刑法之嚴苛，如：《新語‧至德》：「豈恃堅甲利兵，深刑刻法，朝夕切切而後行哉？」《漢書‧刑法志》：「今之獄吏，上下相驅，以刻為明，深者獲功名，平者多後患。」

羅小虎〈初讀〉3 樓 [註120]

「審」或可讀為「深」。《漢書》:「夫上失其道而繩下以深刑,朕甚痛之。」意思是用嚴刑峻法來懲罰人民,所以叫做「賊下」。

子居〈解析上〉

「審」訓為審查、責問,「審用」後當加逗號,承上文「上不施教」而言,《荀子‧宥坐》:「不教而責成功,虐也。」即對應《治政之道》的「今又審用,刑以罰之。」

鵬按

原釋文作:「上施教,必身服之;上不施教,則亦無責於民。今或審用刑以罰之,是謂賊下。」原考釋在「今或」此句分段,不接續上句,則上一段在講「教」,這段隻字不提,反過來說,上一段隻字未提「刑」,本段卻只談「刑」。如此一來兩段銜接關係不清楚,容易使人誤以為「賊下」僅僅指涉「審用刑以罰之」這件事。而「審」字最常用出現在帶有褒義的語境,大概是因此才有說法主張把「審」字往負面含意去訓解,故將「審」讀為「深」,並大致理解成「深刻」、「嚴峻」一類的意思。此處當從子居之說不分段,直接接續上句「今或」之「或」,子居通讀為「又」,可從,可參第〔04〕條疑難字詞討論。「今」訓為「如今」,承上表示轉折。「上不施教,則亦無責於民」及「今又審用刑以罰之」兩句為遞進關係,是以本文認為可以在「上不」前改句號,「民」後改逗號,語義更清楚,變成「上不施教,則亦無責於民,今又審用刑以罰之,是謂賊下。」

「審」字整理者訓為「信」,則難以理解何以「確實地用刑」或「真的用刑」為「賊下」。子居訓為「審查」、「責問」,但在「問」字下斷句,則不知「審用」何義,亦嫌不成辭。至於讀為「深」一說,雖然「審」、「深」雙聲疊韻,然陳民鎮所舉的唯一一條音例「工獻輸官者,皆深以其年計之」並不可信,《金布律》這一句從陳偉讀為「探」更合理。[註121]「審」字目前楚簡較少見,但不見通讀成「深」之例;「深」字在楚簡可謂常見,然而絕少通讀,更不見通讀成「審」

〔註120〕羅小虎:清華九《治政之道》初讀,武漢大學簡帛網,3 樓,http://www.bsm.org.cn/forum/forum.php?mod=viewthread&tid=12426&extra=page%3D1,2019 年 11 月 22 日。

〔註121〕見陳偉:《秦簡牘合集‧釋文註釋修訂本》(武漢:武漢大學出版社,2016 年),頁 47、87。

之例。而且，本篇竹書簡 34 便有「深」字作「（圖）」形，表示｛深挖｝義，故從用字習慣考慮此處應以不通讀為先。

　　「審」可如字讀，訓為「詳細地」，如《廣韻・寢韻》「審，詳審也。」〔註 122〕《尚書・顧命》：「病日臻。既彌留，恐不獲誓言嗣，茲予審訓命汝。」孫星衍疏「《說文》云：『詳，審議也。』審亦為詳。」〔註 123〕《六韜・文韜・上賢》「夫王者之道，如龍首，高居而遠望，深視而審聽。」〔註 124〕此條辭例，「深」、「審」對文，正好表示「深入」以及「仔細」。「審用刑以罰之」意謂「詳密地施用刑法來懲罰臣民。」「是謂賊下」的「是」，指代從「上不施教」至「審用刑以罰」。所以從「上不施教」到「是謂賊下」可以理解作「上位者不施行教化，那實在是相當於沒有要求人民。如今又細密地施用刑罰，這便叫做傷害人民。」從思想內容來看，簡文此處強烈否定「不教而罰」，類似於《論語・為政》「道之以政，齊之以刑，民免而無恥；道之以德，齊之以禮，有恥且格」〔註 125〕；《韓詩外傳》「不教而誅，謂之賊」〔註 126〕；《管子・權修》「明智禮足以教之。上身服以先之，審度量以閑之，鄉置師以說道之，然後申之以憲令，勸之以慶賞，振之以刑罰」。〔註 127〕

下）乃亦丂（巧），所〔06〕【02】以憮（罔）〔07〕上。

下＝	乃	亦	丂	所	以
憮	上				

〔註 122〕宋・陳彭年，周祖謨校：《廣韻校本》，頁 331。

〔註 123〕〔清〕孫星衍撰，陳抗、盛冬鈴點校：《尚書今古文註疏》（北京：中華書局，1936 年），頁 483。

〔註 124〕〔周〕佚名，陳曦譯註：《六韜》（北京：中華書局，2016 年），頁 61。

〔註 125〕〔曹魏〕何晏集解，〔宋〕邢昺疏，〔清〕阮元校勘：《十三經注疏・論語正義》，頁 16。

〔註 126〕〔漢〕韓嬰撰，許維遹校釋：《韓詩外傳集釋》，頁 109。

〔註 127〕〔周〕管子，黎翔鳳撰，梁運華整理：《管子校注》，頁 50。

〔06〕丂（巧），所

原考釋（頁131）

丂，巧。《戰國策》「君爲多巧」，鮑注：「巧，猶詐。」

陳民鎮〈筆記2〉

「所」字目前在句中無著落。筆者認爲當讀作「詐」。上博簡《容成氏》簡5「各得其殂」，「殂」當讀作「所」。「巧詐」，見於《韓非子·解老》《淮南子·主術訓》等文獻。「巧」「詐」同義連用。

耒之〈初讀〉33樓〔註128〕

所，整理者未注，疑讀為「許」，二字古音皆為魚部，聲紐一為曉母，一為生母，音近可通，北大漢簡《妄稽》：「吾周流天下，大未有許（所）聞。」許字讀為「所」，可證二字通用。許，諾也。

my9082〈初讀〉38樓〔註129〕

「所」也可以通讀成「訏」，《簡帛古書通假字大系》三六六頁有，《說文》「詭譌也。」

胡寧〈札記〉

「丂」即「考」，不必讀爲「巧」，「巧（詐）所以誣上」亦難以講通。丂（考）即考求之義，在下者考求所以欺騙在上者（的方法）。

子居〈解析上〉

對比上文「賊下」可見，此句當讀為「下乃亦巧，所以罔上。」「巧」當訓為被動性的巧避，而非主動性的詐偽，《逸周書·周祝》：「大威將至，不可為巧。」朱右曾《集訓校釋》：「巧，巧避也。」《莊子·徐無鬼》：「吳王浮于江，登乎狙之山，眾狙見之，恂然棄而走，逃於深蓁。有一狙焉，委蛇攫搔，見巧乎王。王射之，敏給搏捷矢。王命相者趨射之，狙執死。王顧謂其友顏不

〔註128〕耒之：清華九《治政之道》初讀，武漢大學簡帛網，33樓，http://www.bsm.org.cn/forum/forum.php?mod=viewthread&tid=12426&extra=page%3D1&page=4，2019年11月23日。

〔註129〕my9082：清華九《治政之道》初讀，武漢大學簡帛網，38樓，http://www.bsm.org.cn/forum/forum.php?mod=viewthread&tid=12426&extra=page%3D1&page=4，2019年11月23日。

疑曰：『之狙也，伐其巧，恃其便，以敖予，以至此殛也。戒之哉！嗟乎，無以汝色驕人哉？』」

劉信芳〈試解〉

讀爲「巧」，猶「巧言」之「巧」。

鵬按

本句「下乃亦丂所以憮上」原整理者沒有斷句，陳民鎮、耒之、My9082分別將「丂」字讀為「詐」、「許」、「訏」。陳民鎮提出的音例即容成氏簡2的 ，雖然右旁尚有爭議為「桀」或「枼」，但肯定不是從「乍」。〔註130〕耒之讀為「巧許」則「許」的意思非常具體，然簡文「下乃亦巧所以誣上」只是簡單泛論，不知道巧諾上位者之後發生又作了什麼，文意反而變得不完整，故不可從。My9082讀為「訏」，然《說文》所謂「詭譌也」在先秦未見用例，難以遽信。「于」聲與「夸」聲同源，都有「大」義，引申有「誇張」、「誇誕」義，〔註131〕所謂「詭譌也」恐怕來自此，然此處若理解為「誇大」文意也難以理解。胡寧將「丂」讀為「考」，訓為「考求」，然「考求」是「仔細研究」一類的意思，通常都用在較為正面或中性的地方。

筆者同意子居當斷在「巧」下，「下乃亦巧，所以憮上」，當與上句「今又審用刑以罰之，是謂賊下」合觀，兩句語意相承，句型亦類似，第二分句都是對第一分句的補充或說明。

至於「巧」字，劉信芳未明言「巧言」之所出及具體訓釋，暫不予置評。子居訓為「巧避」，但是單獨一個「巧」字沒有「避」的意思，所引之辭例「為巧」可以引申出類似「巧避」的意思，主要是因有「為」字。子居所引其他辭例「見巧乎王」、「伐其巧」之「巧」當為名詞，可訓為「靈敏」。整理者所引辭例「為巧」之「巧」亦當為名詞。上述皆與此句不完全相應，此句的「巧」當為狀態動詞，可直接訓為「虛偽」。如《集韻·效韻》「巧，偽也。」〔註132〕《莊子·盜跖》：「此夫魯國之巧偽人孔丘非耶？」〔註133〕

〔註130〕可參單育辰：《新出楚簡《容成氏》研究》（北京：中華書局，2016年），頁84。
〔註131〕參殷寄明：《漢語同源大字典》（上海：復旦大學出版社），頁41。
〔註132〕〔宋〕丁度：《宋刻集韻》，頁166。
〔註133〕〔周〕莊周著，〔清〕郭慶藩注，王孝魚點校：《莊子集釋》，頁991。

「巧」可作為狀態動詞形容人民，其例如《商君書‧開塞》：「古之民樸以厚，今之民巧以偽。」〔註134〕《禮記‧表記》：「其民之敝：利而巧，文而不慙，賊而蔽。」〔註135〕「乃」是連詞，表示承上，相當於「於是」，「民乃亦巧」結構則類似《管子‧牧民》：「上無量，則民乃妄。」〔註136〕「所」是助詞，把後面的「介詞＋動詞詞組」變成名詞，如《論語‧里仁》：「不患無位，患所以立。」〔註137〕「以」是介詞，表示行為的方法、憑藉，如《商君書‧更法》：「法者，所以愛民也」〔註138〕，意謂「法，是用來愛護人民的」。簡文「所以憮（誣／罔）上」，意謂「（虛偽）是用來欺騙上位者的。」「亦」是副詞，相當於「也」。綜而言之，本句可直譯為：「下位者於是也就虛偽，是用來隱瞞上位者的。」此狀況類似《論語》：「道之以政，齊之以刑，民免而無恥。」〔註139〕上位者自己不親身實踐教化，只用嚴刑峻罰來規範人民，人民於是也無恥地但求苟免。

〔07〕憮（誣／罔）

原考釋（頁131）

憮上，讀為「誣上」，欺騙君上，見第八輯《治邦之道》簡一五「下有過不敢以憮（誣）上」。《禮記‧樂記》「誣上行私而不可止也」，鄭注：「誣，罔也。」

陳民鎮〈筆記2〉

《治邦》簡15「下有過不敢以憮上」，整理者便將「憮」讀作「誣」。參見馬王堆帛書《周易‧繫辭》「無善之人其辭游」，「無」對應今本的「誣」。《廣雅‧釋詁二》：「誣，欺也。」「誣上」指欺騙君上，與「巧詐」相呼應。整理者已引《禮記‧樂記》：「誣上行私而不可止也。」（又見於《史記‧樂書》《說

〔註134〕〔周〕商鞅，石磊譯著：《商君書》（北京：中華書局，2011年），頁72。
〔註135〕〔漢〕鄭玄注，〔唐〕孔穎達疏，〔清〕阮元校勘：《十三經注疏‧禮記注疏》，頁916。
〔註136〕〔周〕管子，黎翔鳳撰，梁運華整理：《管子校注》，頁3。
〔註137〕〔曹魏〕何晏集解，〔宋〕邢昺疏，〔清〕阮元校勘：《十三經注疏‧論語正義》，頁37。
〔註138〕〔周〕商鞅，石磊譯著：《商君書》，頁3。
〔註139〕〔曹魏〕何晏集解，〔宋〕邢昺疏，〔清〕阮元校勘：《十三經注疏‧論語正義》，頁16。

苑‧修文》）鄭玄注：「誣，罔也。」另可參見：《管子‧重令》：「何謂朝之經臣？察身能而受官，不誣於上。」尹知章注：「無能受官，謂之誣上。」《報任少卿書》：「拳拳之忠，終不能自列，因爲誣上，卒從吏議。」《文選》李周翰注：「有司以遷爲誣罔天子，終從獄吏之議。上謂天子也。」《漢書‧蕭望之傳》：「爲臣不忠，誣上不道。」

王寧〈初讀〉34 樓〔註140〕又見王寧〈散札〉

「憮上」就是古書習見的「罔上」吧。

水墨翰林〈初讀〉41 樓〔註141〕

桓公二年《傳》：夫名以制義，義以出禮，禮以體政，政以正民。是以政成而民聽，易則生亂。《墨子‧尚同中》：「今王公大人之爲刑政則反此，政以爲便譬，宗於父兄故舊，以爲左右，置以爲正長。民知上置正長之非正以治民也，是以皆比周隱匿，而莫肯尚同其上。是故上下不同義。若苟上下不同義，賞譽不足以勸善，而刑罰不足以沮暴。」簡文的「憮」所寫之詞其詞義當同於《墨子》中的隱匿，讀爲「罔」是合適的，「罔」有蒙蔽義。

子居〈解析上〉

「憮上」當徑讀爲「罔上」，整理者所引「第八輯《治邦之道》簡一五「下有過不敢以憮（誣）上」」句，筆者《清華簡八〈治邦之道〉解析》已言：「『憮』當讀爲『罔』，訓爲欺誣、蒙蔽，《漢書‧揚雄傳》：『芒芒天道，在昔聖考，過則失中，不及則不至，不可奸罔。』顏師古注引蘇林曰：『罔，誣也。』《漢書‧郊祀志下》：『臣聞明於天地之性，不可或以神怪；知萬物之情，不可罔以非類。』顏師古注：『罔，猶蔽。』『罔上』之說，典籍習見，如《說苑‧臣術》引《泰誓》：『附下而罔上者死，附上而罔下者刑。』」誣、罔、憮雖然互可通假，但誣是欺謗、毀譽不實，《說文‧言部》：「誣，加也。」段玉裁注：「加與誣皆兼毀譽言之，毀譽不以實皆曰誣也。」〔註142〕罔則本字是網，引申爲蒙

〔註140〕王寧：清華九《治政之道》初讀，武漢大學簡帛網，34 樓，http://www.bsm.org.cn/forum/forum.php?mod=viewthread&tid=12426&extra=page%3D1&page=4，2019 年 11 月 23 日。

〔註141〕水墨翰林：清華九《治政之道》初讀，武漢大學簡帛網，41 樓，http://www.bsm.org.cn/forum/forum.php?mod=viewthread&tid=12426&extra=page%3D1&page=5，2019 年 11 月 23 日。

〔註142〕〔漢〕許慎注，〔清〕段玉裁注：《說文解字注》，頁97。

蔽，《漢書・郊祀志》：「知萬物之情，不可罔以非類。」顏師古注：「罔，猶蔽。」而相對於《治政之道》前文的「賊下」，則此處之所以蔽上，是為了免于刑罪，而不是為了詐偽取利。因此上，蔽上比毀譽不實在句意上更為符合。

劉信芳〈試解〉

整理者讀爲「誣」，未妥。其一，未舉通假用例，不可靠。其二，上之賊下，下民有多種應對方式，「誣」是不惜違法直接對抗，是官逼民反，不得已而爲之。溫柔敦厚，詩教也。簡文既言「巧」，應該不是激烈對抗。清華捌《治邦之道》15：「下有（過）不敢以憮上。」《詩・小雅・巧言》「悠悠昊天，曰父母且。無罪無辜，亂如此憮。昊天已威，予慎無罪。昊天大憮，子慎無辜」，鄭箋：「憮，敖也。我憂思乎昊天，愬王也。始者言其且爲民之父母，今乃刑殺無罪無辜之人，爲亂如此，甚敖慢無法度也。」按：鄭玄釋憮爲敖（傲），歷代學者或有改釋，憮何所釋，容有討論空間。然本例開篇言《詩》，「憮」用《詩》義，應是很明確的，茲不作改讀。

鵬按

此處當與簡【邦 15，58】「上有怣（過）不加之於下＝（下，下）有怣（過）不敢以憮（誣）上，達（失）之所才（在），瞥（皆）智（知）而賡（更）之，古（故）莫敢訋（怠），以弃（抗）亓（其）攸（修）」合觀。

原考釋、陳民鎮讀為「誣」，訓為「欺騙」。劉信芳如字讀，訓為「傲」。王寧、水墨翰林、子居讀為「罔」，水墨翰林訓為「蒙蔽」，子居訓為「欺誣」、「蒙蔽」。

劉信芳訓為「傲」，然「巧」、「傲」難以想像有什麼因果關係，先秦文獻亦罕見「巧」、「傲」對文或連言，故先排除。原考釋、陳民鎮讀為「誣」，雖然「無」、「巫」皆明母魚部，雙聲疊韻，但是「無」、「巫」之通則多見於人名如《清華一・楚居》作「呰（巫）伇（咸）」，馬王堆帛書《陰陽五行》甲篇作「无（巫）伇（咸）」（1 上）、「无（巫）鈙（咸）」（3 上）。〔註143〕至於陳民鎮所舉馬王堆帛書《周易》音例，誠然馬王堆帛書出土於楚地，其中《周易・繫辭》及《陰陽五行》甲篇保有大量楚文字字形、用字習慣，前人已有論及。〔註144〕

〔註143〕裘錫圭主編：《長沙馬王堆漢墓簡帛集成（伍）》（北京：中華書局，2014 年），頁 73。
〔註144〕馬王堆帛書《周易・繫辭》部分可參魏慈德：〈馬王堆帛書《周易》經文的照片與

但是《周易・繫辭》有底本問題，不一定完全反映楚人用字習慣，而且除此之外，目前楚簡尚未見到「無」聲、「巫」聲互通之例。所以從用字習慣考慮，當從王寧、水墨翰林、子居之說讀為「罔」。「無」、「亡」同屬明母魚部，雙聲疊韻，亦常見通假。〔註145〕此外，本篇竹書所有｛無｝亦皆以「亡」字表示。

「罔」的先秦辭例極少，難以確定是使動還是施動用法，但從子居所引《漢書・郊祀志下》「臣聞明於天地之性，不可或以神怪；知萬物之情，不可罔以非類。」顏師古注：「罔，猶蔽。」〔註146〕《漢書・何武王嘉師丹傳》「臣驕侵罔」，顏注「罔，謂誣蔽也。」〔註147〕至少可以確定文意表示「欺騙」、「蒙蔽」一類的意思。簡文「下乃亦巧，所以憮（誣／罔）」可直譯為：「下位者於是也就虛偽，是用來隱瞞上位者的。」至於簡【邦15，58】「上有過不加之於下，下有過不敢以憮（誣／罔）上，失之所在，皆知而更之」，此處的「憮（誣／罔）」也應該理解為「隱瞞」，整句意謂可以理解為「上位者有過失不會誣賴下位者，下位者有過失也不會隱瞞，上下有過都會知錯而改」。

上可（何）所慗（慎）？曰：嬰（興）人是慗（慎）。〔08〕

上	可	所	慗	曰	嬰
人	是	慗	■		

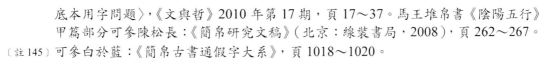

　　　底本用字問題〉，《文與哲》2010年第17期，頁17〜37。馬王堆帛書《陰陽五行》甲篇部分可參陳松長：《簡帛研究文稿》（北京：線裝書局，2008），頁262〜267。

〔註145〕可參白於藍：《簡帛古書通假字大系》，頁1018〜1020。

〔註146〕〔漢〕班固撰，〔唐〕顏師古注，楊家駱主編：《漢書》，頁1260。

〔註147〕〔漢〕班固撰，〔唐〕顏師古注，楊家駱主編：《漢書》，頁3498。

〔08〕鑍（興）人是慹（慎）

子居〈解析上〉

《管子‧樞言》有「人主不可以不慎貴，不可以不慎民，不可以不慎富，慎貴在舉賢，慎民在置官，慎富在務地。故人主之卑尊輕重，在此三者，不可不慎。」言人主所慎在舉賢、置官、務地，較《治政之道》為詳，筆者在《清華簡八〈治邦之道〉解析》中已指出：「《管子‧樞言》篇非常可能就是墨家學派中禽滑厘這一支的作品，其法家、墨家融合的特徵，與《治邦之道》也是很相似的。」因此《治政之道》篇的作者，必是深受管子學派的影響。

鵬按

「鑍（興）人是慹（慎）」，原考釋通讀可從。此句是賓語提前的倒裝句，可以還原成，「慎興人」。如《左傳‧僖公十五年》：「君亡之不恤，而群臣是憂。」〔註148〕「群臣是憂」可還原成「憂群臣」。本篇簡文的重點便在舉賢，從對比有沒有舉賢對政治的後果，到君王應該怎麼興人都有論及。

夫昔之【05】曰：「昔黃帝方四面。〔09〕」夫幾（豈）面是胃（謂）？四差（佐）是胃（謂）。〔10〕

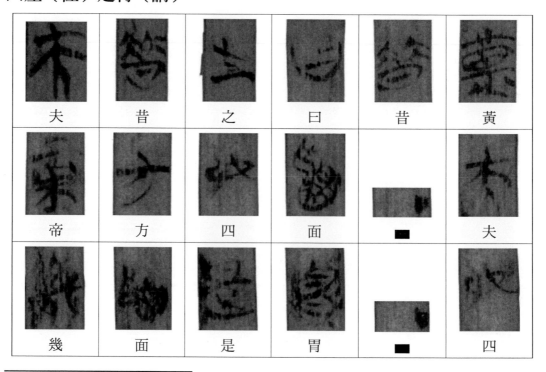

夫	昔	之	曰	昔	黃
帝	方	四	面	▬	夫
幾	面	是	胃	▬	四

〔註148〕〔晉〕杜預注，〔唐〕孔穎達疏，〔清〕阮元校勘：《十三經注疏‧春秋左傳正義》，頁232。

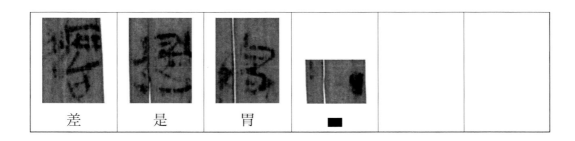

差	是	胃	■		

〔09〕方四面

原考釋（頁 132）

黃帝四面之說頗流行。《太平御覽‧皇王部四》引《尸子》：「子貢曰『古者黃帝四面，信乎？』孔子曰：『黃帝取合己者四人，使治四方，不計而耦，不約而成，此之謂四面。』」黃帝四面、夔一足等是當時流行之傳說。此文所論與《尸子》所引孔子意相合。又馬王堆漢墓帛書《立命》：「昔者黃宗質始好信，作自爲象，方四面，傅一心。四達自中，前參後參，左參右參，踐立履參，是以能爲天下宗。」

子居〈解析上〉

考慮到《治政之道》所言「方四面」與馬王堆帛書《立命》一致，故可推測二者關係當較《尸子》更近，除整理者所引外，《呂氏春秋‧本味》還有「故黃帝立四面，堯舜得伯陽、續耳然後成，凡賢人之德有以知之也。」《黃帝書》爲道家的黃老一派，其思想主要爲道、法融合，《本味》則是伊尹學派，持說同樣合於道、法兩家。由此即可見，《治政之道》此處主要繼承的就是道、法思想和相關傳說。《尸子》也是道家，故其關於黃帝四面的子貢、孔子問答，顯然是託名造作之說。

沈培〈對讀〉3:04:10～3:08:06

「方」讀爲「旁」，呼應簡文最後一句：「故方（旁）敚（擇）君目，以事（使）之于邦及其野鄙（鄙），則無命大於此。」（邦 27）

「君目」即「君之耳目」古書有：

> 《臣軌》：「《尚書》曰：『明四目，達四聰。』（孔安國注：「廣視聽於四方，使天下無壅塞也。」）謂舜求賢，使代己視聽於四方也。
> 昔屠蒯亦云：『汝爲君目，將司明也。』（杜預注：「職在外，故主視也。」）」

黃春蕾〔註149〕

「不唯君有方臣，臣有方君」應是在總結「昔黃帝方四面」，則兩處的「方」應該聯繫起來進行解釋。簡文說四面即四佐，也就是「黃帝方四佐」，若按正義有道的意思訓不通。

鵬按

〈治政之道〉及〈治邦之道〉中，「方」字出現四次，可以分為兩組。第一組是【政06】「黃帝方（旁）四面」、【邦27】「方（旁）擇君目」。第二組是【政06】的「方君」、「方臣」，第二組將在第〔16〕條討論。如原考釋所言，「黃帝四面」、「夔一足」是當時流行的說法。「夔一足」三個字引起誤會的故事很多，如《韓非子・外儲說左下》：

> 哀公問於孔子曰：「吾聞夔一足，信乎？」曰：「夔，人也，何故一足？彼其無他異，而獨通於聲。堯曰：『夔一而足矣。』使為樂正。故君子曰：『夔有一，足。』非一足也。」〔註150〕

也就是說「夔一足」當是背後有故事，後來縮略成一句俗語，而由於縮略後有歧義，所以使不知道故事的人誤會。「黃帝方四面」恐怕也是類似的狀況，只是我們今天看不到相關的故事紀載，所以要將這個短語還原成故事不太可能，只能強解字面上的意思。黃春蕾認為「方四面」即「方四佐」，實混淆了語義及語用。簡文「夫豈面是謂，四佐是謂」是說「方四面」短語中的「四面」背後的涵義是「四個大臣」，而不是說這裡「面」要訓解成「佐」，「面」沒有「佐」的意思。「方四面」、「方擇君目」的「方」當從沈培之說，讀為「旁」，「旁」從「方」聲，但沈培沒有說明具體訓解及翻譯。「旁四面」的「旁」當訓為「旁邊」，如《周禮・冬官・考工記》：「匠人營國，方九里，旁三門。」〔註151〕「旁四面」可直譯作「黃帝旁邊四張臉」，「旁擇君目」的「旁」則當訓為「普遍」，如《說文》：「旁，溥也。」〔註152〕《書・太甲上》：「旁求俊彥」〔註153〕。「旁

〔註149〕黃春蕾：〈讀清華簡九《治政之道》札記四則〉，頁122～123。

〔註150〕〔周〕韓非著，陳奇猷校注：《韓非子新校注》，頁731。

〔註151〕〔漢〕鄭玄注，〔唐〕賈公彥疏，〔清〕阮元校勘：《十三經注疏・周禮注疏》，頁642-2。

〔註152〕〔漢〕許慎注，〔清〕段玉裁注：《說文解字注》，頁2。

〔註153〕〔漢〕孔安國傳，〔唐〕孔穎達疏，〔清〕阮元校勘：《十三經注疏・尚書正義》，頁116。

擇君目」可直譯作「廣泛的擇取國君的眼目」。

〔10〕夫幾（豈）面是胃（謂）？四差（佐）是胃（謂）。

鵬按

「面是謂」、「四佐是謂」是兩句賓語提前中間插入助詞「是」的倒裝句，可以還原成「謂面」、「謂四佐」。「謂」是用來說明的常見動詞，通常翻譯成「指的是」、「是說」等等，注疏常見不煩贅引，出土文獻中也有類似的用法，如《睡虎地·法律答問》簡370：「可（何）謂四鄰？四鄰即伍人謂殹（也）。」「夫」是語助詞，「豈」表示反詰，所以「面是謂」後當改成問號，原考釋下逗號不妥。「夫豈……謂」意謂「難道說的是臉？說的是四佐。」

古天下之奴（賢）【06】民皆豎（興），而𨂁（盜）𢜔（賊）亡（無）所中朝立〔11〕，不唯君又（有）方臣＝（臣，臣）又（有）方君〔12〕虡（乎）？

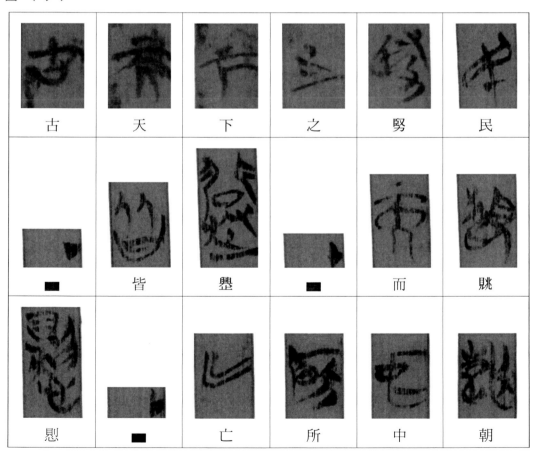

古	天	下	之	奴	民
■	皆	豎	■	而	𨂁
𢜔	■	亡	所	中	朝

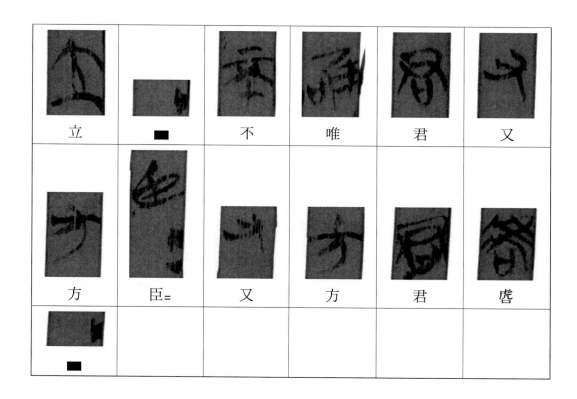

立	■	不	唯	君	又
方	臣₌	又	方	君	虐
■					

〔11〕無所中朝立

原考釋（頁 133）

中朝，《大戴禮記・千乘》「在中朝，大夫必慎以恭；出會謀事，必敬以慎言，長幼小大必中度」，孔廣森曰：「中朝，內宮之朝也。中朝大夫，若司宮內宰之屬。」又杜佑《通典・天子朝位》：「皋門之內曰外朝……應門內曰中朝。」

王寧〈初讀〉51 樓〔註154〕

整理者釋「中朝」為朝廷之「中朝」，疑有問題。「中」當讀為「終」，盜賊無所終朝立，言盜賊無立足之時也。

子居〈解析上〉

整理者所引《大戴禮記・千乘》文句，實全段內容為「立妃設如太廟然，乃中治；中治不相陵，不相陵斯庶嬪遧，遧則事上靜，靜斯潔信在中。朝大夫必慎以恭，出會謀事必敬以慎，言長幼小大必中度，此國家之所以崇也。」孔廣森以「中朝」連讀，則「在」字無從成句，《千乘》的「朝大夫」即《周禮・

〔註154〕王寧：清華九《治政之道》初讀，武漢大學簡帛網，51 樓，http://www.bsm.org.cn/forum/forum.php?mod=viewthread&tid=12426&extra=page%3D1&page=6，2019 年 11 月 24 日。

秋官》的「朝大夫」，整理者引《千乘》文句並以孔廣森說為據來證「中朝」，顯然有誤。《治政之道》所說「中朝」實即「朝中」，「朝中」稱「中朝」例可見《說苑・指武》：「秦昭王中朝而歎曰：夫楚劍利、倡優拙。夫劍利則士多慓悍，倡優拙則思慮遠也，吾恐楚之謀秦也。」對比《史記・范雎蔡澤列傳》：「昭王臨朝歎息，應侯進曰：臣聞主憂臣辱，主辱臣死。今大王中朝而憂，臣敢請其罪。」可知，「中朝」即「朝中」，而由此還可知「中朝」一詞的用例不早于戰國末期，故可證《治政之道》的成文時間也不早于戰國末期。

鵬按

原考釋與子居都將「朝」理解為「朝廷」。子居所引《說苑》「秦昭王中朝而歎曰」的「朝」應表示「朝政」或「議事」，「中朝」是指「議政到一半」或「會議中途」，從所引《史記》的異文「昭王臨朝歎息」可以確定，「中朝」是指昭王臨朝時，與簡文此處不同。原考釋所引《大戴禮記・千乘》的辭例斷句有誤，已如子居所言。原考釋所引《通典》的辭例時代太晚，且與所引《大戴禮記》孔注內容不同，且根據勞榦的研究「中朝」或「內朝」的形成當在漢武帝時期。〔註155〕傳世先秦文獻中也沒有「中朝」用為「朝廷」的辭例，把「中朝」訓為「朝廷」於文意也難以理解，何以此處要說盜賊不會出現在朝廷。如果是要強調和平，應該要說盜賊不會出現在民間，全國所有角落無處可生存，而不是只說不會出現在朝廷。此外，上一句說「是鄉有聖人……是鄉有暴民……」，所以此句把盜賊無所立之處解釋為朝廷內，也不協調。

「所」當訓為「處所」，傳世先秦文獻中常表示可以安居之所，如《詩・魏風・碩鼠》：「樂土樂土，爰得我所。」〔註156〕《左傳・襄公二十八年》：「復歸無所。」〔註157〕《穀梁傳・莊公十二年》：「失國，喜得其所，故言歸焉爾。」〔註158〕簡文此處「無所」即指沒有安居之處。「中朝」當從王寧之說，讀為「終朝」。但王寧說「盜賊無立足之時」，仍未達一間。「中」讀為「終」，乃常見通

〔註155〕勞榦：〈論漢代的內朝與外朝〉，《歷史語言研究所集刊》第十三本（1948年），頁228～231。

〔註156〕〔漢〕毛亨傳，〔漢〕鄭玄箋，〔唐〕孔穎達疏，〔清〕阮元校勘：《十三經注疏・毛詩正義》，頁211。

〔註157〕〔晉〕杜預注，〔唐〕孔穎達疏，〔清〕阮元校勘：《十三經注疏・春秋左傳正義》，頁653。

〔註158〕〔東晉〕范寧注，〔唐〕楊士勛疏，〔清〕阮元校勘：《春秋穀梁傳注疏》，頁52。

假。〔註159〕簡文此處「終朝」當指「整天」，如《墨子》：「終朝均分而不敢怠倦者。」〔註160〕「立」當訓為「站立」。「盜賊無所終朝立」直譯作「盜賊沒有居所整天站著」，意謂盜賊無安居之處、立足之地，只能整日惶惶而立。

〔12〕方君、方臣

原考釋（頁 133）

方，方直。《管子‧霸言》：「夫王者之心，方而不最」，尹注：「心雖方直，未爲其最。」方臣，方正有道之臣。方君，方正有道之君。

胡寧〈札記〉

方，整理者訓爲「方直」，認爲「方臣」指「方正有道之臣」，「方君」指「方正有道之君」。這樣解釋，置於原文語境中，似有未安。「方」應訓爲「比較」、「區別」，《論語‧憲問》「子貢方人」，朱熹集注：「方，比也。」《呂氏春秋‧安死》：「其所是方其所非也」，高誘注：「方，比也。」《國語‧楚語下》「不可方物」，韋昭注：「比，猶別也。」「君之方臣」言君主比較、判別不同的臣，即簡文前文所說的「是向（鄉）又（有）聖人，必智（知）之；是向（鄉）又戮（暴）民，必智（知）之」云云。「臣之方君」言臣比較、判別不同的君主，即簡文下文所說的「比正（政）□□，量惪（德）之勞（賢），是以自為，㯯（匡）桶（輔）㝊=（左右）」云云。

王寧〈初讀〉51 樓〔註161〕

「方」古亦訓「道」，此處「方」意指「有方」，即「有道」，古書曰「無道」為「無方」，有道為「有方」，故「方臣」、「方君」即謂有道之臣、有道之君，《韓非子‧揚權》：「有道之臣，不貴其家。有道之君，不貴其臣。」

子居〈解析上〉

先秦文獻未見「方臣」、「方君」之稱，故筆者認為，「方」當訓為匡正，

〔註159〕可參呂佩珊：《《上海博物館藏戰國楚竹書（一～六）》通假字研究》（臺北：臺灣師範大學博士論文，季旭昇教授指導，2011 年），頁 95。
〔註160〕〔清〕孫詒讓著，孫以楷點校：《墨子閒詁》，頁 257。
〔註161〕王寧：清華九《治政之道》初讀，武漢大學簡帛網，51 樓，http://www.bsm.org.cn/forum/forum.php?mod=viewthread&tid=12426&extra=page%3D1&page=6，2019 年 11 月 24 日。

清華簡六《鄭文公問太伯》：「是四人者，方諫吾君於外。」即方、諫同義，用為匡諫。《史記·儒林列傳》：「寬在三公位，以和良承意從容得久，然無有所匡諫。」《說文·匚部》：「匚，受物之器，象形，凡匚之屬皆從匚，讀若方。」《爾雅·釋言》：「匡，正也。」《玉篇·匚部》：「匡，方正也。」「君有方臣，臣有方君」當是指臣以輔諫匡君，君以量功匡臣，君臣互相匡正。《國語·晉語七》：「今無忌，智不能匡君，使至於難，仁不能救，勇不能死，敢辱君朝以忝韓宗，請退也。」《戰國策·秦策三·范睢至秦》：「今臣，羈旅之臣也，交疏于王，而所願陳者，皆匡君臣之事，處人骨肉之間，願以陳臣之陋忠，而未知王之心也，所以王三問而不對者是也。」皆其辭例。

劉信芳〈試說〉

「方」容有政治學解釋空間，然就簡文而言，方與上文「黃帝方四面」、周官「辨方正位」相聯繫。「方臣」乃一方土地守土有責之「臣」，「率土之濱莫非王臣」之「臣」；「方君」乃「方四面」之君，總領全局，乃「普天之下莫非王土」之君。

侯瑞華〈校釋〉，頁47

前文講「黃帝不出門簷，以知四海之外」，又強調四輔的重要，實際上反映了一種君上無為而臣下有為的思想，很顯然帶有道法家的色彩。而且整理者指出其與《老子》「不出戶，知天下」文義相同，也揭示出簡文的這種思想背景。特別是簡文中出現的「方君」「方臣」，很容易讓人聯想到馬王堆帛書《九主》中提到的「法君」「法臣」。「方」「法」互訓，古書習見，如《荀子·大略》：「博學而無方」，楊倞注：「方，法也。」這些一致應該不會是偶然的，而馬王堆帛書《九主》正是典型的道法家作品。

黃春蕾〔註162〕

「不唯君有方臣，臣有方君」應是在總結「昔黃帝方四面」，則兩處的「方」應該聯繫起來進行解釋。簡文說四面即四佐，也就是「黃帝方四佐」，若按正義有道的意思訓不通。《呂氏春秋·圓道》中有一段話，或可與這幾處參照：

> 先王之立高官也，必使之方，方則分定，分定則下不相隱。堯、舜，

〔註162〕黃春蕾：〈讀清華簡九《治政之道》札記四則〉，頁122～123。

賢主也，皆以賢者為後，不肯與其子孫，猶若立官必使之方。今世之人主皆欲世勿失矣，而與其子孫，立官不能使之方，以私欲亂之也，何哉？

《圓道》一篇，講的是以天圓地方映射道君臣之道，君執圓、臣處方，君臣圓道即君立官使其各有職，令出於上，下達至百姓，布於四方最後複歸於上的理想政治狀態。其中「先王之立高官，必使之方」一句，與「黃帝方四佐」「君有方臣，臣有方君」頗為相似。高誘注：「方，正也。」後俞樾注：「如高氏意，則謂堯、舜傳賢而不傳子，猶立官之不私邪耳，大失呂氏之旨矣。本篇名曰『圓道』，其大旨以為主執圓而臣處方……高氏訓方為正，亦未合。方與圓對，下文曰『百官各處其職，治其事』，所謂方也。」結合《圓道》全篇來看，臣處方道也即地道。前文對地道的定義是「萬物殊類殊形，皆有分職，不能相為，故曰地道方」，也就是地上的萬物都有不同類別、形狀，各有其職，不能相兼容。正如俞樾所注，臣之「方」也就是後文所說「百官各處其職、治其事以侍主」，高誘訓為「正」實不合文意。再看《治政之道》「方四佐」、「方臣」、「方君」的意思就很明瞭了，指的是各處其職、各治其事的臣，和分定臣之職務的君，這一解釋也很合簡文所說「上下各有其修」的狀態。

鵬按

「方」，胡寧訓為「比較」，但是簡文全文完全沒有提到君臣互擇，而是都在講各盡其職，國君「自為」，臣子「敷心盡惟」等等。王寧訓為「道」，譯為「有道」，增字解經。子居訓為「匡」，但是「方」沒有「匡」的意思。劉信芳認為「方臣」乃一方土地守土有責之「臣」，「方君」乃「方四面」之「君」，但是沒有提出具體訓釋。且「方四面」之「方」，本文第〔14〕條討論已經指出當從沈培之說訓為「旁」，若依劉說則「方君」當指「旁君」，難以理解。侯瑞華訓為「法」，但〈治政之道〉全文沒有一個「法」字，也不討論君王當依法行政。原考釋訓為「方直」，譯為「方正有道」，前後不同，恐怕原考釋自己也在猶疑。黃春蕾認為「方」指「各有其職」，但是「方」不能直接訓解成「各有其職」。原考釋跟黃春蕾的說法已經接近確詁，但仍未達一間。

黃春蕾所引《呂氏春秋·圓道》篇別具啟發性，茲引如下俾利說明：

天道圓，地道方，聖王法之，所以立上下。……萬物殊類殊形，皆

有分職，不能相為，故曰地道方。主執圜，臣處方，方圓不易，其

國乃昌。……先王之立高官也，必使之方。方則分定，分定則下不

相隱。〔註163〕

「天圓地方」乃是古人常識，人當取法天地也是常說，重點在此處用「方」來說明「萬物殊類殊形，皆有分職，不能相為」。「方」的類似用法還有《管子・君臣下》：「主勞者方，主制者圓。圓者運，運則通，通則和。方者執，執則固，固則信。」〔註164〕「主勞者」指「臣」，「主制者」指「君」，「執」當訓為「守」，《廣韻・緝韻》：「執，守也」。〔註165〕「方者執，執則固，固則信」意謂「方」的臣做得到持守（本分），持守（本分）就穩固，穩固就有信用。又如《韓非子・揚權》：

夫物者有所宜，材者有所施，各處其宜，故上下無為。使雞司夜，

令狸執鼠，皆用其能，上乃無事。上有所長，事乃不方。矜而好能，

下之所欺。辯惠好生，下因其材。上下易用，國故不治。〔註166〕

說國君因能授官，則平安無事。國君如果自以為能幹，而代臣行事，事態就不「方」了。《管子》跟《韓非子》這兩處的「方」也當有「各守本分」的含意。

　　「方」之所以能有「各守本分」的含意，主要當是從「方正」、「規矩」的意象引申而來。《孟子・離婁上》：「不以規矩，不能成方員。」〔註167〕《墨子・天志中》：「中吾矩者謂之方，不中吾矩者謂之不方。是以方與不方，皆可得而知之。」〔註168〕匠人以矩才能畫的方正，「規矩」引申出「標準」一類的意思，如《韓非子・解老》：「萬物莫不有規矩。」〔註169〕說人行事方正，猶云其人循規蹈矩、謹守法度，如《管子・明法解》：「明主者，有法度之制，故群臣皆出於方正之治，而不敢為姦。」〔註170〕又同篇「凡所謂忠臣者，務明法術，日夜佐主，明於度數之理以治天下者也。……方正之臣得用，則姦邪之臣困傷矣。」〔註171〕也能有類似謹守職分的含意，如《史記・孝文本紀》：「舉

〔註163〕〔周〕呂不韋著，陳奇猷校注：《呂氏春秋新校釋》，頁174。

〔註164〕〔周〕管子，黎翔鳳撰，梁運華整理：《管子校注》，頁583。

〔註165〕〔宋〕陳彭年，周祖謨校：《廣韻校本》，頁533。

〔註166〕〔周〕韓非著，陳奇猷校注：《韓非子新校注》，頁141～142。

〔註167〕〔漢〕趙岐注，〔宋〕孫奭疏，〔清〕阮元校勘：《十三經注疏・孟子注疏》，頁123。

〔註168〕〔清〕孫詒讓著，孫以楷點校：《墨子閒詁》，頁188。

〔註169〕〔周〕韓非著，陳奇猷校注：《韓非子新校注》，頁422。

〔註170〕〔周〕管子，黎翔鳳撰，梁運華整理：《管子校注》，頁1213。

〔註171〕〔周〕管子，黎翔鳳撰，梁運華整理：《管子校注》，頁1216。

賢良方正能直言極諫者，以匡朕之不逮。」〔註172〕因為其方正，謹守職分，不因外力而偏斜，所以能直言極諫。所以《呂氏春秋・圜道》：「先王之立高官，必使之方」高誘注：「方，正」，正確可從。〔註173〕先王立高官，一定會使大官方正，也就是使大官謹守本分。「方正」也可以用來形容國君，如《管子・形勢解》：「人主身行方正，使人有理，遇人有禮，行發於身而為天下法式者，人唯恐其不復言也。」〔註174〕

　　總而言之，「方正」因為「規矩」這個概念，所以背後可以有「循規蹈矩」、「謹守本分」的含意，但是字面上仍當訓為「方正」。簡文「方君」、「方臣」亦然，「方」當訓為「方正」，譯為「方正的國君」、「方正的臣子」，但背後含意指「謹守本分的國君」及「謹守本分的臣子」。

　　「不唯……乎」是常見句式，表示反問，意謂「不是因為……嗎？」原考釋在「中朝立」後下句號，當為逗號。「故天下……方君乎」意謂天下所有的賢人盡皆舉用，盜賊無處可存，難道不是因為國君擁有守分的臣子，臣子擁有守分的國君嗎？為下文君臣互利共生的主張鋪陳，也合乎本文「上下各有其修」的主張。

比正（政）之功，量惪（德）之奴（賢），是以自為〔13〕，椹（匡）捕（輔）篿=（左右），非為臣賜〔14〕，

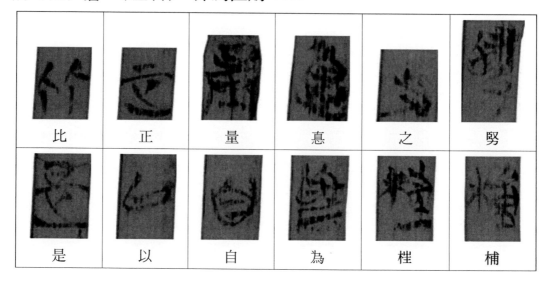

比	正	量	惪	之	奴
是	以	自	為	椹	捕

〔註172〕〔漢〕司馬遷撰，〔劉宋〕裴駰集解，〔唐〕司馬貞索隱，〔唐〕張守節正義：《史記》，頁422。
〔註173〕〔周〕呂不韋著，陳奇猷校注：《呂氏春秋新校釋》，頁185。
〔註174〕〔周〕管子，黎翔鳳撰，梁運華整理：《管子校注》，頁1189。

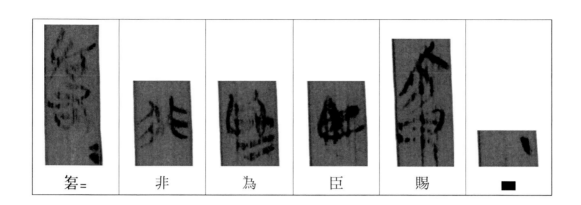

| 窨= | 非 | 為 | 臣 | 賜 | ■ |

〔13〕是以自為

原考釋（頁133）

自為，為了自己。《管子・國蓄》：「君雖彊本趣耕，而自為鑄幣而無已，乃今使民下相役耳，惡能以為治乎？」《淮南子・兵略》：「舉事以為人者，眾助之；舉事以自為者，眾去之。」《史記・蘇秦列傳》：「臣聞忠信者，所以自為也；進取者，所以為人也。」

子居〈解析上〉

「是以自為」就相當於先秦傳世文獻中的「所以自為」，如《慎子・威德》：「人不得其所以自為也，則上不取用焉。」《鬼穀子・謀篇》：「擇事而為之，所以自為也。」《孟子・公孫丑下》：「所以自為，則吾不知也。」《戰國策・燕策一・人有惡蘇秦于燕王者》：「且夫信行者，所以自為也。」《戰國策・魏策二・秦召魏相信安君》：「上所以為其主者忠矣，下所以自為者厚矣。」而以上所引文獻，全部都屬於戰國末期，因此《治政之道》也當是成文于戰國末期。

劉信芳〈試說〉

「自為」下整理者點逗號，茲作一句讀。「臣賜」下整理者點逗號，茲改點句號。是以自為柜（匡）楠（輔）左右。

就句法而言，上文「比正（政）□□，量悳（德）之叟（賢）」乃君之「比」，君之「量」也。「是以」承上謂君之考核選拔賢才乃「自為」也。左右如「四佐」，君之「左輔、右弼」也。就行文邏輯而言，「黃帝取合己者四人，使治四方」，《呂氏春秋・本味》：「黃帝立四面，堯舜得伯陽。」知臣之輔君，乃君之「使」，君之「立」，君之「自為」，「君又（有）方臣」之謂也，「非為臣賜」也。

侯瑞華〈校釋〉，頁 46～47

連詞「是以」一般是引出結果的，解釋成「為了自己」似乎于文義不合。筆者認為「為」字應該讀作「化」。

前文講「黃帝不出門簷，以知四海之外」，又強調四輔的重要，實際上反映了一種君上無為而臣下有為的思想，很顯然帶有道法家的色彩。……

結合這一思想背景，再反觀上引簡文的內容。「比政□□，量德之賢」是施政舉措，「是以」後面應該是某種效果。《老子》五十七章「我無為而民自化」，和同書第三十七章「侯王若能守之，萬物將自化」，都與簡文「是以自化」文義相同，指在上者無為而民眾自然歸化的效果。「為」與「化」相通，文獻習見，《周易·繫辭》：「化而施之謂之變」，馬王堆帛書本「化」作「為」。本篇中的「貨」字均寫作從貝、為聲的異體，益可知「為」「化」相通無礙。

鵬按

劉信芳一句讀，作「是以自為匡輔左右」，把「是以」說成「承上」，「匡輔左右」說成「左輔右弼」，如此則成「所以為了自己左輔右弼」，難以理解。侯瑞華把「是以」看作連詞，引出結果，整句理解為「比政□□，量德之賢」則民眾自然歸化。但是若如此則簡文前後文意便嫌照應不足，與後文君臣相事如同交易難以理解有何關係。雖然本篇竹書重點在於「興人」，但如簡文後面〈治邦之道〉簡 16-19，除了「興人」之外提到也提到為政者各方面該做的事情，遠多於「比政之功，量德之賢」：

> 其政事使賢、用能，則民允。男女不失其時，則民眾。薄關市，則貨歸，【20】民有用。不厚葬，祭以禮，則民厚。不起事於農之三時，則多穫。各堂（當）一官，則事宵（靖），民不援（緩）。愛民則民孝，知賢則民勸。佷（長）乳則【21】〔畜〕蕃，民有用。勲（勤）逾（路）室，墅（攝）湢（圯）梁，修谷溢，斬（順）舟航，則遠人至，商旅通，民有利。此治邦之道，智者知之，愚者曰：「在命。」

「是」指代「比政□□，量德之賢」，「以」是介詞，引進動作的憑藉，如《孟子·公孫丑下》：「所以為蚯蚓，則善矣；所以自為，則吾不知也。」〔註175〕

〔註175〕〔漢〕趙岐注，〔宋〕孫奭疏，〔清〕阮元校勘：《十三經注疏·孟子注疏》（臺北：藝文印書館，2001 年），頁 76。

「自為」，當從原考釋訓為「為了自己」。此句意謂「（國君）比較臣下的能力與績效，是用來為自己。」

「曰」字後原考釋未加引號，下引號當加於「是之以」後。上一句說「不唯君有方臣，臣有方君乎？」下面從「比政□□，量德之賢」到「是之以」說明君王執政心中是為了自己，接著從「彼佐臣之……」到「身賴實多」則說明其實臣下也是為了自己，然後總結「故夫君臣之相事，譬之猶市賈之交易，則皆有利焉」，說明君臣是互利共生的關係。這樣理解則整段每一句都有互相照應。

就思想內容來看，確實類似於原考釋注 35（頁 134）所引《韓非子・難一》：「臣盡死力以與君市，君垂爵祿以與臣市，君臣之際，非父子之親也，計數之所出也。」〔註176〕許倬雲亦曾詳論這種交易性質的君臣關係何以誕生在戰國時期：

> 一群以士為業的官員，以俸祿為收入，與君主構成貿易的兩造，關係建立在施報觀念上。由此，戰國的列國朝廷上出現了一種新的官吏，他們將為專制君主做最適當的工具：有服務能力，卻又可以隨時罷黜；以俸祿換取服務，卻又可以免去佔據封邑的弊病。這是一種新型的官僚制度，效率與忠誠於是代替了無法約束或改變的親屬與血緣。至少，君臣之間的關係單純了，單純得只剩雇主與傭工的關係。〔註177〕

〔14〕非為臣賜

原考釋（頁 133）

非為臣賜，意為設四輔及左右職官不是為了賞賜臣下。

子居〈解析上〉

「臣賜」之說，最早即見於《墨子・尚賢中》：「王高予之爵，重予之祿，任之以事，斷予之令，夫豈為其臣賜哉，欲其事之成也。」而《墨子》所述也正合於理解《治政之道》此段內容，可見《治政之道》當與《墨子》間的關係密切，對墨家之說從思想到措辭皆有所繼承。

〔註176〕〔周〕韓非著，陳奇猷校注：《韓非子新校注》，頁 851～852。
〔註177〕許倬雲：《求古編》（台北：聯經出版事業公司，1982 年），頁 399～400。

劉信芳〈試說〉

「非爲臣賜」與政體原理有關。「正（政）又（有）成釭（功），則君是任之」（簡5），臣受命守職一方，「任之」者君。臣建功立業，乃邦家之功，邦家之業。功、業總歸之於「君」，屬之於王土之民，非臣之賜君也。

鵬按

原考釋對於文意的理解很準確，「為臣賜」乍看之下不容易理解為什麼不是「為賜臣」，茲略為補。「為」是介詞，表示「為了」。為某人做某事的結構如大家熟悉的《論語・學而》：「為人謀而不忠乎」的「為人謀」。〔註178〕「為臣賜」表示「為了臣子而賞賜」，只是賜的近賓語承上省略了，類似的結構如《墨子・魯問》：「釣者之恭，非為魚賜也」〔註179〕，意謂釣魚的人恭身，不是為了魚而賞賜（魚）。《呂氏春秋・孟春紀・去私》：「腹䵍對曰：『……王雖為之賜，而令吏弗誅，腹䵍不可不行墨者之法』」〔註180〕，「為之賜」的「之」指「腹䵍」自己，「王雖為之賜」意謂王雖然為了我而賞賜（我）。又如《左傳・僖公三十年》：「君嘗為晉君賜矣」〔註181〕，意謂國君曾經為了晉君而賞賜（晉君）。上述這些例子為了符合白話文語序，都要改成「為了賞賜某人」，只是調整語序後，文言中強調賓語的作用就比較不明顯。上句「是以自為」說是為了國君自己，此句「非為臣賜」說不是為了臣下，兩句對比清楚。

曰：「是可以兼（永）㤅（保）杢（社）【07】褉，定㡆（厥）身，脡（延）返（及）庶祀〔15〕。夫遠人之㷍（燮）備（服）于我，是之以。」

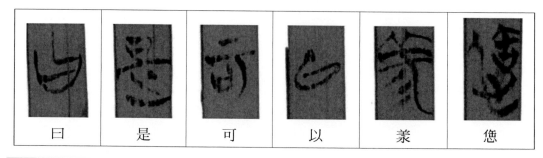

曰	是	可	以	兼	㤅

〔註178〕〔曹魏〕何晏集解，〔宋〕邢昺疏，〔清〕阮元校勘：《十三經注疏・論語正義》，頁6。

〔註179〕〔清〕孫詒讓著，孫以楷點校：《墨子閒詁》，頁433。

〔註180〕〔周〕呂不韋著，陳奇猷校注：《呂氏春秋新校釋》，頁57。

〔註181〕〔晉〕杜預注，〔唐〕孔穎達疏，〔清〕阮元校勘：《十三經注疏・春秋左傳正義》，頁285。

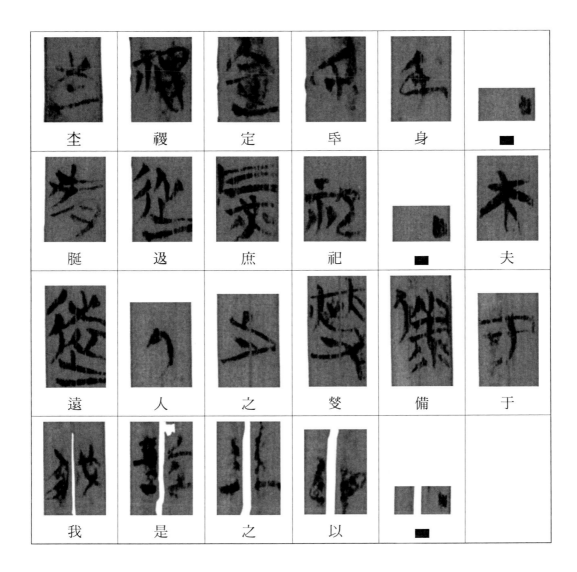

杢	祼	定	乐	身	■
脡	迡	庶	祀	■	夫
遠	人	之	燮	備	于
我	是	之	以	■	

〔15〕脡（延）迡（及）庶祀

原考釋（頁134）

延及，擴展到。《書・呂刑》：「蚩尤惟始作亂，延及于平民，罔不寇賊。」《漢書・賈誼傳》：「故古者聖王制為等列，內有公卿大夫士，外有公侯伯子男，然後有官師小吏，延及庶人，等級分明，而天子加焉，故其尊不可及也。」庶祀，疑指眾子孫長久的供奉享祀。或說庶祀，眾祀，泛指祭祀。

羅小虎〈初讀〉5 樓〔註182〕

「祀」或可讀為「嗣」。庶，眾。嗣，後嗣子孫。

〔註182〕羅小虎：清華九《治政之道》初讀，武漢大學簡帛網，5 樓，http://www.bsm.org.cn/forum/forum.php?mod=viewthread&tid=12426&extra=page%3D1&page=1，2019 年 11 月 22 日。

子居〈解析上〉

《左傳·隱公十一年》：「薛，庶姓也。」杜預注：「庶姓，非周之同姓。」是庶姓即非同姓，故「庶祀」當即為本姓之外的群姓所設的祭祀，《逸周書·世俘》：「越五日，乙卯，武王乃以庶祀馘于國周廟，翼予衝子。斷牛六，斷羊二。庶國乃竟。」可見武王的「庶祀」對應「庶國」，《禮記·祭法》：「王為群姓立社，曰大社。王自為立社，曰王社。諸侯為百姓立社，曰國社。諸侯自立社，曰侯社。……王為群姓立七祀：曰司命，曰中溜，曰國門，曰國行，曰泰厲，曰戶，曰灶。王自為立七祀。諸侯為國立五祀，曰司命，曰中溜，曰國門，曰國行，曰公厲。諸侯自為立五祀。」可見王侯皆有為群姓所立的祭祀，這些當即是「庶祀」。

劉信芳〈試說〉

本例「社稷」乃邦國社稷。就楚國而言，其政治格局一直是宗親制，楚王同姓把持縣以上大權，「社稷」實為家天下之社稷。「庶祀」與「社稷」相對而言，指向庶姓所祀。本文多言及「賢」，「賢」有別於宗親，乃庶姓之賢者。楚多滅國絕祀以為縣，庶姓被排斥在權利圈外，本例「延及庶祀」其實包含政治訴求。只可惜楚國制度一直落後於秦國，軍功軍爵制的秦國軍隊是全民出征，楚軍是家族同姓領兵迎戰，庶姓無決死抗戰之心。失去百姓支持的戰爭只能是破國亡家。

鵬按

子居指出「永保」、「保社稷」、「保其身」等辭例習見於金文，確實「永保社稷」、「定厥身」用詞與金文類似，且「厥」字尤顯古意。[註183]本篇竹書一百多個第三人稱代詞都用「亓（其）」字，唯此處用「厥」字，故此句應該也是改編古語而來，如同本段第一句「昔之曰」引常見的熟語。而銅器銘文中除了保邦、定身之外，結尾常見的嘏辭是「子子孫孫永寶用」，所以此處「庶祀」亦應朝此方向理解。傳世文獻中連言君王自身與身後享祀的辭例很多，如《史記·

〔註183〕可參見黃盛璋：〈古漢語人身代詞研究〉《中國語文》1963 年 6 期，頁 463、465。黃氏云：「代詞的『厥』，金文即出現，到東周金文中用『其』字才漸多，西周大抵用『厥』，《尚書》也是常用『厥』字，代詞的『厥』遠在『其』字之上。到了《詩經》情況就一變，《詩經》中『厥』字共四十四個，都出現在二雅、三頌，國風中一個沒有，即以二雅、三頌而論，用作代詞的『其』在二百個以上，數量懸殊氏相當大的。《詩經》以後，『厥』就變為一個古字眼。」

淮南衡山列傳》：「身死絕祀。」〔註184〕《漢書・蒯伍江息夫傳》：「身滅祀絕。」〔註185〕潘尼《安身論》：「大者傾國喪家，次則覆身滅祀。」〔註186〕梁武帝蕭衍《淨業賦》；「殄國禍家，亡身絕祀。」〔註187〕簡文本身也是如此，如〈治邦之道〉簡23「墜失社稷，子孫不屬」。而且前面「是以自為」、「非為臣賜」，都是在強調君王心中只在為自己打算，為本段後面君臣其實是互利的主張鋪陳，所以此處指君王的後代，方能襯托的更好。「庶」當指家族旁支，與「嫡」相對，如《左傳・文公十八年》：「殺適立庶。」〔註188〕「庶祀」即「旁支的祭祀」，指非嫡的子孫，如同今天祠堂也分宗祠與支祠。祖宗福澤同時延及嫡、庶子孫的辭例如《詩・大雅・文王》：「文王孫子，本支百世。」毛傳：「本，本宗也；支，支子也。」鄭玄箋：「其子孫適為天子，庶為諸侯，皆百世。」〔註189〕《東觀漢記・郊祀志》：「本支百世，永保厥功。」〔註190〕簡文「延及庶祀」，可直譯作「擴展到旁支的祭祀」，意謂連庶子孫都能澤及。

簡7-8「是可以永保社稷，定厥身，延及庶祀。夫遠人之變服于我，是之以。」「是可以」的「是」指代「比政」到「臣賜」，「可以」表示「能夠」，「是可以」意謂「如此則能夠」，「可以」後面接的是能達到的效果，指從「永保」到「延及庶祀」。原考釋沒有加引號，引號當加在「是之以」後面。「夫」是人身代詞，表示「那些」。整句意謂「如此就能夠長久的保有國家、安定自身，擴展到旁支的祭祀。那些遠人會和順、歸服我，就是因為這樣。」

皮（彼）差（佐）臣之專（敷）心書（盡）悲（惟），不敢迣（妨）善弼亞（惡），以息（憂）君豪（家）〔16〕，非蜀（獨）為亓（其）君，医（抑）〔17〕身【08】溝（賴）是（寔）多。

〔註184〕〔漢〕司馬遷撰，〔劉宋〕裴駰集解，〔唐〕司馬貞索隱，〔唐〕張守節正義：《史記》，頁3084。

〔註185〕〔漢〕班固撰，〔唐〕顏師古注，楊家駱主編：《漢書》，頁2170。

〔註186〕〔清〕嚴可均校輯：《全上古三代秦漢三國六朝文》，頁2003。

〔註187〕〔清〕嚴可均校輯：《全上古三代秦漢三國六朝文》，頁2950。

〔註188〕〔晉〕杜預注，〔唐〕孔穎達疏，〔清〕阮元校勘：《十三經注疏・春秋左傳正義》，頁351。

〔註189〕〔漢〕毛亨傳，〔漢〕鄭玄箋，〔唐〕孔穎達疏，〔清〕阮元校勘：《十三經注疏・毛詩正義》，頁534。

〔註190〕〔東漢〕劉珍等撰，吳樹平校注：《東觀漢記校注》（鄭州：中州古籍出版社，1987年），頁165。

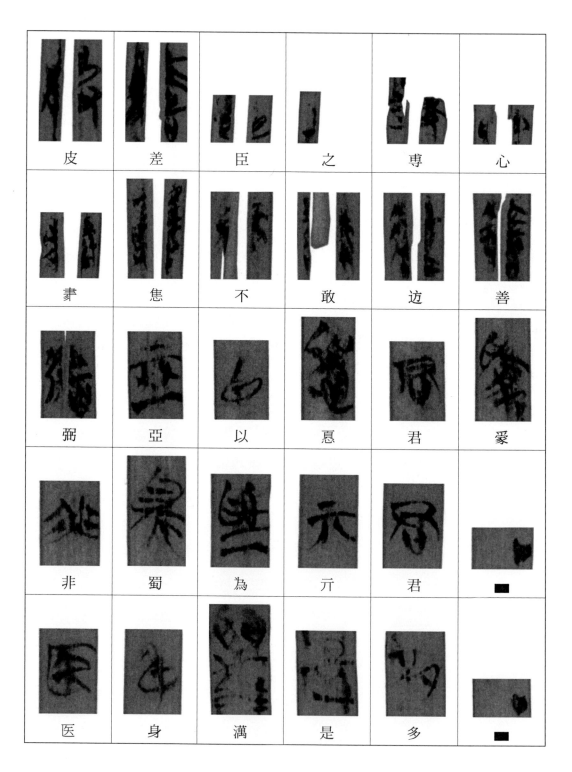

皮	差	臣	之	專	心
晝	隹	不	敢	迓	善
弼	亞	以	惪	君	豩
非	蜀	為	亓	君	■
医	身	㵘	是	多	■

〔16〕不敢迓（妨）善弼亞（惡），以惪（憂）君豩（家）

原考釋（頁134）

迓，讀為「妨」，《說文》：「害也。」弼，糾正。《書・益稷》：「予違，汝弼。汝無面從。」君家，似與「君國」相對應，指國君之事。

陳民鎮〈筆記 2〉

「弼」當是通常的輔助義。該句當斷作：「不敢迈（妨）善弼亞（惡），以慰（憂）君（家）。」「弼惡」指輔助惡人。

麒麟兒〈初讀〉2 樓〔註191〕

《治政之道》簡 8「不敢妨善，弼惡以憂君家」當斷作「不敢妨善弼惡，以憂君家」。「妨善弼惡」是妨害善的弼助惡的，簡文意謂：不敢妨善弼惡，而使君家憂懼。

胡寧〈札記〉

整理者在「弼」前斷開，亦非是，「妨善弼惡」當連言，「弼」當讀爲「蔽」，「弼」是並母物部字，「蔽」是幫母月部字，聲母皆脣音，韻母相近，尾音相同，二字音近可通。《管子・牧民》：「禮不踰節，義不自進，廉不蔽惡，恥不從枉。」《韓非子・外儲說右上》：「今人君之左右，出則為勢重而收利於民，入則比周而蔽惡於君。」「妨（阻礙）善」與「蔽（掩飾）惡」正是一體兩面。

子居〈解析中〉

「害善」于先秦傳世文獻可見于《荀子・致士》：「與其害善，不若利淫。」《韓非子・難二》：「今緩刑罰，行寬惠，是利奸邪而害善人也，此非所以為治也。」故由此可知，《治政之道》用與「害善」相當的「妨善」，則成文時間當與《荀子》、《韓非子》同在戰國末期。

子居〈解析中〉

涉及戰國時期的先秦兩漢文獻，稱「君家」的辭例都是指的封君之家，如《戰國策・齊策四・馮諼客孟嘗君》：「君家所寡有者以義耳，竊以為君市義。」《戰國策・齊策四・魯仲連謂孟嘗》：「今君之家富於二公，而士未有為君盡遊者也。」《史記・廉頗藺相如列傳》：「君于趙為貴公子，今縱君家而不奉公則法削，法削則國弱，國弱則諸侯加兵，諸侯加兵是無趙也，君安得有此富乎？」筆者在《清華簡八〈治邦之道〉解析》已言：「《治邦之道》的思想淵源與稷下學宮關係密切，持說較接近宋鈃一派。從措辭特徵可以判斷，《治邦之道》最有

〔註191〕麒麟兒：清華九《治政之道》初讀，武漢大學簡帛網，2 樓，http://www.bsm.org.cn/forum/forum.php?mod=viewthread&tid=12426&extra=page%3D1&page=1，2019 年 11 月 22 日。

可能成文于戰國末期，更由作者以『勿』代纇、以『圮』稱橋可以推知，作者當為會使用東楚方言的楚國封君級重臣。所以，《治邦之道》的作者很可能就是戰國末期著名的春申君黃歇。」而《治政之道》建議讓臣屬盡心盡力時，也是希望臣屬「憂君家」而不是「憂君國」，同樣說明作者的身份是封君，再考慮到《治政之道》是戰國末期楚人所作，作者有東楚背景，則自然這個封君自然最可能就是春申君黃歇，故整理者所說「君家，似與「君國」相對應，指國君之事」實不確。

劉信芳〈試說〉

君家與庶姓之家、百姓之家相對而言，乃家天下之「君家」。

劉信芳〈試說〉

以上句例，二「之」皆取消句子獨立性，頗為特殊。「遠人之燮（變）備（服）于我」，謂異姓異族「遠人」融入楚族楚國，「以皮（彼）差（佐）臣之專（敷）心聿（盡）隹（惟），不敢迓（妨）善弼亞（惡）以憙（憂）君豪（家）」是說明融入的方式。佐臣乃參與政治，異姓異族「迓（妨）善弼亞（惡）」（做好事從中作梗，干壞事助紂為虐）爲楚王同姓所忌憚，此所以用否定判斷「不敢迓（妨）善弼亞（惡）以憙（憂）君豪（家）」作排除。《治政之道》作者爲庶姓賢者代言，用心良苦。

鵬按

斷句跟通讀當從陳民鎮、麒麟兒之說作「不敢妨善弼惡，以憂君家」。簡文上句「敷心盡惟」，從正面講佐臣會做什麼，此句「不敢妨善弼惡，以憂君家」，從反面講佐臣不會做什麼。「以」是連詞，引進結果，如《論語·公冶長》：「回也，聞一以知十。」[註192] 此處不用「邦家」，當是因為此段在寫君臣關係，所以用「君家」強調「君」，實際上「家」猶指「國」，如《尚書·洪範》：「俊民用章，家用平康。」孔傳：「賢臣顯用，國家平寧」。[註193] 也就是簡文他處所見「邦家」，如「不圖中政之不治、邦家之多病。」【40】「邦家昏亂。」

〔註192〕〔曹魏〕何晏集解，〔宋〕邢昺疏，〔清〕阮元校勘：《十三經注疏·論語正義》，頁 42。

〔註193〕〔漢〕孔安國傳，〔唐〕孔穎達疏，〔清〕阮元校勘：《十三經注疏·尚書正義》，頁 178。

【邦01】所以「君家」可直譯作「國君的國家」。感知動詞「憂」的使動用法，即「使……憂」，也可以接非人賓語，如《左傳・昭公二十年》：「奢之子材，若在吳，必憂楚國。」〔註194〕「憂楚國」意謂「使楚國憂慮」，此處「憂君家」則意謂「使國君的國家憂慮。」「不敢妨善弼惡，以憂君家」意謂「不敢妨礙善人、協助惡人，致使國君的國家憂慮。」

〔17〕医（抑）

原考釋（頁134）

医，句首語氣詞。楚簡多作「殹」，典籍多作「繄」，惟。

陳民鎮〈補說〉（頁196～197）

《治邦之道》中的「医」，又誤作「侯」。整理者將其讀作「殹」。整理小組最初也將《治政之道》的「医」讀作「殹」。不過「殹」是常見於秦簡、相當於「也」的句末語氣詞，與此不同。在整理小組討論過程中，筆者曾提出「医」對應語氣副詞「繄」的看法。後來校外專家審讀《治政之道》時指出「医」應讀作「抑」，確能說通全部文例，可從。《治邦之道》的「医」也需要改讀。

《簡帛古書通假字大系》羅列了「殹／戕」讀作「抑」的一些例證，可以參考。「抑」通常為連詞，表示選擇或轉折。典型的辭例如清華簡《說命上》：「帝殹（抑）尔以畀余，殹（抑）非？」該書另列有兩處「殹」讀作「繄」的辭例，分別見於清華簡《耆夜》與《周公之琴舞》。「繄」通常相當於「唯」，用作句首或句中語詞時亦與「抑」或「伊」相當，傳世文獻中有不少「伊」、「繄」相通的例證。《耆夜》與《周公之琴舞》中的「殹」亦可讀作「抑」，「抑」在詩篇中用於句首協調音節，見於《詩・鄭風・大叔于田》、《詩・小雅・十月之交》等。楚系金文如王子午鼎、嬭加編鐘等器所見「殹」，亦當讀作「抑／伊／繄」，為句首語詞。綜合看來，在楚文字中「医／殹／殹」讀作「抑」是較普遍的用字習慣，用作句首語詞時亦可寫作「繄」或「伊」。

〔註194〕〔晉〕杜預注，〔唐〕孔穎達疏，〔清〕阮元校勘：《十三經注疏・春秋左傳正義》，頁853。

耒之〈初讀〉30 樓〔註195〕

医，整理者讀為「緊」。今按，當讀為「抑」，轉折連詞。

鵬按

確如陳民鎮所說，楚簡「殹」字常用作選擇連詞或轉折連詞，如「殹（抑）天也？其殹（抑）人也？」（清六・太伯甲 009）「主如此謂無良左右，誠殹（抑）獨其志。」（清七・子犯 06）但簡文此處當從耒之，乃是轉折連詞。「非獨為其君，抑身賴實多」意謂「（臣）不是只為了自己，其實自身也實在是受益良多。」

正（政）所以利眾（眾），上辡（辨）〔18〕則正=成=（政成，政成）則上=徂=（上宣，上宣）【09】則亡（無）敲（敵），是以并邦不以力，威民不以型（刑）。

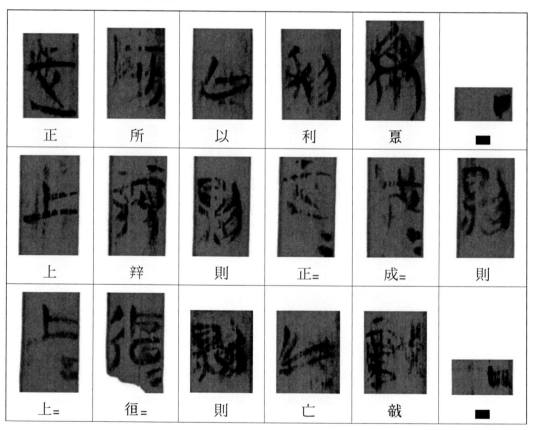

正	所	以	利	眾	▅
上	辡	則	正=	成=	則
上=	徂=	則	亡	敲	▅

〔註195〕耒之：清華九《治政之道》初讀，武漢大學簡帛網，30 樓，http://www.bsm.org.cn/forum/forum.php?mod=viewthread&tid=12426&extra=page%3D1&page=3，2019 年 11 月 23 日。

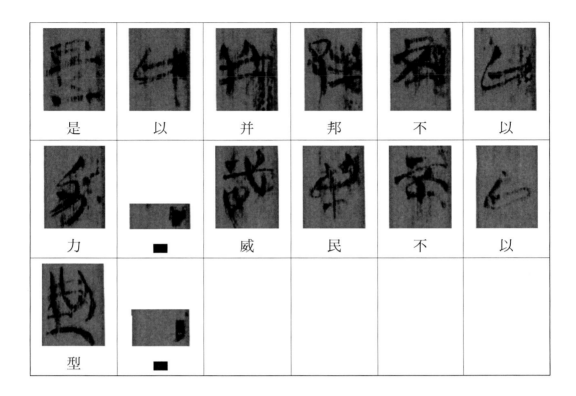

是	以	并	邦	不	以
力	■	威	民	不	以
型	■				

〔18〕䛠（辨）

原考釋（頁134）

䛠，讀爲「辨」。

子居〈解析中〉

《治政之道》此處是言「上辨」，重點仍是舉賢，故較整理者所引更接近的內容實爲《管子·小匡》：「是故匹夫有善，可得而舉，匹夫有不善，可得而誅，政成國安，以守則固，以戰則強。」不難看出其爲法家之說。

鵬按

原考釋之斷句作「故夫君臣之相事，譬之猶市賈之交易，則皆有利焉。故上下不庸以圖政之均，政所以利眾。上辨則政成，政成則上宣……」原考釋在「故上下」斷句不妥，「故上下不庸以圖政之均」當屬上讀，是接續「君臣皆有利」的話題，言因此彼此不需另外互相酬庸，以謀求政治的協和。「政所以利眾」當屬下讀。故當斷讀作「故夫君臣之相事，譬之猶市賈之交易，則皆有利焉，故上下不庸以圖政之均。政所以利眾，上辨則政成，政成則上宣……。」「辨」當訓爲「明察」，意思是「清楚地知道」，此處所言上所辨當指「政所以利眾」這件事。「政所以利眾，上辨則政成」意謂「政治是爲了利惠眾民，君

上若能明察，那麼政治一定會成功。」

此以翻（亂）君受之，以遯〈逢〉（失）亓（其）立（位）。〔19〕

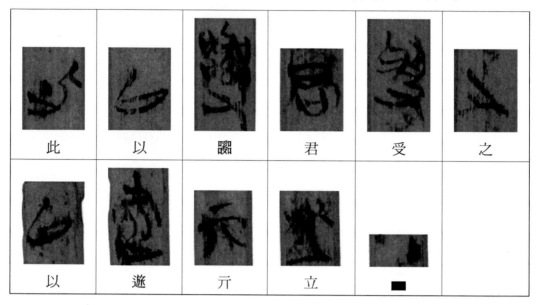

此	以	翻	君	受	之
以	遯	亓	立	■	

〔19〕**此以翻（亂）君受之，以遯〈逢〉亓（其）立（位）。**

鵬按

「此」，當指代「政所以利眾」這個原則。上句言若上位者明辨這個原則，政治就會成功。此句說這個原則就算告訴亂君，他也會自己丟掉王位，因為亂君「彼涵於逸樂，而褊於德義」。說明政治除了精神很重要之外，也不能以逸待勞。

上愚（愚）則下逢=執=（失執，失執）則應=古=（惟故〔20〕，惟故）則生智，眾多智則反敵（稟）正=（政。

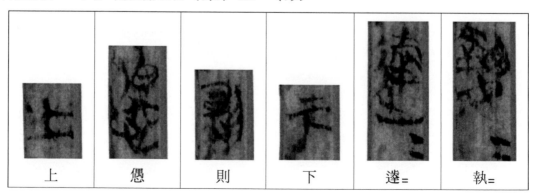

上	愚	則	下	逢=	執=

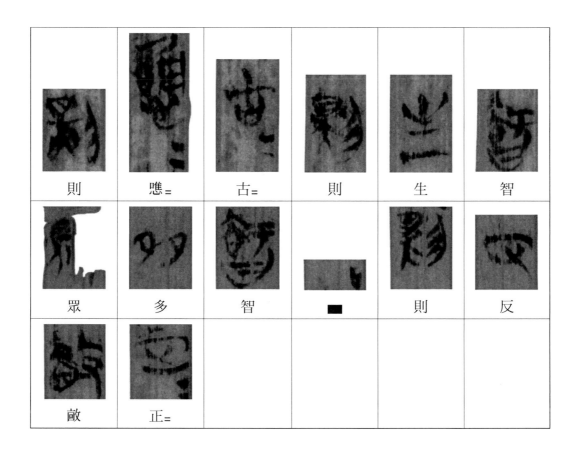

則	喱=	古=	則	生	智
眾	多	智	■	則	反
敵	正=				

〔20〕喱古（惟古）

原考釋（頁135）

惟古，思古之道。《後漢書‧卓魯魏劉列傳》：「孝章皇帝深惟古人之道，助三正之微，定律著令，冀承天心，順物性命，以致時雍。」

激流震川 2.0〈初讀〉124 樓〔註196〕

「古」當讀爲「故」。《國語‧晉語》：「多爲之故以變其志」，韋注曰：「謂多作計術以變易其志。」《文選‧景福殿賦》注引賈逵《國語注》曰：「故，謀也。」高郵二王訓「故」爲「詐」，不確，應當不是貶義的。「故」解釋爲「心思」、「計謀」比較合適。「惟」當從整理者訓「思」。簡文意謂：由於失去行事的依據，只好自己動心思、想辦法，久而久之，在下者就會增長智慧。

子居〈解析中〉

整理者以「惟古」爲「思古之道」顯不可從，若「思古之道」自然不過是

〔註196〕激流震川 2.0：清華九《治政之道》初讀，武漢大學簡帛網，124 樓，http://www.bsm.org.cn/forum/forum.php?mod=viewthread&tid=12426&extra=page%3D1&page=13，2020 年 2 月 26 日。

因循固守，如何會出現「反禁政」？前文解析已指出「惟」當訓為「謀」，此處的「古」則當讀為「故」，訓為事，《左傳‧襄公二十六年》：「令尹子木與之語，問晉故焉。」杜預注：「故，事。」《國語‧周語上》：「且無故而料民，天之所惡也。」韋昭注：「故，事也。」因此「惟古」即「謀事」，《尸子‧治天下》：「今人盡力以學，謀事則不借智，處行則不因賢，舍其學不用也。」《韓非子‧飾邪》：「小知不可使謀事，小忠不可使主法。」皆可見「謀事」與「智」的關係，所以《治政之道》有「惟古則生智」。「多智」於先秦文獻可見於《老子》：「民之難治，以其多智。」《呂氏春秋‧必己》：「多智則謀，不肖則欺，胡可得而必？」可見《治政之道》的成文時間當在戰國後期、末期。

> Tuonan〈初讀〉138 樓〔註197〕
>
> 「應」可以讀「維＋心」，廣雅「忘也。」

> 侯瑞華〈校釋〉，頁 47～48
>
> 我們覺得整理者把「應」字讀為「惟」、訓為「思」是很正確的，簡8的「敷心盡惟」可以為證。不過「古」很可能不是指「古之道」，而應讀為「故」，訓為名詞的「謀」。
>
> 「故」有成例的意思，但是這個義項在簡文中仍然是不合適的。如果有成例可依，就無所謂「失執」。而「故」在文獻中還有一個義項往往為人們所忽視，即高郵二王曾指出的「故」可以訓「詐」。……
>
> 從訓釋的方向來看，高郵二王的這種理解自然是有道理的，即「故」與「巧」「智」「詐」文義相近，但是「故」是否像「詐」一樣是一個貶義詞則有疑問。從上引的辭例以及古書中的其他用例來看，「詐」的訓釋顯然有不夠準確的地方，至少其色彩應該不是貶義。
>
> 《晉語》「多為之故以變其志」之「故」韋昭注解為「計術」，《淮南子》「上多故則下多詐」之「故」高誘注訓「巧」，以及《淮南子‧原道訓》「不設智故，而方圓曲直弗能逃也」，都可以說明「故」和「詐」是有區別的。而且《管子‧心術》與《莊子‧刻意》「去智（知）與故」很顯然是道家思想的體

〔註197〕Tuonan：清華九《治政之道》初讀，武漢大學簡帛網，138 樓，http://www.bsm.org.cn/forum/forum.php?mod=viewthread&tid=12426&extra=page%3D1&page=14，2020 年 12 月 31 日。

現，《淮南子・原道訓》中也有「保其精神，偄其智故」，這些思想與《老子》中的「絕智（知）棄辨」「絕巧棄利」「絕為棄慮」是一致的。郭店簡「絕為棄慮」中的「慮」字，裘錫圭先生原釋讀為「詐」，後來學者多指出《老子》此文不可能把公認為不好的東西作為絕棄的對象，故裘錫圭先生改讀為「慮」。因此，「智」與「故」應該都是褒義的好的東西，但是在道家看來則應該去除絕棄，以回復到本真。這也更加證明，「故」不能直接訓為「詐」。從故訓來看，把「故」理解為「心思」「計謀」可能是比較合適的，賈逵訓「謀」、韋昭訓「計術」皆可為證。

　　回到《治政之道》的那段話，「失執則惟故，惟故則生智」，其中的「故」是動詞「惟」的物件，意義正是我們所分析的「心思」「計謀」。由於失去行事的依據，只好自己動心思、想辦法，久而久之，在下位者就會增長智慧。《詩經・大雅・生民》上有「載謀載惟」一句，「惟」通「惟」，是思考的意思。不過《生民》此句是「謀」與「惟」兩個動詞並列，與動賓結構的「惟故」是不同的。

鵬按

　　「上愚則下失執，失執則惟故，惟故則生智，眾多智則反棄政」的「愚」當訓為「無知」，指「亂君」無知於「政所以利眾」的重要，跟「上辨」對比。「失執」從原考釋之說，指「失去行事的依據。」「惟」從原考釋之說，訓為「思」。「古」從激流震川 2.0 之說讀為「故」，但當從侯瑞華訓為「計謀」，類似的結構如《大戴禮記・衛將軍文子》「獨居思仁」〔註198〕。「計謀」是在事情發生之前所考慮的對策，臣下總是想著計謀，恐怕是因為失去行事的依據，動輒得咎，需要隨時處處提防。「智」則亦猶「謀」，如《史記・項羽本紀》「吾寧鬭智，不能鬭力」〔註199〕。「惟故」是總是考慮著對策，考慮多了就「生智」，真的生出許多對付昏君的「智謀」。「反棄政」從原考釋之說：「乃不受政命也。」整句意謂國君愚昧，沉湎於逸樂，「則臣下失去行事的依據。臣下失去行事的依據則想著計謀，臣下想著計謀則會生出謀略。如果眾多臣

〔註198〕高明註譯，中華文化復興運動推行委員會，國立編譯館中華叢書編審委員會主編：《大戴禮記》，頁238。

〔註199〕〔漢〕司馬遷撰，〔劉宋〕裴駰集解，〔唐〕司馬貞索隱，〔唐〕張守節正義：《史記》，頁328。

下都很多謀略，就會違逆不接受政令。」

昔之【11】為百眚（姓）牧〔21〕以臨民之中者〔22〕，必敬戒母（毋）拳（倦），以開（避）此戁（難）。戛（沒）身孚（免）殜（世），恙（患）戁（難）不遝（臻），此之曰聖=人=（聖人。

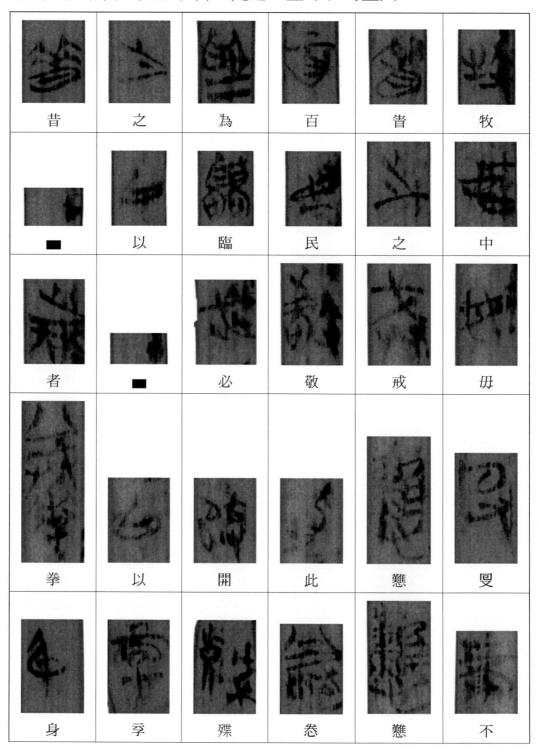

昔	之	為	百	眚	牧
■	以	臨	民	之	中
者	■	必	敬	戒	毋
拳	以	開	此	戁	戛
身	孚	殜	恙	戁	不

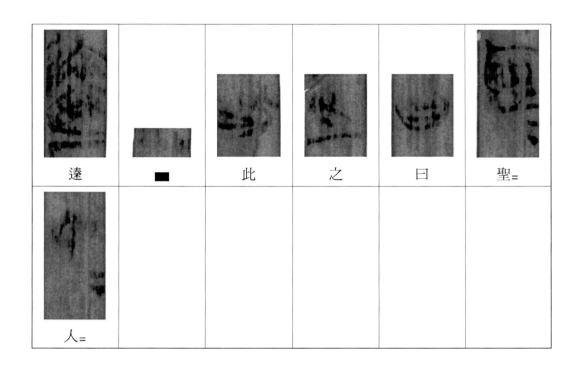

 逵	 ■	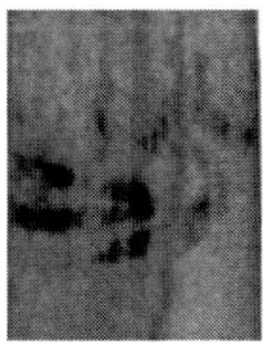 此	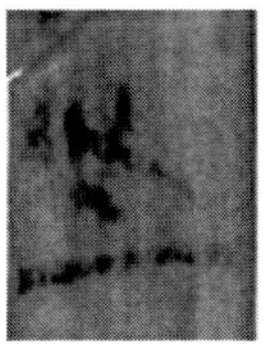 之	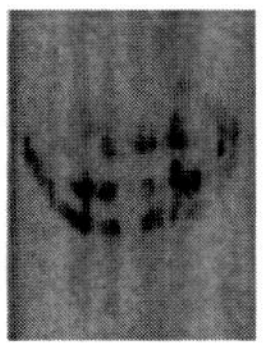 曰	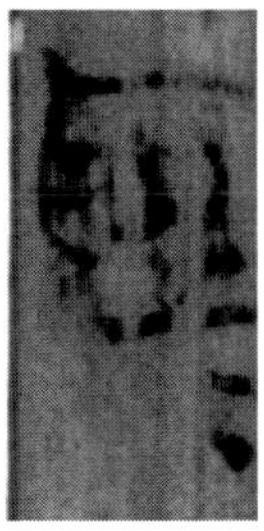 聖=
 人=					

〔21〕牧

原考釋（頁 135）

牧，治民的人。《孟子，梁惠王上》：「今夫天下之人牧，未有不嗜殺人者也。」

子居〈解析中〉

治民和治民者稱「牧」，先秦文獻中《管子》最為習見，《管子》的第一篇《牧民》即言「凡有地牧民者，務在四時，守在倉廩。」《治政之道》所說「為百姓牧」，則可比于《戰國策・齊策六・貂勃常惡田單》：「內牧百姓，循撫其心，振窮補不足，布德於民；外懷戎翟、天下之賢士，陰結諸侯之雄俊豪英。其志欲有為也。」《說苑・貴德》：「夫牧百姓，養育之而重竭之，豈所以安命安存，而稱為人君於後世哉」而《治邦之道》措辭既然與《戰國策・齊策六・貂勃常惡田單》、《說苑・貴德》相近，自然是成文于戰國末期最為可能。

馬曉穩〈札記〉，頁 53

（昔之為百姓牧，……，此之曰聖人。）簡文大體是說過去治理百姓的人，敬戒無倦，因此能避除此禍，至死患難也不會降臨。

鵬按

原考釋將「牧」訓為「治民的人」稍嫌不夠準確，所引《孟子》辭例中，

「人牧」才是指「治民的人」，單一個「牧」字訓為類似「管理者」的意思較妥。如《陳書·世祖本紀》「朕自居民牧之重，託在王公之上」的「民牧」是「治民的人」〔註200〕，而《呂氏春秋·季春》：「命舟牧覆舟。」高誘注：「舟牧，主舟官也。」〔註201〕類似「為百姓牧」的說法也見於《馬王堆帛書·老子乙》「聖人執一，以為天下牧」〔註202〕，「為天下牧」的結構與簡文「為百姓牧」一致。「為」訓為「擔任」，「為百姓牧」意即「擔任百姓管理者。」

〔22〕臨民之中

原考釋（頁135）

臨，治理。《管子·八觀》：「置法出令，臨眾用民」曾侯鐘：「臨有江夏。」（《隨州文峰塔M1（曾侯與墓）、M2發掘簡報》，《江漢考古》二〇一四年第四期）

子居〈解析中〉

「中」本為射箭時盛放計算射中數算籌的器具，引申為官府文書，「民之中」於先秦文獻見《尚書·呂刑》：「何監非德，於民之中，尚明聽之哉。」《治政之道》的「臨民之中」猶先秦傳世文獻所稱「臨政」，如《管子·正》：「廢私立公，能舉人乎？臨政官民。能後其身乎？」《左傳·襄公二十六年》：「夙興夜寐，朝夕臨政，此以知其恤民也。」

鵬按

原考釋在「牧以」中間斷句作「為百姓牧，以臨民」，可不必，「昔之為百姓牧以臨民之中者」是一個詞組，為此句的主語。「臨」從原考釋訓為「治理」。子居所引《尚書》辭例相當啟發人，但引申為「官府文書」則不必。《尚書·呂刑》：「于民之中，尚明聽之哉。」〔清〕戴鈞衡《書傳商補》及屈萬里《尚書集釋》所整理幾條《周禮》辭例可以參證：〔註203〕

〔註200〕〔隋〕姚察，〔唐〕魏徵，姚思廉合撰，楊家駱主編：《陳書》（臺北：鼎文書局，1980年），頁60。

〔註201〕〔周〕呂不韋著，陳奇猷校注：《呂氏春秋新校釋》，頁127。

〔註202〕裘錫圭主編：《長沙馬王堆漢墓簡帛集成（肆）》（北京：中華書局，2014年），頁206。

〔註203〕〔清〕戴鈞衡《書傳商補》轉引自程元敏：《尚書周書牧誓洪範金縢呂刑篇義證》（臺北：萬卷樓圖書股份有限公司，2011年），頁427～428；屈萬里：《尚書集釋》（北京：中華書局，2014年），頁266。

《周禮・秋官・司刺》：「以此三灋者求民情、斷民中，而施上服、下服之罪，然後刑殺。」

《周禮・秋官・司寇》：「獄訟成，士師受中。」

《周禮・秋官・小司寇》：「歲終，則令羣士計獄弊訟，登中于天府。」

另可補充：

《周禮・春官・天府》：「掌祖廟之守藏與其禁令。……凡官府鄉州及都鄙之治中，受而藏之，以詔王察群吏之治。」〔註204〕

《尚書・呂刑》主要闡述刑罰的原則，最後總結對於「民之中」希望能明聽。《周禮》裡面可以看到司法體系的一個部分，司刺輔助司寇聽獄訟，以三法探求實情、決斷「民中」。待「獄訟」結束，把「中」交給「士師」。年底小司寇再把「中」上呈天府。天府則館藏這些「中」。從上引辭例來看，戴鈞衡、屈萬里把《尚書・呂刑》「民之中」的「中」看成「案情」可從。「斷民中」的「中」也當是指獄訟。但是之後的「受中」、「登中」、「治中」的「中」應該是指獄訟案件的檔案。我們可以看到這些「中」字都出現在司法相關的語境內。又如《大戴禮記・千乘》：「司寇司秋，以聽獄訟，治民之煩亂，執權變民中。」〔註205〕「執權變民中」可以考慮理解為執掌「權變」以及「民中」，或是讀「變」為「辨治」的「辨」，理解為執掌治理「民中」。又如《申鑒・政體》：「惟慎庶獄以昭人情。……惟稽五赦以綏民中。」〔註206〕《上博五・季庚子問於孔子》：「孔子曰：『君子在民【2】之上，執民之中，施教於民，而民不服焉，君子之恥也。』其後又言「大罪殺之，臧罪刑之，小罪罰之。苟能固守【22】而刑之，民必服矣」兩句或能前後呼應。《上博五・季庚子問於孔子》的「執民之中」與《大戴禮記・千乘》的「執權變民中」相當接近，將「執民之中，施教於民」理解為刑教並用亦相當合乎先秦典籍常見的刑教論。而《上博五・季庚子問於孔子》的「執民之中」跟簡文此處的「臨民之中」結構相同，承上，兩處皆當

〔註204〕《周禮》四例依序參〔漢〕鄭玄注，〔唐〕賈公彥疏，〔清〕阮元校勘：《十三經注疏・周禮注疏》，頁540、528、525、311。

〔註205〕高明註譯，中華文化復興運動推行委員會，國立編譯館中華叢書編審委員會主編：《大戴禮記》，頁324。

〔註206〕〔漢〕荀悅撰，〔明〕黃省曾注：《申鑒》（臺北市：世界書局，1991年），頁4。

理解為「治理人民的獄訟」。回到〈治政之道〉，簡文上一段說今之王公「徧於德義」，此段說昔之王公「臨民之中」必敬戒不倦，也可呼應簡文後面所謂「徧於德義」的其中一個面向是：「其德淺於百姓，【35】虐殺不辜，罪戾刑戮取人之子女，貧賤不愛，獄訟不中，辭告不達。」所以「昔之為百姓牧以臨民之中者」直譯當作「從前擔任百姓管理者然後治理人民獄訟的人」。

夫以兼專（傅）〔23〕者（諸）侯，以為天下聾（儀）釡（式），是以不型（刑）殺而攸（修）宷（中）綯（治）〔01〕，者（諸）侯備（服），不唯上能罌（興）虐（乎）？

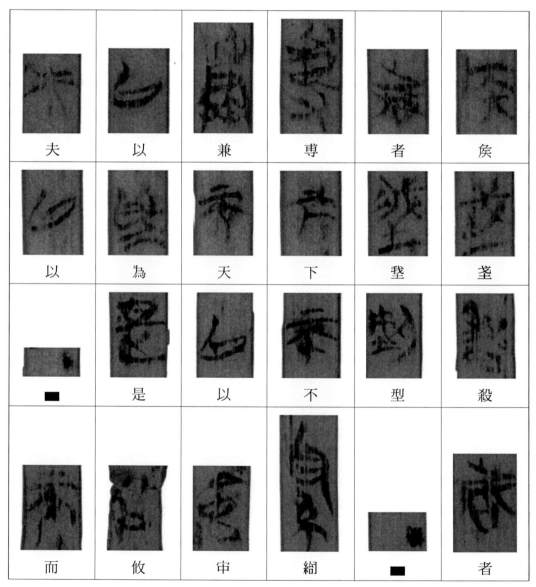

夫	以	兼	專	者	矦
以	為	天	下	聾	釡
■	是	以	不	型	殺
而	攸	宷	綯	■	者

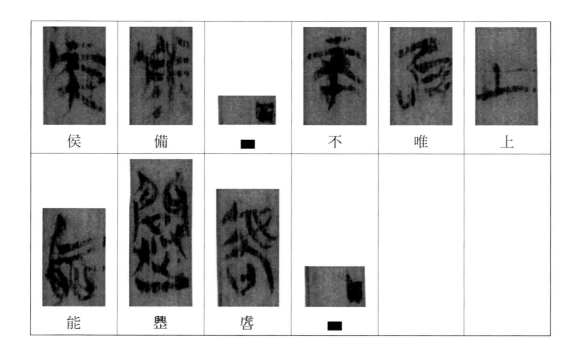

侯	備	■	不	唯	上
能	嬰	虐	■		

〔23〕專（傅）

整理者（注釋 136）

專，讀爲「撫」，《說文》：「安也。」

陳民鎮〈筆記 2〉

可參見：《周禮・秋官・大行人》：「王之所以撫邦國諸侯者。」《孟子・梁惠王上》：「欲辟土地，朝秦、楚，蒞中國而撫四夷也。」

my9082〈初讀〉62 樓〔註207〕

「專」可讀作「敷／傅」，見《廣雅・釋詁三》「傅，治也。」及王的疏證。

子居〈解析中〉

《治政之道》的「專」皆當讀為「布」，前文解析內容已言。「布」指布命，《管子・大匡》：「君乃布之于諸侯，諸侯許諾，受而行之。」《左傳・成公二年》：「吾子布大命于諸侯，而曰必質其母以為信，其若王命何？」《國語・晉語七》：「三年，公始合諸侯。四年，諸侯會于雞丘，於是乎布命、結援、修好、申盟而還。」皆其辭例。

〔註207〕my9082：清華九《治政之道》初讀，武漢大學簡帛網，62 樓，http://www.bsm.org.cn/forum/forum.php?mod=viewthread&tid=12426&extra=page%3D1&page=7，2019 年 11 月 26 日。

鵬按

「尃」原考釋讀為「撫」，但「尃」聲字在楚簡未見通讀「無」聲字之例，而且〈治政之道〉的「尃」都讀作「敷」，如簡8「尃（敷）心盡惟」、簡15「每尃（敷）一政」、簡18「尃（敷）政作事」、簡19「尃（敷）政作事」，所當優先考慮讀為從「尃」聲的字。my9082讀為「傅」，訓為「治」，可從。「治諸侯」相關辭例如《司馬法・仁本》：「王、伯之所以治諸侯者六：以土地形諸侯；以政令平諸侯；以禮信親諸侯；以材力說諸侯；以謀人維諸侯；以兵革服諸侯。」〔註208〕本句可略譯作「用來治理所有諸侯，作為天下典範，因此不用刑法就能內外兼治的，不是上位者能興人嗎？」意謂「上能興」能「兼傅諸侯」、「為天下儀式」，並因此內外兼治。〔註209〕

血燹（氣）迵（通），尾（庶）民不痧（癢）〔24〕虖（且）壽，亡（無）殀（夭）死者。

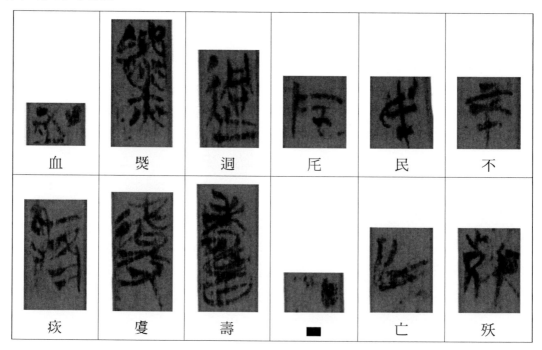

血	燹	迵	尾	民	不
痧	虖	壽	▬	亡	殀

〔註208〕王震撰：《司馬法集釋》（北京：中華書局，2018年），頁36。

〔註209〕鄔可晶《讀〈清華大學藏戰國竹簡（玖）〉札記》（待刊）則認為「尃」當讀為「傅」或「薄」，「兼尃（傅/薄）諸侯」意謂使諸侯全都親附、全部有所歸止，但筆者目力所及並未檢得「傅」或「薄」的使動用法，更詳細論證仍待出版。轉引自蘇建洲：〈說清華簡《金縢》的「尃有四方」〉，《出土「書」類文獻研究高階學術論壇論文集》，2021年，頁139～140。

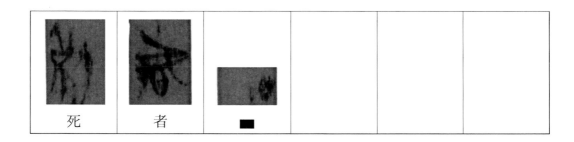

死	者	■		

〔24〕血獎（氣）迵（通），旡（庶）民不痎（瘠）虘（且）壽

原考釋（頁 137）

旡，讀爲「暢」。迵旡，通暢。《新論·祛蔽》：「今人之肌膚，時剝傷而自愈者，血氣通行也。」瘠，《禮記·玉藻》「親瘠，色容不盛」，鄭注：「瘠，病也。」

麒麟兒〈初讀〉15 樓〔註 210〕

簡文的「旡」整理者讀爲「暢」；此字疑讀爲「庶」，上博簡《天子建洲》中從土旡聲之字讀爲「都」，而「庶」與「煮」關係密切，《周禮·序官》：「庶氏下士一人」，鄭玄注：「庶，讀爲藥煮之煮」；此外，燕王職壺「宅（庶）幾三十」，「宅」讀爲「庶」。故簡文的「旡」可以讀爲「庶」。

簡文的「痎」字《清華簡八·治邦之道》簡 6 亦有此字，整理者指出：「疑讀爲『瘠』。」按，簡文此處也當讀爲「瘠」。因此簡文此句當讀作「血氣通，庶民不瘠且壽」。

潘燈〈初讀〉47 樓〔註 211〕

旡或讀「度」，《禮記·王制》「度地居民」，度，衡量也。《禮記·少儀》「不度民械」，度，計也。

王寧〈初讀〉60 樓〔註 212〕

「旡」疑讀爲「釋」，通「懌」，「迵釋」猶言「通暢」。「痎」字當讀「疾」，

〔註 210〕麒麟兒：清華九《治政之道》初讀，武漢大學簡帛網，15 樓，http://www.bsm.org.cn/forum/forum.php?mod=viewthread&tid=12426&extra=page%3D1&page=2，2019 年 11 月 22 日。

〔註 211〕潘燈：清華九《治政之道》初讀，武漢大學簡帛網，47 樓，http://www.bsm.org.cn/forum/forum.php?mod=viewthread&tid=12426&extra=page%3D1&page=5，2019 年 11 月 23 日。

〔註 212〕王寧：清華九《治政之道》初讀，武漢大學簡帛網，60 樓，http://www.bsm.org.cn/forum/forum.php?mod=viewthread&tid=12426&extra=page%3D1&page=6，2019 年 11 月 26 日。

《管子・小問》：「民不疾疫。」《大戴禮記・盛德》：「聖王之盛德；人民不疾，六畜不疫，五穀不災。」《淮南子・兵略》：「民不疾疫，將不夭死。」

激流震川2.0〈初讀〉121樓〔註213〕

簡15提到「血氣通厇，民不瘠且壽」。「厇」字整理者讀為「暢」，「通暢」成辭，與文義十分相合。古人認為健康良好的身體狀態就是血氣不凝滯，在體內運行通暢。《後漢書・方術列傳》解釋了這個道理：「血脈流通，病不得生，譬猶戶樞，終不朽也。」所以《呂氏春秋・恃君覽・達鬱》上說：「血脈欲其通也」。

雖然文義不難明白，但是「厇」字的破讀卻始終令人感到不那麼放心。「厇」字在楚簡中最常見的用法是讀為定母鐸部的「度」；此外還可以讀為「宅」、「託」、「橐」、「庶」、「都」、「著」等。它們的聲母集中在端、透、定，而韻部則集中在鐸、魚兩部而且主要是鐸部。「暢」為透母陽部字，聲上與「厇」相近，韻部也是對轉的關係。但是，目前「厇」字讀為陽部的用例似乎少見，且缺乏「厇」與「暢」相互通假的聯繫。基於這一點，簡文「厇」字的破讀或許有必要重新審視。

雖然「厇」字最多的讀法是鐸部字，但是魚部的用例也不鮮見。結合文義與通假材料，我們覺得簡文的「厇」應該讀為「舒」。

《尚書・梓材》：「惟其塗丹雘」，《說文》「雘」字下引「塗」作「敗」。《釋名・釋道》：「涂，度也，人所由得通度也。」可知「度」聲與「余」聲相通。正如前述，「厇」通常用為「度」；而「舒」在楚簡中又往往寫作「余」，如清華簡《繫年》簡75夏徵舒的「舒」即寫作「余」。因此，將「厇」讀為「舒」自然是可以成立的。

「舒」是舒展、舒散的意思，與「通」義近。所謂「血氣通舒」就是「血通氣舒」，指血液流通，氣息舒散。因為血氣都不能鬱積，鬱積則體弱多病。所以血脈欲其通，而氣則需要宣洩、舒散。如《左傳・昭公元年》：「於是乎節宣其氣，勿使有所壅閉湫底以露其體」，杜預注云：「壹之則血氣集滯而體羸

〔註213〕激流震川2.0：清華九《治政之道》初讀，武漢大學簡帛網，121樓，http://www.bsm.org.cn/forum/forum.php?mod=viewthread&tid=12426&extra=page%3D1&page=13，2020年2月10日。

露」。〔註214〕古人常說「舒氣」或者「瀉氣」，如《釋名・釋言語》：「嗚，舒也。氣憤滿，故發此聲以舒寫之也。」《史記・扁鵲倉公列傳》：「所謂氣者，當調飲食，擇晏日，車步廣志，以適筋骨肉血脈，以瀉氣。」正因爲百姓血通氣舒，於是不癠且壽。

王寧〈初讀〉122 樓〔註215〕

「厇」應該讀「敨」或「釋」，是消解、舒散義。「迵釋」猶言「通暢」

王寧〈散札〉

「迵釋」猶言「通暢」。「痰」字當讀「疾」，《管子・小問》：「民不疾疫。」《大戴禮記・盛德》：「聖王之盛德，人民不疾，六畜不疫，五穀不災。」《淮南子・兵略》：「民不疾疫，將不夭死。」

子居〈解析中〉

筆者認為，「厇」當讀為「疏」，《說文・厷部》：「疏，通也。從㐬從疋，疋亦聲。」《管子・水地》：「水者，地之血氣，如筋脈之通流者也。」通流即通疏，《莊子・刻意》：「精神四達並流，無所不極。」成玄英疏：「流，通也。」「通疏」即「疏通」，《禮記・經解》：「疏通知遠，《書》教也。」《大戴禮記・五帝德》：「顓頊，黃帝之孫，昌意之子也，曰高陽。洪淵以有謀，疏通而知事。……皋陶作士，忠信疏通，知民之情。」《中藏經・論血痹》：「上先枯則上不能制於下，下先枯則下不能克於上，中先枯則不能通疏。」皆其辭例。

「痰」字讀為「癠」是網友汗天山在《清華八〈治邦之道〉初讀》帖 111 樓所指出，言：「按：痰，當讀為『癠』。《爾雅・釋詁》：『癠，病也。』字又作『齘』，《方言》第十：『齘，矲短也。江湘之會謂之齘。凡物生而不長大亦謂之齘，又曰癠。』郭璞注：『今俗呼小為癠。』簡文當是取『物生而不長大』之義。」《論衡・命義》：「稟得堅強之性，則氣渥厚而體堅強，堅強則壽命長，壽命長則不夭死。稟性軟弱者，氣少泊而性羸窊，羸窊則壽命短，短則蚤死。」所說「壽命長則不夭死」正可對應於《治政之道》此處的「民不癠且壽，無夭

〔註214〕〔晉〕杜預注，〔唐〕孔穎達疏，〔清〕阮元校勘：《十三經注疏・春秋左傳正義》，頁 707。

〔註215〕王寧：清華九《治政之道》初讀，武漢大學簡帛網，122 樓，http://www.bsm.org.cn/forum/forum.php?mod=viewthread&tid=12426&extra=page%3D1&page=13，2020 年 2 月 17 日。

死者」。「此所謂惠德」可比之于《說苑・複恩》「趙宣孟將上之絳」節「此所謂德惠也」，也可證《治政之道》成文時間當距漢初不遠。

黃春蕾〔註216〕

「厇」疑讀為「著」，訓為根著、附著。從語音來看，「厇」字上古音在知母錫部，「著」字在知母魚部，兩者音近可通。在出土文獻中也多有用例，如今本《禮記・緇衣》中「好仁不堅，惡惡不著」的「著」字在馬王堆帛書本《緇衣》中作「紸」，在上博簡本《緇衣》中作「紴」。「血氣通、著」參見於《黃帝內經》：「冬者蓋藏，血氣在中，內著骨髓，通于五藏。」「氣竭血著，外為發熱，內為少氣。」《潛夫論・德化》：「骨著脈通。」血氣附著之性還見於《論衡・論死》：「精神本以血氣為主，血氣常附形體。形體雖朽，精神尚在，能為鬼可也。今衣服、絲絮布帛也，生時血氣不附著，而亦自無血氣，敗朽遂已。」可知在中醫中，血氣皆需附著於形體，形體也需有血氣附著。氣血通則不滯，著則不泄，則民不生疾病且長壽。因此，將「厇」讀為「著」文從字順，亦符合中醫典籍原理。「血氣通著」即血氣根著于骨髓、通行於五臟。

鵬按

「厇」原考釋讀為「暢」、王寧讀為「釋」或「斁」、激流震川 2.0 讀為「舒」、子居讀為「疏」都不合用字習慣。而且除了原考釋，都沒有辭例。黃春蕾讀為「著」，主要問題在於辭例。所引《論衡・論死》一篇是主張「氣凝為人」〔註217〕、「死還為氣」〔註218〕，討論生死與靈魂問題，與血氣是否附著因此是否健康無關。所引《黃帝內經》「氣竭血著，外為發熱，內為少氣」的「著」意謂「滯留」，「氣竭血著」是不好的現象。所引《黃帝內經》：「冬者蓋藏，血氣在中，內著骨髓，通于五藏。」則是在談論四時與血氣的關係，春在皮膚、夏在肌肉、秋冬在骨髓五臟，並不表示因血氣附著在骨髓而健康。

「厇」當從麒麟兒之說讀為「庶」，屬下讀為「庶民」。楚簡「厇」與「石」聲字相通常見，可參《簡帛古書通假字大系》【厇與度】、【迉與蹠】等諸條。〔註219〕屬下讀為「庶民」，辭例常見，文意也清楚。整句意謂上位者使民以時，

〔註216〕黃春蕾：〈讀清華簡九《治政之道》札記四則〉，頁 122～123。
〔註217〕〔漢〕王充著，黃暉校釋：《論衡校釋》，頁 873。
〔註218〕〔漢〕王充著，黃暉校釋：《論衡校釋》，頁 877。
〔註219〕白於藍：《簡帛古書通假字大系》，頁 688、710。

所以「（人民，主語探下省）血氣通，眾民不生病而且長壽，沒有早夭的。」

傳世文獻亦見論述上位者之執政與人民血氣之間關係，如《禮記‧樂記》「夫民有血氣心知之性，而無哀樂喜怒之常，應感起物而動。」[註220]《韓非子‧解老》「聖人在上則民少欲，民少欲則血氣治。」[註221]不過簡文此處的「血氣」是在「生產」、「生存」的語境內談論，故更近於《韓詩外傳》：「夫處飢渴，苦血氣，困寒暑，動肌膚，此四者，民之大害也，大害不除，未可教御也。」[註222]

百眚（姓）之不和、四坿（封）之不實、佻（盜）叟（賊）之不爾（彌）、金革之不遒（敝），此則侯王、君公之卹，古（故）必景（早）煮（圖）戁（難）[25]安（焉）。

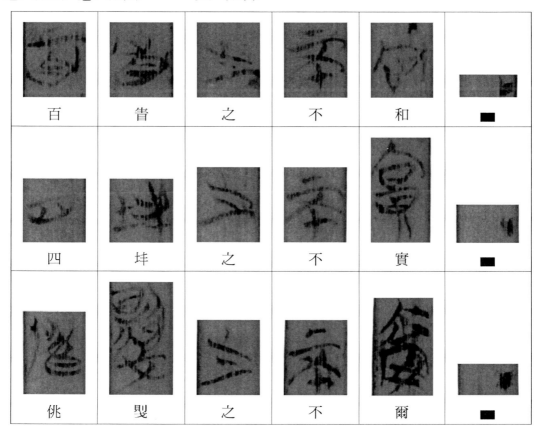

[註220]〔漢〕鄭玄注，〔唐〕孔穎達疏，〔清〕阮元校勘：《十三經注疏‧禮記注疏》，頁679。

[註221]〔周〕韓非著，陳奇猷校注：《韓非子新校注》，頁402。

[註222]〔漢〕韓嬰撰，許維遹校釋：《韓詩外傳集釋》，頁127～128。

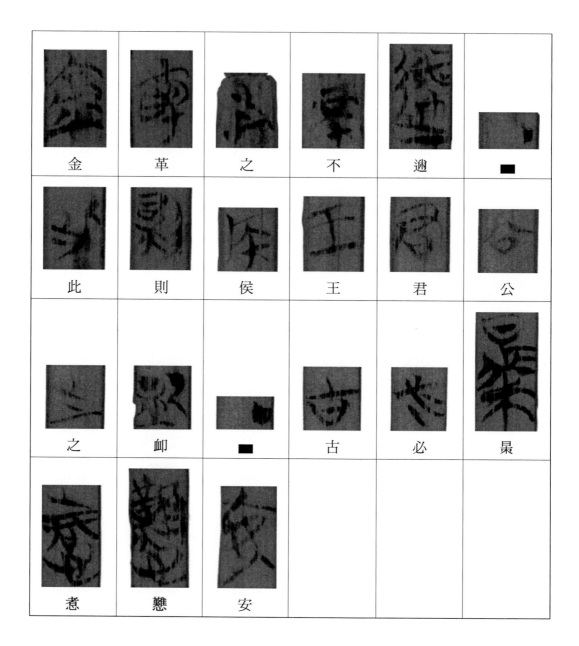

金	革	之	不	逾	■
此	則	侯	王	君	公
之	卹	■	古	必	㬊
煮	戁	安			

〔25〕煮（圖）戁（難）

原考釋（頁137）

圖難，《老子》：「圖難於其易，爲大於其細。」

子居〈解析中〉

很難理解整理者為什麼會在這裡引《老子》，《治政之道》此處的「難」是危難義，不是困難義，與《老子》的「圖難於其易」完全不是一個意思。清華簡三《芮良夫毖》有「毋自縱於逸，以囂不圖難。」《管子·法法》：「爵不尊，祿不重者，不與圖難犯危，以其道為未可以求之也。」皆與《治政之道》所說

「圖難」同義，由此也可見《芮良夫毖》、《管子》、《治政之道》間的傳承關係。

鵬按

「難」，當從子居，訓為「危難」。後文「免於難」、「及於難」都是常見的辭例。「圖」，當訓為「謀劃」，簡文此處的「圖難」當與《管子·法法》：「爵不尊，祿不重者，不與圖難犯危，以其道為未可以求之也」的「圖難」相當，〔註223〕而非與原考釋所引《老子》相當。「危」、「難」對文指危險與災難。「圖難」意謂設法應付災難。「焉」的用法前人有很詳盡的整理，其主要的用法，是相當於「於之」、「於此」，亦即一個介詞加上一個代詞的合音詞。且亦常用作「之」，但用作「於」非常罕見。〔註224〕此處的「焉」當看作「於是」，「是」指代「百姓之不和」到「金革之不敝」。「早」表示說話時以前，如《左傳·僖公三十年》：「吾不能早用子，今急而求子，是寡人之過也。」〔註225〕簡文「早圖難焉」即「早圖難於是」，意謂在「百姓之不和」、「金革之不敝」等等之前就設法應付災難。

専（敷）正（政）乍（作）事，毋【18】迟（及）女（焉）耆（圖）〔26〕；元（其）迟（及）女（焉）耆（圖），唯（雖）果孚（免）之〔27〕，則或（又）非聖＝人＝（聖人。

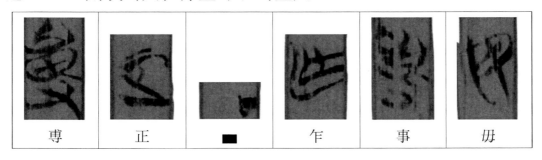

専	正	■	乍	事	毋

〔註223〕〔周〕管子，黎翔鳳撰，梁運華整理：《管子校注》，頁298。

〔註224〕可參楊樹達：《詞詮》，卷七頁389；楊伯峻：《古漢語虛詞》（北京：中華書局，1981年），頁223～230；梅廣：〈詩三百「言」字新議〉，《漢語史研究：紀念李方桂先生百歲冥誕論文集》（臺北：中央研究院語言所，2005），頁239～243。235～266。探討「焉」字在楚簡用例，包含這種介詞加代詞結構的文章可參張宇衛：〈談楚簡五則有關「安（焉）」字句的解釋——兼論「安」字〉，《國立新竹教育大學語文學報》第十七期，2011年，頁207～228。

〔註225〕〔晉〕杜預注，〔唐〕孔穎達疏，〔清〕阮元校勘：《十三經注疏·春秋左傳正義》，頁285。

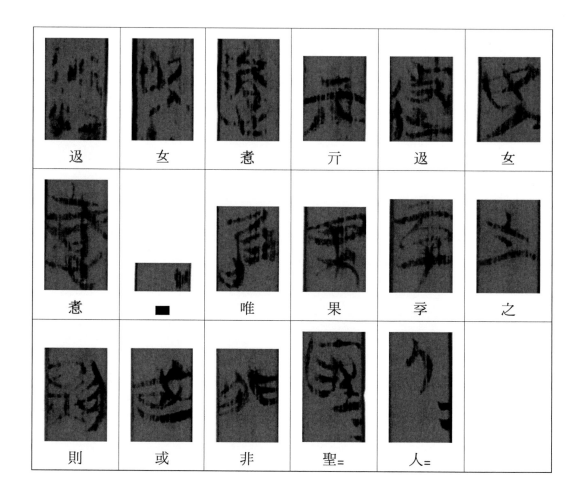

迟	女	煮	亓	迟	女
煮	■	唯	果	孚	之
則	或	非	聖=	人=	

〔26〕毋迟（及）女（焉）煮（圖）

原考釋（頁137）

毋及，承上言，意爲毋及於難。《易・既濟》:「君子以思患而豫防之。」

子居〈解析中〉

「毋及焉圖」是指沒考慮到圖難，而不是整理者所理解的「毋及於難」。

鵬按

此處「焉」的用法同「早圖難焉」，也是相當於「於是」，見上一條疑難字詞考釋。此處的代詞成份當承上指「難」，原考釋之說可從。「毋及焉圖」即「毋及於難圖」，意謂「不要大難臨頭才設法應付。」子居翻譯爲「沒考慮到圖難」，是把「焉」看成「到」，如此則成單純「介詞」用法，但是誠如上一條疑難字詞考釋所說，這種用法相當罕見。且如果要翻譯作「沒考慮到圖難」，則「毋」當作「未」或「無」，才是常見用法。

〔27〕唯（雖）果孚（免）之

原考釋（頁137）

果，《國語・晉語三》「佞之見佞，果喪其田；詐之見詐，果喪其賂」，韋注：「果，猶竟也。」免之，免於難。

子居〈解析中〉

「果」當訓為能，《玉篇・木部》：「果，能也。」「果免之」即「能免之」，「其及焉圖，唯果免之」即考慮到了應對危難，但只求能免於危難，沒有更深遠的謀劃，所以下文說「則又非聖人」。

鵬按

原考釋訓為「竟也」，可從，意謂「就算最後幸免於難。」上句言不要大難臨頭才設法應付，此句言就算最後倖免於難也不值得驕傲，文意順暢。子居訓為「能」雖合句法，但文意不如訓為竟通順。「則」，是連詞，表示轉折。「雖……則……」句式如《左傳・文公十七年》「雖我小國，則篾以過之矣。」〔註226〕「雖果免之，則或非聖人」意謂「就算最後幸免於難，也又不是聖人。」

皮（彼）亓（其）桖（輔）相、筶=（左右）、逐（邇）臣皆（諧）和同心〔28〕，以鼠-（一）〔29〕亓（其）智。

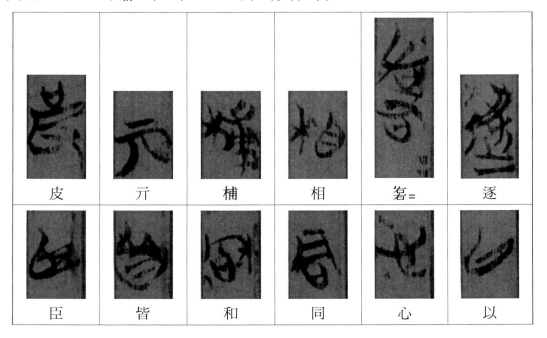

皮	亓	桖	相	筶=	逐
臣	皆	和	同	心	以

〔註226〕〔晉〕杜預注，〔唐〕孔穎達疏，〔清〕阮元校勘：《十三經注疏・春秋左傳正義》，頁350。

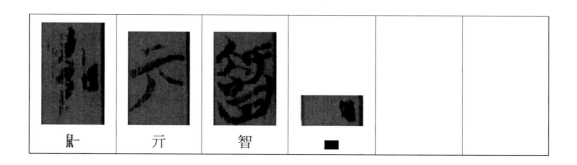

鼠	兀	智	■		

〔28〕皆（諧）和同心

原考釋（頁138）

皆和，讀爲「諧和」。《周禮・調人》：「調人掌司萬民之難而諧和之。」或說「皆」如字讀，「和同」連讀，指和睦同心，《管子・立政》：「大臣不和同，國之危也。」

子居〈解析中〉

「皆和同心」即皆和專同心，「和專同心」見清華簡三《芮良夫毖》，由此也可見《治政之道》作者當是讀過《芮良夫毖》篇。清華簡六《管仲》篇有「管仲答曰：前有道之君所以保邦，天子之明者，能得僕四人同心，而己五焉；諸侯之明者，能得僕三人同心，而己四焉；大夫之明者，能得僕二人同心，而己三焉。」同樣說明此觀念在三篇之間的傳承關係。

鵬按

從原考釋之前說讀爲「諧和」較好。其後說「皆」如字讀，「和同」連讀，則「和同心」形成一個三字的動賓短語，這樣的結構罕見而拗口。「諧」有「融洽」、「協調」的意思，「和摶」、「諧和」文意接近。

〔29〕以鼠（一）兀（其）智

原考釋（頁138）

其智，猶言統一思想。

子居〈解析中〉

《孫子・九地》、上博簡《容成氏》皆有「一其志」之說，與《治政之道》比較的話，則體現出《治政之道》作者有更注重智能而非志向的傾向。

侯瑞華〈校釋〉，頁 48～49

前面說左右輔相都「諧和同心」，後面又說「聲以益厚，聞以益彰」，那麼所謂的「以～其智」應當是說上下一心、盡心盡力的意思。

從字形上分析，我們懷疑原隸定作「鼠-」字的右旁很可能不是「一」，而是「丁」。……「旦」從「丁」得聲，所以《莊子‧養生主》的「庖丁」即是《管子‧制分》的「屠牛坦」。而在文獻中「旦」又屢與「單」「亶」互相通假（「亶」本就從「旦」聲）。《老子》七十二章：「繟然而善謀」，《釋文》「繟」作「坦」。《荀子‧王霸》：「是憚憚非變也」，楊倞注雲：「憚與坦同，據古憚與坦通。」清華簡《說命上》：「王曰旦（亶）然」。《詩經‧周頌‧昊天有成命》：「于緝熙，單厥心」，《國語》引作「亶厥心」。《墨子‧非樂上》：「亶其思慮之智」，《非命下》「亶」作「殫」。到這裡，簡 19 文中「以鼠-其智」的答案已經不言自明瞭，很顯然讀為「殫」，是竭盡的意思，《呂氏春秋‧本味》：「相為殫智竭力。」簡文是說：那些輔相、左右、邇臣諧和同心，竭盡他們的智慮。

鵬按

侯瑞華的說法主要問題在於，沒有內證顯示粗橫畫一定是「丁」形，而且目前古文字沒有見過從「鼠」、「丁」聲的字，也沒有從「鼠」、「單」聲的字。其次，〈治邦之道〉簡 12「毋有㞾（疏）䌛（數）、遠邇、小大，鼠-（一）之則無二心」的「一之」與此處的「一其智」結構相同，語境類似，而鼠-字作「🐭」形，所從是典型「一」旁。所以此字仍當釋為「鼠-」。「一」訓為「協同」，如《尚書‧大禹謨》：「爾尚一乃心力，其克有勳。」[註227]「智」意即「機智」、「謀略」，此處「一其智」跟簡 11「眾多智」相對。「一其智」意謂「協同彼此的智謀。」

皮（彼）[30] 唯（雖）先不道，我猷（猶）鼠-（一）。[31]

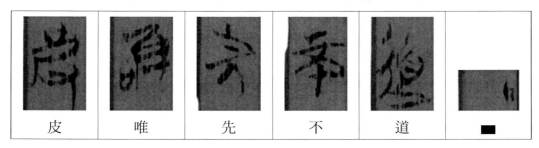

| 皮 | 唯 | 先 | 不 | 道 | ■ |

[註227]〔漢〕孔安國傳，〔唐〕孔穎達疏，〔清〕阮元校勘：《十三經注疏‧尚書正義》，頁 57。

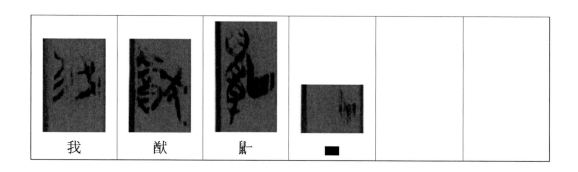

| 我 | 猷 | 鼠- | ■ | | |

〔30〕皮（彼）

原考釋（頁138）

彼，指諸侯萬邦。

子居〈解析中〉

因為此簡上部殘損，所以「彼」是指誰並不很清楚，大致上應是指與作者所屬集團存在利益衝突的另一方，可能是某個假設的、不定指的諸侯國，但顯然不會是整理者所說的「指諸侯萬邦」。

鵬按

「彼」，原考釋以為指「諸侯萬邦」，但若如此，則下一句的「四鄰之諸侯」又從何而來，何以能外於「諸侯萬邦」。故當從子居之說，當是某個與「我」存在衝突，但非「四鄰諸侯」的國家。此「彼」與下句的彼、「其再」、「其德」的「其」所指代當相同。

〔31〕我猷（猶）鼠-（一）

原考釋（頁138）

一，相同，指處事原則不變。

侯瑞華〈校釋〉，頁48～49

從字形上分析，我們懷疑原隸定作「鼠-」字的右旁很可能不是「一」，而是「丁」。……「旦」從「丁」得聲，所以《莊子・養生主》的「庖丁」即是《管子・制分》的「屠牛坦」。而在文獻中「旦」又屢與「單」「亶」互相通假（「亶」本就從「旦」聲）。《老子》七十二章：「繟然而善謀」，《釋文》「繟」作「坦」。《荀子・王霸》：「是憚憚非變也」，楊倞注雲：「憚與坦同，據古憚與坦通。」清華簡《說命上》：「王曰旦（亶）然」。《詩經・周頌・昊天有成命》：

「于緝熙，單厥心」，《國語》引作「亶厥心」。《墨子‧非樂上》：「亶其思慮之智」，《非命下》「亶」作「癉」。

　　此處「𧱏」當讀為「坦」，是坦蕩、坦誠的意思。這句話是說：他即使先行無道之事，我仍然坦誠相待。所以接著簡文才會說「彼一而不已，其再乃已；三而不已，四鄰之諸侯，乃必不諒其德以自固於我」：我坦誠而待，他卻一而再再而三地搞對立，那麼諸侯自然不會認同他而會親附於我。

　　鵬按

　　「𧱏」，侯瑞華釋字問題參第〔30〕條疑難字詞考釋。「一」，當從原考釋之說，訓為「相同」，類似的辭例如《荀子‧王霸》：「使襲然終始猶一也。」〔註228〕「猶」是副詞，訓為「仍然」，如《楚辭‧離騷》：「雖九死其猶未悔。」〔註229〕「我猶一」直譯作「我仍然一樣」，彼即便行不道之事於我，我仍然堅守著「道」，此「道」當即下文的「文德」。

皮（彼）戈（一）而【21】不巳（已），亓（其）𢼸（再）乃巳（已）；厽（三）而不巳（已），四𨛜（鄰）之者（諸）侯乃必不㤅（諒）亓（其）惪（德）以自固于我〔32〕。

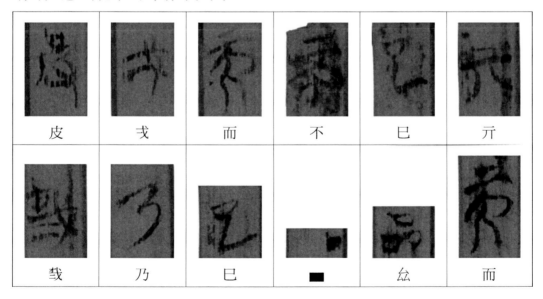

皮	戈	而	不	巳	亓
𢼸	乃	巳	■	厽	而

〔註228〕〔周〕荀況著，王天海校釋：《荀子校釋》，頁473。
〔註229〕〔宋〕洪興祖著，白化文等點校：《楚辭補注》（北京：中華書局，1983年），頁14。

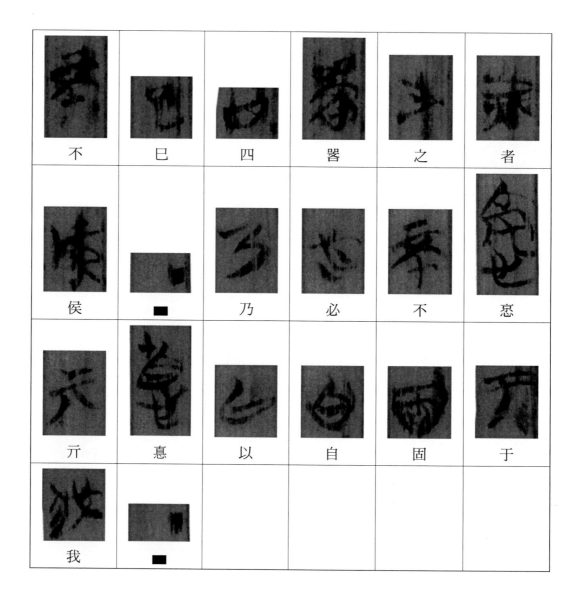

不	巳	四	罿	之	者
侯	■	乃	必	不	惡
元	悳	以	自	固	于
我	■				

〔32〕以自固于我

原考釋（頁138）

自固于我，大意是與我的友好關係更加堅固。文意與《孟子・公孫丑下》「得道者多助，失道者寡助」相類。

鵬按

「以」是連詞，表示動作相承，可譯作「然後」。「固」當訓為「鞏固」，「固於」指「鞏固與某的關係」，如《左傳・襄公十三年》：「使睦而疾楚，以固於晉焉。」〔註230〕《吳越春秋・勾踐歸國外傳・勾踐九年》：「親於齊，深結於晉，

〔註230〕〔晉〕杜預注，〔唐〕孔穎達疏，〔清〕阮元校勘：《十三經注疏・春秋左傳正義》，頁556。

陰固於楚。」〔註231〕整句意謂「而後自己主動鞏固與我的關係。」

卑（譬）之若金：剛之，𠹾（疾）〔33〕毀；悉（柔）之，𠹾（疾）
釸＝（鈕。

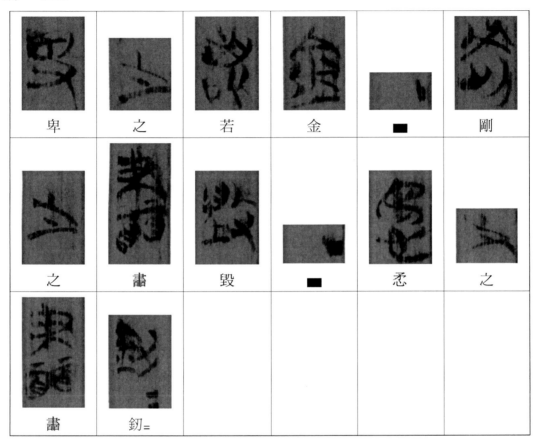

卑	之	若	金	■	剛
之	𠹾	毀	■	悉	之
𠹾	釸＝				

〔33〕𠹾（盡）

原考釋（頁138）

　　古書中常見剛、柔對舉。《荀子・勸學》：「強自取柱，柔自取束。」郭店
簡《六德》：「仁柔而匷，義剛而簡。」𠹾，《說文》：「傷痛也。」亦可讀為「疾」。
「𠹾」、「疾」同源詞，病也。簡文中義爲「弊」，文獻中多作「病」，如《史
記・商君列傳》：「利則西侵秦，病則東收地。」釸，讀爲「鈕」，捲曲。詳見
陳民鎮：《據清華九〈治政之道〉補說清華八（六則）》（待刊）。

　　陳民鎮〈補說〉，頁197～198

　　筆者認爲《治政之道》中的「𠹾／𠹾」均當讀作「疾」。上博簡《緇衣》簡

〔註231〕〔漢〕趙曄撰：《吳越春秋》（上海：上海書店，1989年），頁30。

12 所見「矗」，今本《緇衣》正作「疾」。在《治政之道》中，「譬之若金，剛之疾毀，柔之疾紐」，「疾」訓「患」，是擔心、害怕的意思，這句話是說過於剛強便會擔心折毀，過於柔軟便會擔心彎曲。

HYJ〈民壇〉（節錄）

懷疑簡文中的「矗」可讀為「即」。古音「疾」、「聖」可通。《說文‧土部》：「聖，古文坙。从土、即。《虞書》曰：『龍！朕聖讒說殄行。』聖、疾惡也。」段玉裁以為「聖」為「疾」之假借。是「矗」通「即」，正如「疾」通「聖」也。

簡文「剛之矗疾毀；柔之矗疾紐」可讀為「剛之即毀，柔之即紐」。「即」作為連詞，用同「則」。《書‧大誥》：「紹無明即命，曰：『有大艱於西土……』」楊樹達《積微居讀書記尚書說》：「『即』與『則』同。」《墨子‧非樂上》：「利人乎即為，不利人乎即止」是其證。「剛之即毀，柔之即紐」即「剛之則毀，柔之則紐」。《文子‧上仁》：「夫太剛則折，太柔則卷」[註232]《說苑‧敬慎》：「金剛則折，革剛則裂。」可與簡文合觀。

xuepeiwu〈民壇〉（節錄）

第一則，讀「即」在語法地位、句義上皆合適。但是，我認為「疾」本身可以說通，這就需要重新斷句如下：「譬之若金：剛之疾，毀；柔之疾，紐。紐猶可復，毀則不可屬。」「疾」常用為程度副詞來形容動作或者性狀的程度之深，在強度上，其可訓為「暴烈」、「猛烈」、「酷烈」，在速度上，其可訓為「快速」。該句中的」疾」訓為「猛烈」（太過，「剛」和「柔」可理解為對金屬的兩種處理手段，前者使其堅硬，後者使其柔化，並不一定直接導致「毀」和「紐」。文獻中「剛」導致「斷」，「柔」導致「捲曲」，是就其性狀可致的結果論說，並不具體到「剛金」、「柔金」這樣的金屬處理過程。「剛金」並不是不好，畢竟《容成氏》簡18就有「不剛金」的說法，參王志平先生《古文字研究》32 的文章，因為「太過」，才會「毀」、「紐」），用來修辭「剛」、「柔」這兩個對「金」的動作。我並非刻意立異，如果讀「即」在通假上面有充足的證據，「即」則是最佳選項。

HYJ〈民壇〉

將此字讀為「即」訓「則」是最好的選項，其實這個字本來是應該也可以

[註232] 李定生，徐慧君校釋：《文子校釋》，頁 401。

直接讀為「則」，這個問題擬進一步討論。

鵬按

「畵」，HYJ 讀為「即」。雖然出土文獻中从「畵」或「𦥑」旁的字，常用作「疾」、「息」、「塞」，也就是用為齒音、職部或質部字，而「即」是齒音質部，所以音理可通，但是楚系出土文獻不見音例。〔註233〕xuepeiwu 讀為「疾」，訓為「猛烈（太過）」，但是「太過」這個義項不知所據，不見用例。「畵」，當從原考釋之說，讀為「疾」。但原考釋訓為「弊」或「病」則不可，「疾」訓作「疾病」時，主語只能是人。當從陳民鎮之說，訓為「擔心」但陳將「剛之」譯為「過於剛強」不合句法。「剛」、「柔」當為使動用法，如《春秋繁露・天地之行》：「故為天者務剛其氣，為君者務堅其政。」〔註234〕《禮記・內則》：「去其皽，柔其肉。」〔註235〕故當斷句作「剛之，疾毀；柔之，疾鉎。」意謂「使它剛硬，則怕折毀；使它柔軟，則怕捲曲。」

武威，卑（譬）之若蓼莿〔34〕之易戲〔35〕；文威，卑（譬）之若恩（溫）甘〔36〕之屟（漸）覃（覃）〔37〕。

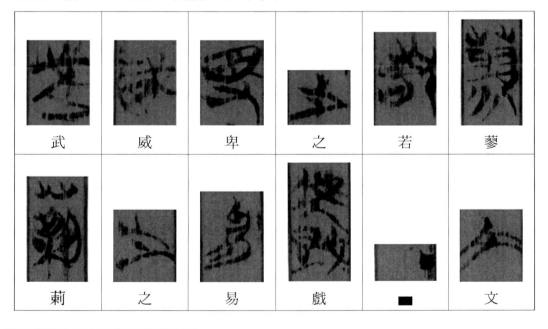

| 武 | 威 | 卑 | 之 | 若 | 蓼 |
| 莿 | 之 | 易 | 戲 | ■ | 文 |

〔註233〕可參馬立志：〈試釋今文中一個可能讀為「悉」的字〉《古文字研究》第33輯（北京：中華書局，2020年），頁224。

〔註234〕〔漢〕董仲舒撰；賴炎元註釋；中華文化復興運動推行委員會，國立編譯館中華叢書編審委員會主編：《春秋繁露》（臺北：台灣商務印書館，1987年），頁429。

〔註235〕〔漢〕鄭玄注，〔唐〕孔穎達疏，〔清〕阮元校勘：《十三經注疏・禮記注疏》，頁532。

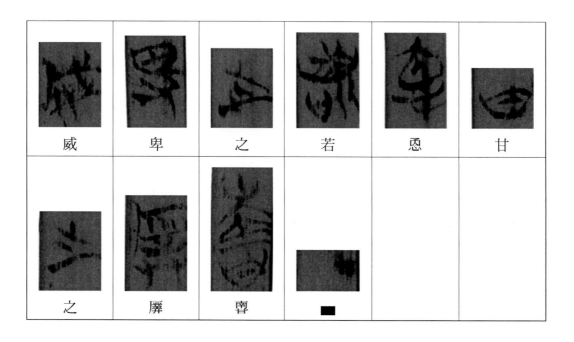

威	卑	之	若	恵	甘
之	屟	曾	▄		

〔34〕蓼莿

原考釋（頁139）

蓼、莿爲兩種辛辣的水草。蓼，《說文》：「辛菜，薔虞也。」莿，《玉篇·艸部》同「蘺」。《爾雅·釋草》：「苹，蘺蕭。」蓼莿，或疑指辛辣的味道。

陳民鎮〈筆記2〉

整理者認爲蓼、莿是兩種辛辣的水草。但「莿（蘺）」非水草，它指的是艾蒿，以濃烈的香氣著稱，並不生長在水中。「蓼」又稱「辛菜」，莖葉味辛辣，可用以調味。

子居〈解析下〉（節錄）

《治政之道》所言的「蓼」當爲水蓼。……因此可知蘺爲蕭類，蕭近似艾，艾即艾蒿，蕭即又名香蒿的菊科蒿屬青蒿，而與香蒿形態相近，葉青白色的可食用蒿類，則顯然最可能爲茵陳蒿和白蒿，白蒿氣味不濃烈，故「莿」當即菊科蒿屬的茵陳蒿……。

侯瑞華〈校釋〉，頁48～49

「蓼」爲辛辣之草當無疑問，《急就篇》「葵韭蔥薤蓼蘇薑」同列，俱爲帶有刺激性味道的菜。因爲「蓼」的辛辣，古人往往以「蓼」表示辛苦，《詩經·周頌·小毖》：「未堪家多難，予又集于蓼」，毛傳云：「蓼，言辛苦也。」但是

「蓲」即「蒿」，並非水草。《爾雅》「萍，蓲蕭」下郭璞注云：「今蒿也，初生亦可食。」《齊民要術》引《詩》疏云：「蕭青白色，莖似箸而輕脆，始生可食，又可蒸也。」也沒有強調它有辛辣的特點。「蒳」應即《說文》的「瘌」字。《說文》：「瘌，楚人謂藥毒曰痛瘌」，段注云：「按瘌如俗語言辛辣。」因此「蓼瘌」如整理者引或說指辛辣的味道。

鵬按

原考釋之前說，把「蓼蒳」看成兩種植物，問題在於「蓼蒳」的謂語是「快速消散」，而「消散」的主語當為味道，故原考釋之後說較優。侯瑞華認為「蒳」即《說文》「瘌」字，恐怕還需更積極的證據。但退一步說，不是異體字關係，單純通假則可，兩者皆从「剌」聲。「蓼蒳」意謂「蓼的瘌」，相同的結構如《中論・亡國》：「人君苟脩其道義，……，則賢者仰之如天地，愛之如親戚，樂之如塤箎，歆之如蘭芳」，「蘭芳」即「蘭的芳」。〔註236〕此外，「蓼」也可以考慮讀為「熮」。《說文》：「逸周書曰：『味辛而不熮。』」段註：「呂覽本味篇曰：『辛而不烈。』」〔註237〕「熮瘌」對「溫甘」意思大概如「猛烈的辛辣」對「溫和而甘美」。

〔35〕易戲

原考釋（頁139）

戲，《方言》卷十：「戲、泄，歇也。」或說讀為「麾」，麾散。劉向《九歎》：「名麾散而不彰。」

羅小虎〈初讀〉14樓〔註238〕

整理報告把「戲」理解為歇，或讀為麾，麾散。我們認為後一義更近文意，但亦嫌迂曲。戲、麾古書可通。麾，《說文》作「摩」，後作「揮」。《周易乾文言》「六爻發揮」，孔穎達疏：「揮者，散也。」揮，發揮，發散。

〔註236〕〔東漢〕徐幹撰：《中論》（臺北：世界書局，1975年），頁37。

〔註237〕〔漢〕許慎注，〔清〕段玉裁注：《說文解字注》，頁485。

〔註238〕羅小虎：清華九《治政之道》初讀，武漢大學簡帛網，14樓，http://www.bsm.org.cn/forum/forum.php?mod=viewthread&tid=12426&extra=page%3D1&page=2，2019年11月22日。

王寧〈初讀〉60 樓〔註239〕又見王寧〈散札〉

「易」當通「傷」，輕也。「戲」疑當讀為「虛」，「易戲」猶言「輕虛」。

my9082〈初讀〉62 樓〔註240〕

「傷」如《孟子・梁惠王上》「深耕易耨」之「易」，疾速。

子居〈解析下〉

「戲」當訓為泄，整理者所引《方言》卷十彼條全文為「戲，泄，歇也，楚謂之戲；泄，奄，息也，楚揚謂之泄。」《說文・欠部》：「歇，息也。一曰氣越泄。從欠曷聲。」《廣雅・釋詁》：「戲、歇、漏，泄也。」可證楚語稱「泄」為「戲」，「易泄」于傳世文獻最早見《藝文類聚》卷八十五引漢班婕妤《搗素賦》：「計修路之遐夐，恐芬芳之易泄。」可見《治政之道》的成文時間當近於西漢。

侯瑞華〈校釋〉，頁 48～49

「戲」如整理者所引《方言》卷十：「戲，泄，歇也。」文獻中有以「泄」表達味道的，如《左傳・昭公二十五年》：「宰夫和之，齊之以味，濟其不及，以泄其過」，杜預注云：「泄，減也。」因此，這裡的「戲」讀如字即可，「易戲」即味道容易消減。

鵬按

my9082 將「易」訓為「快速」，「容易」與「快速」一體兩面，兩說可並存。基於子居所引《搗素賦》：「計修路之遐夐，恐芬芳之易泄」，「戲」優先考慮從原考釋之說訓為「歇」，不考慮通讀，如羅小虎、王寧之說。侯瑞華訓為「削減」是把它看作及物動詞，但是簡文「易戲」是不及物用法。當從子居之說，訓為「息」，《說文》：「歇，息也……讀若香臭盡歇。」〔註241〕「易戲」意謂「快速消散」或「容易消散」。

〔註239〕王寧：清華九《治政之道》初讀，武漢大學簡帛網，60 樓，http://www.bsm.org.cn/forum/forum.php?mod=viewthread&tid=12426&extra=page%3D1&page=6，2019 年 11 月 26 日。

〔註240〕my9082：清華九《治政之道》初讀，武漢大學簡帛網，62 樓，http://www.bsm.org.cn/forum/forum.php?mod=viewthread&tid=12426&extra=page%3D1&page=7，2019 年 11 月 26 日。

〔註241〕〔漢〕許慎注，〔清〕段玉裁注：《說文解字注》，頁 415。

〔36〕忐（溫）甘

侯瑞華〈校釋〉，頁48～49

「溫」訓「厚」「和」，乃常訓，「溫甘」一詞在中醫理論中常常形容藥物之性，如《傷寒論·辨太陽脈證並治下》：「大棗十二枚，擘，溫甘」，「阿膠二兩，味溫甘」等。簡文把武威和文威比喻成「蓼痢」與「溫甘」這兩種味道，與《楚辭·七諫·怨世》：「蓼蟲不知徙乎葵菜」的對比一致。《七諫》此句王逸注云：「言蓼蟲處辛烈，食苦惡，不能知徙於葵菜，食甘美」，也是用辛辣和甘美形成反差。不過二者的著眼點不同，《治政之道》著眼在兩種味道：一個短暫易逝，一個回味悠長。

鵬按

侯瑞華引《傷寒論·辨太陽脈證並治下》，並以為「溫甘」為一詞。我們知道中藥有所謂「四氣五味」，如《本草綱目》：「藥有酸、鹹、甘、苦、辛五味，又有寒、熱、溫、涼四氣」。〔註242〕故在中醫典籍中，「溫甘」當非一詞，如所引《傷寒論·辨太陽脈證並治下》中，更常出現的是像「麻黃三兩，味甘溫」的「甘溫」，以及「辛溫」、「酸溫」等，這些都當在「味」與「氣」中間斷讀。〔註243〕如《周禮·天官·冢宰》：「鴈宜麥。」賈疏：「鴈味甘平，大麥味酸而溫，小麥味甘微寒，亦是氣、味相成，故云鴈宜麥。」〔註244〕其次，先秦傳世文獻罕見五味酸、鹹、甘、苦、辛帶修飾語。所以從語言習慣來看，「溫甘」當優先考慮為並列結構。「溫」有「溫和」、「柔和」一類的意思，與「寬厚」一體兩面，如《文選·七發》：「飲食則溫淳甘膬。」李善注：「溫淳，凡味之厚也。」〔註245〕也可以看到「溫甘」乃是並列形容飲食。簡文此處「溫甘」意謂「淳厚而甘美」。

〔37〕屖（傺）曇（覃）

原考釋（頁139）

屖，簡三五讀為「淺」，此處疑讀爲「隽」，肥美，隽永。曇，從甘，南聲，

〔註242〕〔明〕李時珍著：《本草綱目》（北京：人民衛生出版社，1975年），頁46。

〔註243〕〔漢〕張機撰，〔晉〕王叔和編，〔金〕成無己注：《注解傷寒論》（民國十二年（1923）北京中醫社修補清光緒間江陰朱文震刊本），頁3。

〔註244〕〔漢〕鄭玄注，〔唐〕賈公彥疏，〔清〕阮元校勘：《十三經注疏·周禮注疏》，頁73。

〔註245〕〔梁〕蕭統編，〔唐〕李善注：《文選》（上海：上海古籍出版社，1986年），頁1560。

泥母侵部。《玉篇・甘部》:「𤭖,長味也。」雋𤭖,指味道醇厚長久。

陳民鎮〈筆記 2〉

整理者最初將「𪛙」讀作「漸」,可能更爲合理。

王寧〈初讀〉60 樓〔註246〕又見王寧〈散札〉

「𪛙」當讀為「遷」。「𣅀」當即「覃」之異構,《說文》:「覃,味長也。」段注:「此與《酉部》醰音同義近。引伸之凡長皆曰『覃』。《葛覃》傳曰:『覃,延也。』」《文選・王褒〈洞簫賦〉》:「良醰醰而有味」,李注引《字林》:「醰、甜同,長味也。」「遷覃」猶言「遷延」,此為久長之意。蓋此文意謂武威如辣味猛烈而輕虛,文威如甘味溫柔而悠長,故武威可侵犯而文威不可侵犯。

子居〈解析下〉

「𣅀」、「𤭖」實皆「甜」字異體,《廣雅・釋器》:「𦧈、甙、𤭖,甘也。」甜訓美味,《說文・甘部》:「𦧈,美也。從甘從舌。舌,知甘者。」故「雋甜」即「雋美」,《齊民要術・脯臘》:「至二月、三月,魚成,生刳取五臟,酸醋浸食之,雋美乃勝逐夷。」

侯瑞華〈校釋〉,頁 48~49

字所從的偏旁現在還沒有徹底搞清楚,但是根據辭例可以知道,多與「戔」聲字相通,如清華簡本輯《廼命一》簡 10「濺」字即讀為「淺」。陳民鎮先生指出:「整理者最初將『𪛙』讀作『漸』,可能更為合理。」筆者也贊同這個意見。《史記・秦始皇本紀》「斬華為城」,《集解》引徐廣曰:「斬一作踐。」元談相通之例亦見於楚簡,如《上博簡七・武王踐阼》簡 7「[所]諫不遠」,今本《大戴禮記》「諫」作「監」。「𣅀」,整理者注云:「從甘南聲,泥母侵部。《玉篇・甘部》:『𤭖,長味也。』」所謂「漸」,指味道逐漸淳厚悠長,和「易戲」即味道容易消減相對。

鵬按

因為與「𪛙𣅀」對文的「易戲」是狀中結構,所以「𪛙𣅀」優先考慮狀

中結構。原考釋將「屛」讀為「雋」，訓為「肥美」，是把「屛奞」看成並列結構，所以暫不考慮。「屛」聲母為齒音，韻部為月、元部，或與月、元部相近，且常與「察」、「淺」、「竊」相通。〔註247〕陳民鎮主張讀為「漸」，「漸」為齒音談部，「屛」、「漸」二者分屬元、談部，韻稍遠。「屛」或可讀為「傺」。「傺」為月部、開口三等，也符合「屛」常與「祭」聲字相通的用字習慣。《方言》：「傺、眙，逗也。南楚謂之傺，西秦謂之眙。逗，其通語也。」郭璞注：「逗，即今『住』字。」〔註248〕《楚辭‧離騷》：「忳鬱邑余侘傺兮」王逸注：「傺，住也，楚人名住曰傺。」〔註249〕「奞」從南聲，「南」與「尤」、「覃」皆為舌音侵部字。《清華五‧厚父》「湳湎」讀作「沈湎」。《大戴禮記‧勸學》「沈魚出聽」〔註250〕，《說文》「鱏」字下作「鱏魚出聽」。〔註251〕原考釋讀為「潭」，但是「潭」當為較晚的字形，讀為「覃」即可，《說文》：「覃，長味也。……古文覃」〔註252〕，同樣可以訓為醇厚、長久。「漸覃」意謂「漸漸醇厚悠長。」

「武威，譬之若蓼莉之易戲；文威，譬之若溫甘之傺覃」意謂「武的德行，就好像猛烈的嗆辣容易消散；文的德行，就好像淳厚而甘美駐留而餘味悠長。」

今夫又（有）國之君，牑（將）或（又）軘（焉）〔38〕不欼（足）才（哉）？

今	夫	又	國	之	君

〔註247〕可參劉洪濤：〈談古文字中用作「察、淺、竊」之字的考釋〉，《古文字研究》第30輯（北京：中華書局，2014年9月），頁316。

〔註248〕〔清〕錢繹撰集，李發舜、黃建中點校：《方言箋疏》（北京：中華書局，2013年），頁267。

〔註249〕〔宋〕洪興祖著，白化文等點校：《楚辭補注》，頁15。

〔註250〕高明註譯，中華文化復興運動推行委員會，國立編譯館中華叢書編審委員會主編：《大戴禮記》，頁276。

〔註251〕〔漢〕許慎注，〔清〕段玉裁注：《說文解字注》，頁583。

〔註252〕〔漢〕許慎注，〔清〕段玉裁注：《說文解字注》，頁232。

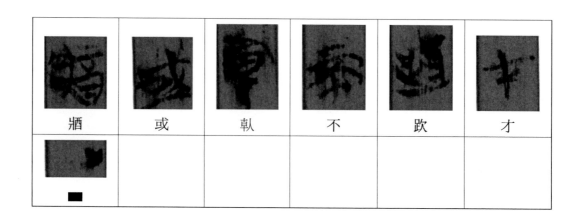

牲	或	訶	不	趹	才

〔38〕訶（焉）

原考釋（頁139）

訶，讀爲「曷」，反詰疑問詞。

陳民鎮〈筆記2〉

此處亦當讀作「焉」。

潘燈〈初讀〉109樓〔註253〕

此字或可釋為「用」，《玉篇·訶部》：「訶，用也。」辭句「將或訶不足哉」，蓋謂國君對土地民人財物等使用不滿，即貪欲不滿足。

子居〈解析下〉

以同部優先原則，疑問詞「訶」應是相當於「安」，「安不足」於先秦文獻見於《墨子·耕柱》：「不知日月安不足乎，其有竊疾乎？」

沈培〈對讀〉1:24:13～1:29:03〔註254〕，又見沈培〈詩秦風權輿毛詩本與安大簡本對讀出土文獻綜合研究集刊第十一〉

古書從「訶」之字與從「可」之字常可相通。王念孫《廣雅疏證》「柯，莖也」下說：

> 柯，榦也。古聲「柯」與「榦」同，故鄭注《考工記》云：「笴，矢榦也。」《廣韻》：「笴，古我切，又公旱切。箭莖也。」箭莖謂之「榦」，

〔註253〕潘燈：清華九《治政之道》初讀，武漢大學簡帛網，109樓，http://www.bsm.org.cn/forum/forum.php?mod=viewthread&tid=12426&extra=page%3D1&page=11，2019年12月11日。

〔註254〕又見沈培：〈《詩·秦風·權輿》毛詩本與安大簡本對讀〉，《出土文獻綜合研究集刊》第11輯（2020年），頁107～108。

亦謂之「笴」；樹莖謂之「榦」，亦謂之「柯」。聲義竝同也。樹莖名「柯」，因而草莖義以為名。《爾雅》云：「荷，芙渠其莖茄。」茄，猶「柯」耳。

嶽麓秦簡有「榦」字，整理者讀為「笴」，顯然是正確的。

「榦」與「干」古書多相通，故從「干」聲之字也可與從「可」聲之字相通。例如「若干」又作「若柯」。顏師古《匡謬正俗》卷六「若柯」條說：

問曰：「俗謂如許物為「若柯」，何也？」答曰：「『若干』，謂且數也。《禮》云『始服衣若干尺矣』，班書云『百加若干』，並是其義。「干」音訛變，故云『若柯』也。」

有人認為上博簡有用「干」為「焉」之例，或說可信。無論如何，從「干」與從「安」之字可通，如「晏」、「旰」可以表示同一個詞，而傳世古書和出土文獻都充分證明「焉」又作「安」。綜上所舉之例「干」既與「可」聲字發生關係，又與「焉」發生關係，也可見「可」聲字與「焉」的關係。

整理者讀「戟」為「曷」，認為是「反詰疑問詞」。從網上討論可知，大家似乎都不同意這種讀法。有人按照上博簡「戟」的讀法將此句的「戟」讀為「焉」或「安」。（參看陳民鎮、子居〈解析下〉）其實放到句子中這是讀不通的。如果句中用「焉」，上引簡文當說成「今夫有國之君焉將有不足哉」才是。但是，如果把簡文「戟」讀為「何」，全句讀為「今夫有國之君將有何不足哉」，「何不足」作「有」的賓語，「何」是修飾「不足」的，這樣理解就毫無窒礙了。回頭去看上博簡《君人何必安哉》，可知其中的「戟」也當讀為「何」。

侯瑞華〈校釋〉，頁50

「戟」與「曷」文獻中似乎未見相通之例。而且「將或」後邊一般都是動詞，如《左傳·襄公二十七年》「將或弭之」，《國語·魯語下》「將或道之」等。如果後面接一個反詰疑問詞，從語法上看似乎也不好理解。筆者認為這裡的「戟」應該讀為「患」。「戟」為見母元部字，「患」為匣母元部字，聲母俱為牙喉音，韻部相同，古音很近。簡文的「不足」常常是統治者引以為患的，《論語·顏淵》：「哀公問於有若曰：年饑，用不足，如之何？」而有若的回答「百姓足，君孰與不足？百姓不足，君孰與足？」，與本篇的思想也很一致。《荀子·正論》：「王公則病不足于上，庶人則凍餧羸瘠於下」，又《荀子·富國》：「潢

然使天下必有餘，而上不憂不足」，「夫天下何患乎不足也」。因此，把簡文理解為「患不足」，就文義來說是非常順暢的。

鵬按

「軦」潘燈訓為「用」，但傳世典籍不見用例。沈培讀為「何」，整句讀為「今夫有國之君將有何不足哉」，如此可直譯作「當今那些有國之君將有什麼不滿足呢」，語氣平板、客觀，與下一句「其又貪於爭，以危其身」，乃至於一整段強烈反戰的立場不類。當從陳民鎮之說，讀為「焉」。「軦」是見母元部，「焉」是影母元部。見母、影母相通例子如《清華三・芮良夫毖》「或因斬椅（柯），不遠其則」，用的是《詩・豳風・伐柯》的典故，椅是影母，柯是見母。又如《上博七・君人何必安哉》簡2：「吾軦（焉）有白玉三回而不戔哉」，「軦」是見母，「焉」是影母。「今夫有國之君將或焉不足哉」，「夫」是代詞，表示「那些」，如《孟子・梁惠王上》：「今夫天下之人牧，未有不嗜殺人者也。」〔註255〕「將」是副詞，表示「將來」、「之後」，在疑問句中副詞常在疑問詞及動詞前，如《論語・子路》「衛君待子而為政，子將奚先？」〔註256〕《說苑・臣術》：「令尹將焉歸？」〔註257〕「焉」是疑問代詞，表示「於何」，又如《詩・衛風・伯兮》：「焉得諼草？言樹之背。」〔註258〕「將焉歸」就是「將於何歸」，「焉得諼草」就是「於何得諼草」，「焉不足」就是「於何不足」，賓語提前。「或」讀為「又」，參第〔04〕條討論。「不足」，原考釋（頁139）以為「指對土地民人財物等貪欲之不滿足」，說嫌模糊。「不足」當訓為「不滿足」，如《韓非子・六反》：「故桀貴在天子而不足於尊，富有四海之內而不足於寶。」〔註259〕《呂氏春秋・孝行覽・義賞》：「臣聞繁禮之君，不足於文；繁戰之君，不足於詐。」高誘注：「足，猶厭也。」〔註260〕「今夫有國之君將又焉不足哉」整句意謂「如

〔註255〕〔漢〕趙岐注，〔宋〕孫奭疏，〔清〕阮元校勘：《十三經注疏・孟子注疏》，頁21。

〔註256〕〔曹魏〕何晏集解，〔宋〕邢昺疏，〔清〕阮元校勘：《十三經注疏・論語正義》，頁115。

〔註257〕〔漢〕劉向著，盧元駿註譯；中華文化復興運動推行委員會，國立編譯館中華叢書編審委員會主編：《說苑》（臺北：商務印書館，1988年），頁53。

〔註258〕〔漢〕毛亨傳，〔漢〕鄭玄箋，〔唐〕孔穎達疏，〔清〕阮元校勘：《十三經注疏・毛詩正義》，頁140。

〔註259〕〔周〕韓非著，陳奇猷校注：《韓非子新校注》，頁1017。

〔註260〕〔周〕呂不韋著，陳奇猷校注：《呂氏春秋新校釋》，頁792。

今那些有國之君將又要不滿足於什麼呢？」

皮（彼）亓（其）所君者，眾募（寡）句（苟）絢（治），聿（盡）欨（足）君〔39〕。

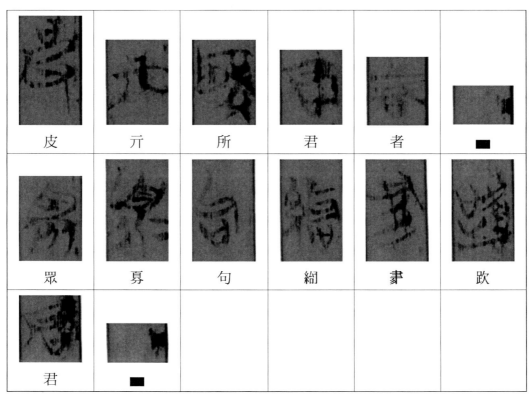

皮	亓	所	君	者	■
眾	募	句	絢	聿	欨
君	■				

〔39〕聿（盡）欨（足）君

子居〈解析下〉

「足君」即「足以君」，《韓詩外傳》卷二：「德足以君天下，而無驕肆之容。」「眾寡苟治，盡足君」可參看《管子・重令》：「遠近一心，則眾寡同力；眾寡同力，則戰可以必勝，而守可以必固，非以並兼攘奪也，以為天下政治也，此正天下之道也。」

鵬按

「足」當訓為「滿足」，同上一句「將又焉不足」的「足」，如《呂氏春秋・季冬紀・不侵》：「出則乘我以車，入則足我以養。」〔註261〕整句意謂「不論人民多寡，只要治理的好，國君什麼慾望都能滿足。」

〔註261〕〔周〕呂不韋著，陳奇猷校注：《呂氏春秋新校釋》，頁640。

夫又（有）或（國）必又（有）亓（其）蠶（器），少（小）大戰（守）之〔40〕，則必長以亡割〔41〕。

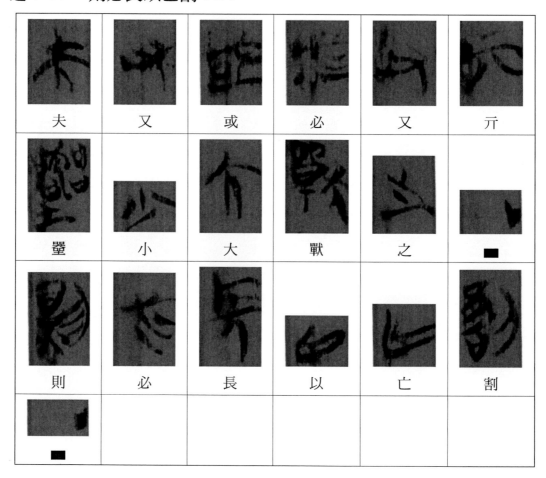

夫	又	或	必	又	亓
蠶	小	大	戰	之	■
則	必	長	以	亡	割
■					

〔40〕之

鵬按

　　此「之」指代上句的「器」，而「器」當即《左傳‧成公二年》「唯器與名，不可以假人」的「器」，也就是國家重器。〔註262〕「小大守之」意謂不論器的大小，只要好好守護，就一定可以「長以無害」。

〔41〕**割**

原考釋（頁139）

　　無割，不被分割。或可讀爲「無害」。《老子》：「樸散則爲器，聖人用之則

為官長，故大制不割。」

　　鵬按

　　原考釋以為讀為「害」、「割」皆可，但若讀為「割」，則「無割」辭例極罕見。相較之下「無害」是常見辭例，如《毛詩·大雅·生民》：「無菑無害。」〔註263〕《國語·晉語三》：「國可以無害。」〔註264〕《史記·李斯列傳》「二世責問李斯曰：『吾願賜志廣欲，長享天下而無害，為之奈何？』」〔註265〕「長以無害」意謂國將長長久久且無災無害。

〈句〉（苟）亡（無）【24】戰（守）之鼛（器），幾（豈）亓（其）可靜（爭）於戰（守）〔42〕虖（乎）？

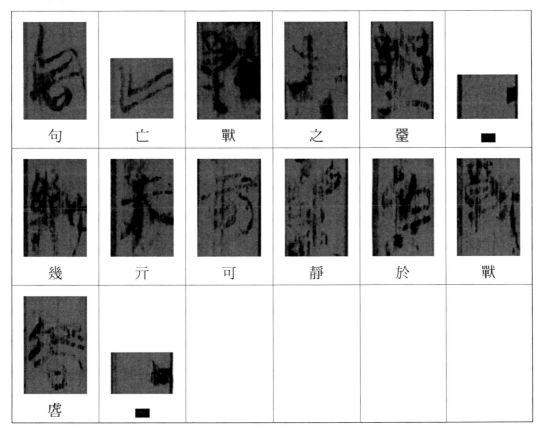

〔註263〕〔漢〕毛亨傳，〔漢〕鄭玄箋，〔唐〕孔穎達疏，〔清〕阮元校勘：《十三經注疏·毛詩正義》，頁589。

〔註264〕上海師範大學古籍整理組校點：《國語》（上海：上海古籍出版社，1978 年），頁329。

〔註265〕〔唐〕司馬貞索隱，〔唐〕張守節正義：《史記》，頁2553。

〔42〕靜（爭）於戰（守）

原考釋（頁139）

於，以。《韓非子·解老》：「慈，於戰則勝，以守則固。」爭於守，爭以守之。沒有所守之器，豈能通過戰爭去掠奪爭取以守之？

子居〈解析下〉

「爭於守」是說與進攻方在防守戰中相爭勝，而非整理者所說「爭於守，爭以守之。沒有所守之器，豈能通過戰爭去掠奪爭取以守之？」《治政之道》這裡是說如果最初就沒有守民心，得民情，則國無可守，這也就是《天下之道》所說「今之守者，高其城，深其洿而利其阻險，篤其飲食，是非守之道。昔天下之守者，民心是守。如不得其民之情為省教，亦亡守也。」

鵬按

「苟」當訓為「如果」。「豈其」表示反問，後面常接語氣詞「乎」，如《論語·憲問》：「豈其然乎？」。〔註266〕「爭於」當指在什麼事情上有所爭，如《韓非子·八說》：「古人亟於德，中世逐於智，當今爭於力。」〔註267〕「苟無守之器，豈其可爭於守乎？」整句意謂「如果沒有所守的重器，難道可以在守器這事上爭奪？」意思是說，沒有重器的人，怎麼可以去爭奪重器。春戰時期禮崩樂壞，諸侯乃至大夫僭越禮制，常常表現在對於重器的渴望。有名的故事如《左傳·成公二十五年》衛國想要賞賜城邑給仲叔于奚，仲叔于奚卻辭謝，而求諸侯所用的樂器。衛侯允許後，孔子評論：「惜也，不如多與之邑，唯器與名，不可以假人，君之所司也。名以出信，信以守器，器以藏禮。」〔註268〕又如「問鼎中原」的故事，《左傳·宣公三年》「定王使王孫滿勞楚子，楚子問鼎之大小輕重焉。」〔註269〕

〔註266〕〔曹魏〕何晏集解，〔宋〕邢昺疏，〔清〕阮元校勘：《十三經注疏·論語正義》，頁125。

〔註267〕〔周〕韓非著，陳奇猷校注：《韓非子新校注》，頁1030。

〔註268〕〔晉〕杜預注，〔唐〕孔穎達疏，〔清〕阮元校勘：《十三經注疏·春秋左傳正義》，頁422。

〔註269〕〔晉〕杜預注，〔唐〕孔穎達疏，〔清〕阮元校勘：《十三經注疏·春秋左傳正義》，頁367。

少（小）於（乎）不固〔43〕，引（矧）亓（其）或（又）大虐（乎）〔44〕？

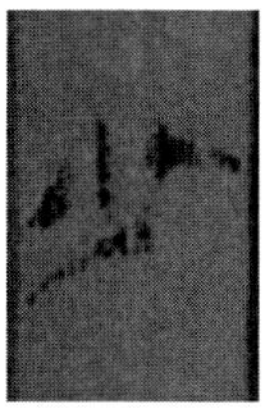				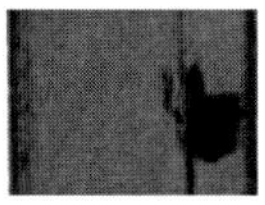	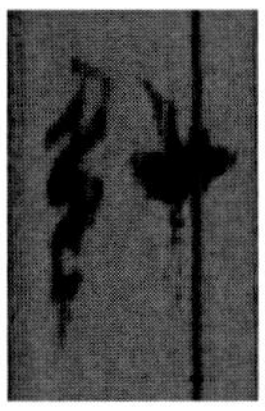
少	於	不	固	■	引
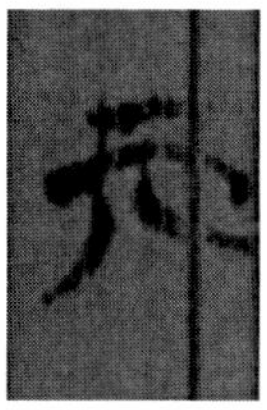	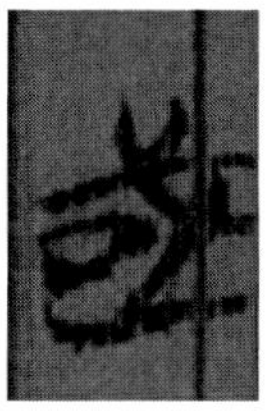	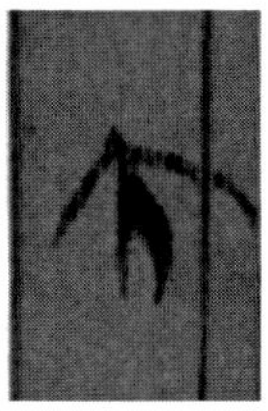			
亓	或	大	虐	■	

〔43〕少（小）於（乎）不固子居〈解析下〉

「小於不固」就是小尚且不能守固。

鵬按

「小於不固」的結構當從沈培之說，理解為「不固於小」。〔註270〕子居沒有說「小」指的是什麼，且「固」也不能直接訓為「守固」，所言太過簡略。這一整段都在談重器，尤其談「今之王公」覬覦超越名分的重器。簡文前兩句「有國必有其器，小大守之」的「小大」指的是不論器的大小，對應此句的「小」跟「大」，所以也當指「小器」與「大器」。「固」當訓為「穩固」、「安定」，如《尚書．五子之歌》：「民惟邦本，本固邦寧。」〔註271〕《國語．魯語下》：「晉始伯而欲固諸侯，故解有罪之地以分諸侯。」韋昭注：「固，猶安也。」〔註272〕「於」是介詞，引進處所，如《鶡冠子》：「固於所守。」〔註273〕「固於所守」指穩固在所持守的道上，結構跟「不固於小」一樣，所以「不固於小」字面翻

〔註270〕小於不固，沈培〈對讀〉2:35:30～2:39:03：「小於不固」，即「不固於小」的倒裝。

〔註271〕〔漢〕孔安國傳，〔唐〕孔穎達疏，〔清〕阮元校勘：《十三經注疏．尚書正義》，頁100。

〔註272〕上海師範大學古籍整理組校點：《國語》，頁164。

〔註273〕〔宋〕陸佃解：《鶡冠子》（臺北，臺灣中華書局，1981年），頁65。

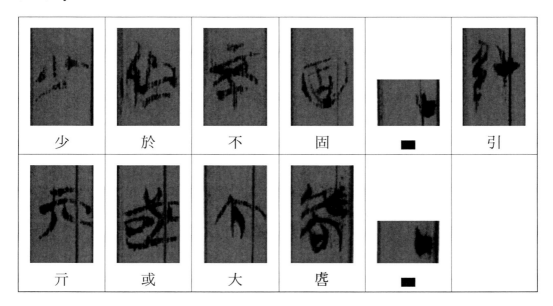

譯是不穩固在小器，意謂不安於小器，不滿足於相應於小器的身分地位。「小」字提前，加強語氣，而且這樣跟上句「無守之器」對的更好。

〔44〕引（矧）亓（其）或（又）大虘（乎）

子居〈解析下〉

「矧」訓況，《說文・矢部》：「矧，況也，詞也。從矢，引省聲。」

鵬按

「引」原考釋括讀為「矧」，子居訓為「況」，可從。「其」是代詞，跟本段第二句「其又貪於爭」的「其」一樣指代「今之有國者」。「其」是上分句省略的主語，上分句為了加強語氣、對比的整齊度，把「小」字提前，所以主語探下省。「矧」、「況」等連詞起頭的分句，常常只寫出要強調的部分，如《左傳・僖公十五年》：「一夫不可狃，況國乎。」〔註274〕《墨子・明鬼下》：「古者有夏，方未有禍之時，百獸貞蟲，允及飛鳥，莫不比方。矧佳人面，胡敢異心？」〔註275〕句子結構可還原成，「其不固於小，矧或大乎」。所以「或」當通讀為「又」，因為修飾「大」，所以必須是副詞，又因為此處是進逼複句，所以不能是疑詞「或許」。「其不固於小，矧又大乎」逐字翻譯作他們不安定在小器，何況更大的器，意謂他們坐擁大器更加不會滿足。所以下句說，「以戎力強而取之，則必不終其身」，言就算發動戰爭去搶奪，也無法永遠保守戰利品，因為勢將天下大亂，以對比本段一開始所說的，「治則保之，亂則失之」，「小大守之，則必長以無割。」簡文這樣的主張類似《論語・衛靈公》：「知及之，仁不能守之；雖得之，必失之。」〔註276〕

古（故）昔之又（有）國者，盟（明）正（政）以埜（來）之，鉑（欽）敊（教）〔45〕以㪅（撫）之。

〔註274〕〔晉〕杜預注，〔唐〕孔穎達疏，〔清〕阮元校勘：《十三經注疏・春秋左傳正義》，頁231。

〔註275〕〔清〕孫詒讓著，孫以楷點校：《墨子閒詁》，頁216。

〔註276〕〔曹魏〕何晏集解，〔宋〕邢昺疏，〔清〕阮元校勘：《十三經注疏・論語正義》，頁141。

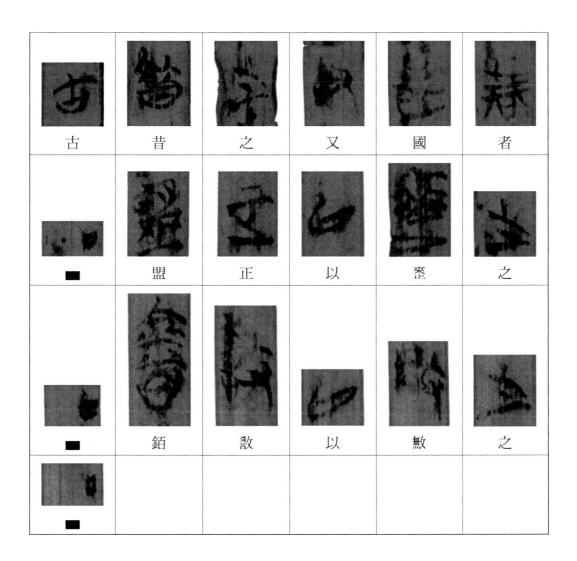

古	昔	之	又	國	者
■	盟	正	以	烾	之
■	鉊	敄	以	皲	之
■					

〔45〕鉊（欽／〈審〉）敄（教）

原考釋（頁140）

鉊，讀爲「欽」，敬也。

陳民鎮〈筆記2〉

該字當從百聲，「百」聲字與「各」聲字相通，如《詩・大雅・皇矣》「貊其德音」，陸德明《釋文》「貊」作「貉」。《周禮・春官・肆師》「凡四時之大甸獵祭表貉」，鄭玄云「貉讀爲十百之百」。此類例證甚多。疑當讀作「恪」，敬也。

斯行之〈初讀〉92樓 [註277]

〔註277〕斯行之：清華九《治政之道》初讀，武漢大學簡帛網，92樓，http://www.bsm.org.cn/forum/forum.php?mod=viewthread&tid=12426&extra=page%3D1&page=10，2019年11月30日。

所謂「鉑」字下部與「白」「百」均有差距。從整字結構來看，可能是稍有
訛筆的「審」字（此篇訛書現象不少）。所謂「教」字與本篇其他幾個寫作「爻
＋言」之「教」字不同，「好好學習」先生已指出此字見於上博六《用曰》簡18。
按此字爲從言、樹省聲之字（舊釋「設」無據），當讀爲「誅」（或者就可以說
是「誅」字異體）。《荀子‧樂論》有「審誅賞」之語。

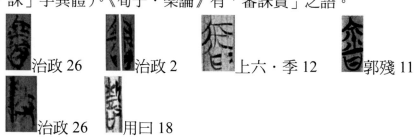

治政 26　　　治政 2　　　上六‧季 12　　　郭殘 11

治政 26　　　用曰 18

王寧〈散札〉

簡文「鉑」的寫法是上金下白，當即「鉑」字，疑讀為「博」，廣也。《晏子
春秋‧諫上》：「修法治，廣政教，以霸諸侯。」「博教」即「廣政教」。

子居〈解析下〉

由整理者前注所引即可見，《治政之道》此處措辭與《晏子春秋》相近，
而《晏子春秋》是稱「明政行教」，因此《治政之道》此處的「鉑」當相當於
「行」，疑當讀為「布」，「布教」於先秦文獻見於《周禮‧地官‧大司徒》：「正
月之吉始和，布教于邦國都鄙。」《治政之道》多有與《周禮》相合之處，此
點之前的解析內容已多次指出。

鵬按

「鉑」，字形作：

「」，原考釋分析成「金」旁與「百」旁，並且認為兩者都可能是聲符，
只是下面的「百」形有點特別。楚系金文中，「百」也有中間只有一橫的，如
（近出二 38‧詔編鎛一）、（集成 00079 敬事大王編鐘），但是時代都
屬春秋中、後期，而目前所見戰國楚系簡帛的「百」字中間都是兩橫，如（政 03）、（政 12）。合文的「百」也是兩橫，如（清七‧越公‧60）。
《說文》從百聲的字只有「洦」跟「拍」，楚簡未見「拍」字，至於「洦」字，
段注：「隸作泊，亦古今字也。」〔註278〕「洦」字楚簡都從「白」聲，如

〔註278〕〔漢〕許慎注，〔清〕段玉裁注：《說文解字注》，頁 549。

（清八‧邦道 08）、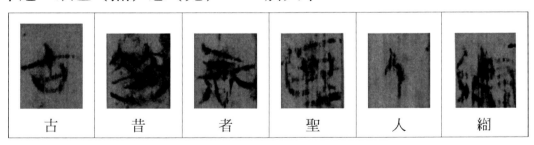（清八‧邦道 20）、（信‧二-010）。此外楚簡不見「百」聲字。如此看來此字較有可能從「金」聲，只是為何要從「百」就還有待研究。原考釋讀為「欽」，「欽」從「金」聲，訓為「敬」，或可從。《左傳‧閔公二年》「敬教，勸學。」孔疏：「敬民五教。」〔註279〕「敬教」指「慎重教化」，意即以身作則，以德服民，也就是本篇竹書簡一的「上施教，必身服之」、簡 17 的「教必從上始。」

　　斯行之提出可能是「審」的訛字，但是楚簡的「審」字中間絕大部分是「米」形，少數作「采」形，但不見上橫斷開變成長橫的。其所舉《上博六‧季桓子》簡 12 跟《郭店》殘簡第 11，都是殘簡，不能確定是否為「審」。〔註280〕就算把下半部考慮成「審」字的「甘」形跟「自」形形近替換，再省一筆中橫畫，還是難以理解上半部何以與「金」同形。所以就字形考慮還是原考釋比較有可能，因為假設的成分比較少。但退一步說，假設真的就是「審」字，簡文也讀的通。《管子‧君臣下》「是故明君審居處之教，而民可使，居治、戰勝、守固者也。」〔註281〕「審教」指使教化清楚詳審。

　　「教」斯行之釋為從言、樹省聲之字，是因為所據圖板不夠清晰，把左上的墨痕當作筆劃。清晰圖板作「」，就是典型的楚文字「教」。

古（故）昔者聖人絧（治）者是貴，能絧（治）乃賣（富），上虜（且）不危，以亡（無）忒（尤）〔46〕於天下。

古	昔	者	聖	人	絧

〔註279〕〔晉〕杜預注，〔唐〕孔穎達疏，〔清〕阮元校勘：《十三經注疏‧春秋左傳正義》，頁 194。

〔註280〕有關「審」字問題相關文章很多，可以參看侯乃峰：《上博楚簡儒學文獻校理》（上海：上海古籍出版社，2018 年），頁 355～356。俞紹宏、張青松編：《上海博物館藏戰國楚簡集釋第 8 冊》（北京：社會科學文獻出版社，2019 年），頁 60。

〔註281〕〔周〕管子，黎翔鳳撰，梁運華整理：《管子校注》，頁 569。

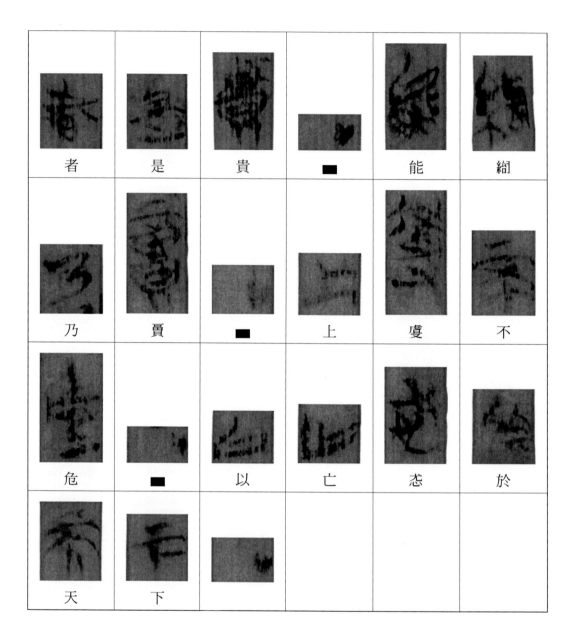

者	是	貴	■	能	緢
乃	賈	■	上	虘	不
危	■	以	亡	忎	於
天	下				

〔46〕忎（尤）

原考釋（頁 141）

《說文》：「忎，不動也。从心，尤聲。讀若祐。」簡文中讀「尤」，過也。或以爲與「憂」同。

子居〈解析下〉

《廣韻·尤韻》：「尤，怨也。」故對比《楚辭·九辯》：「諒無怨於天下兮，心焉取此怵惕？」則《治政之道》此處以讀為「尤」是，且說明《治政之道》的成文時間接近《九辯》的成文時間。

鵬按

「乃」是副詞，表順承。「且」是副詞，表「將」。「以」是連詞，表「而且」，如王引之《經傳釋詞》引《廣雅》：「以，猶而也。」〔註282〕《論衡‧自紀》：「文必麗以好，言必辨以巧。」〔註283〕「能治乃富，上且不危，以無尤於天下」意謂「善於治理國家才能富裕，國君將不再危險，而且對於天下不再有過錯。」對比下段若任用非人，則是「危身墜邦之道」。

唯今之王公蜀（獨）不【29】欲絠（治）而欲龗（亂）才（哉）？医（抑）取相澛（廢）鼆（興）未罩（軌）於聖人，吏（使）又（有）色，鼆（興）賈（富）貴，古（故）厇（度）事愍（謀）煮（圖），大怂（患）〔47〕邦审（中）之正（政）、四國之交，是以多逺（失）。【30】

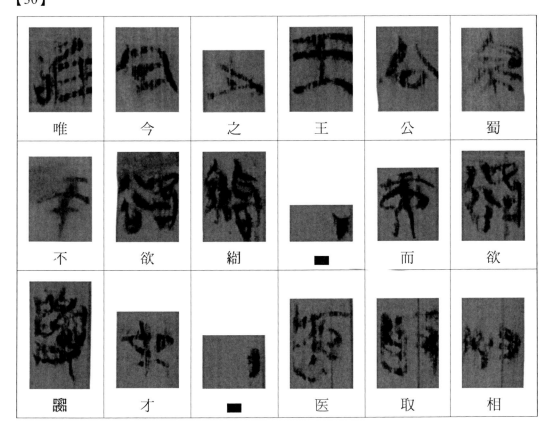

唯	今	之	王	公	蜀
不	欲	絠	■	而	欲
龗	才	■	医	取	相

〔註282〕王引之撰，李花蕾點校：《經傳釋詞》，頁6。

〔註283〕〔漢〕王充著，黃暉校釋：《論衡校釋》，頁1199。

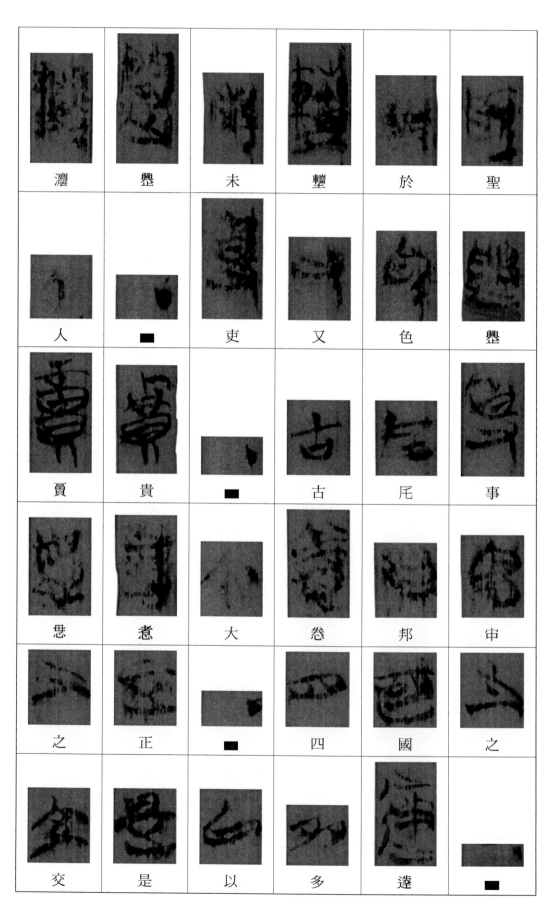

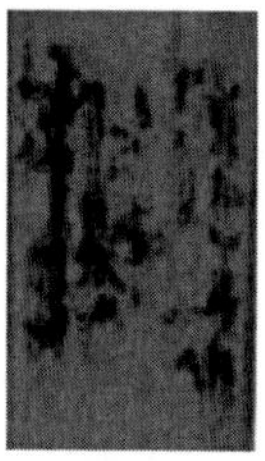 灋	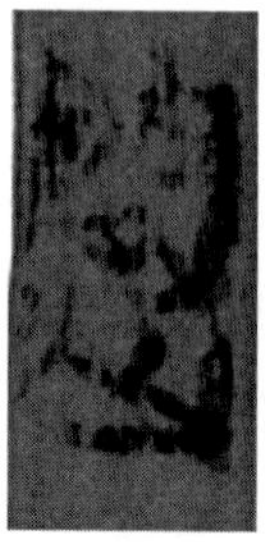 嬰	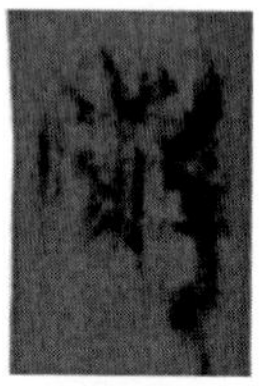 未	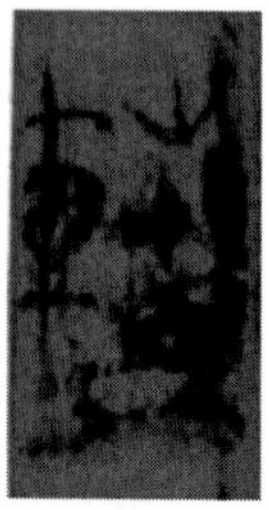 轉	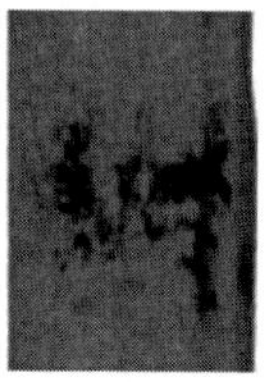 於	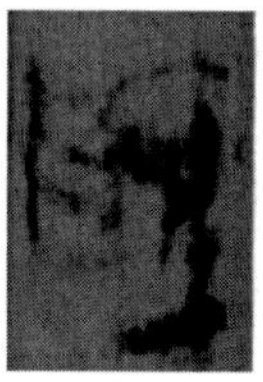 聖
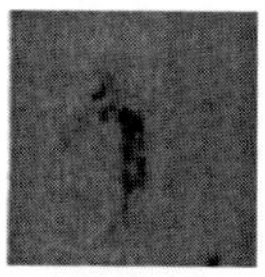 人	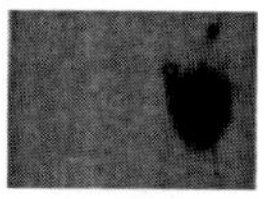 ■	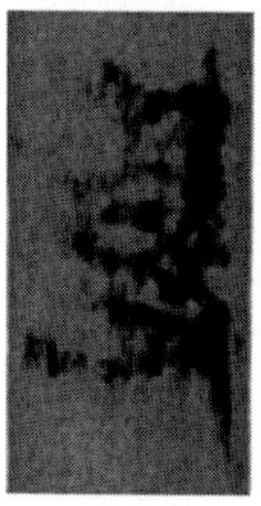 吏	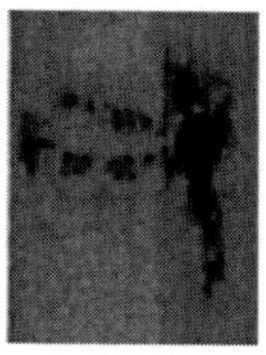 又	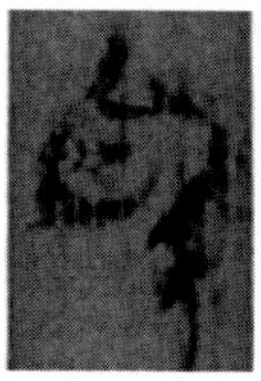 色	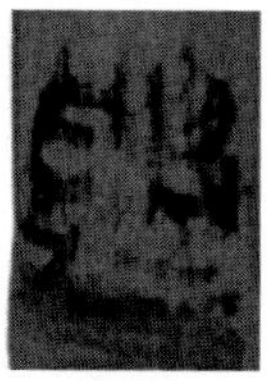 嬰
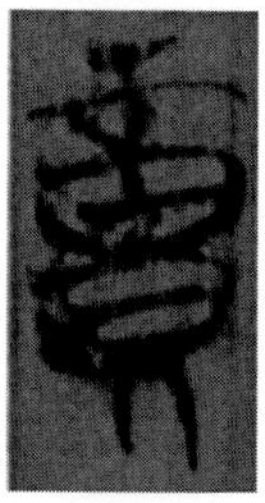 賷	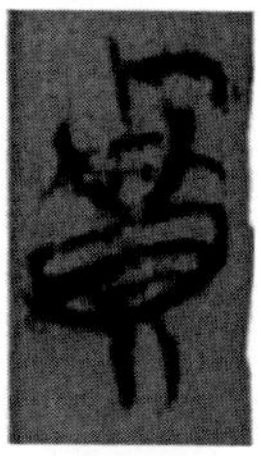 貴	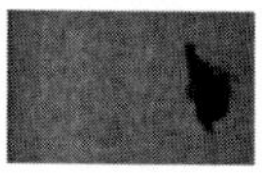 ■	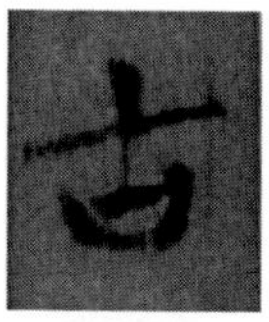 古	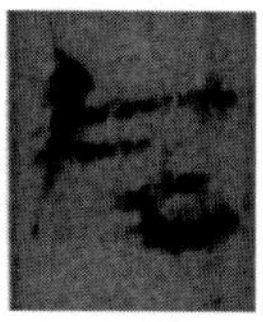 尼	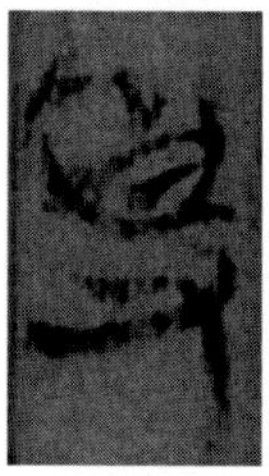 事
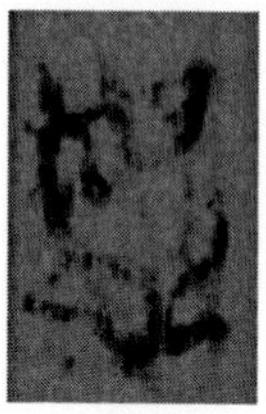 𢘑	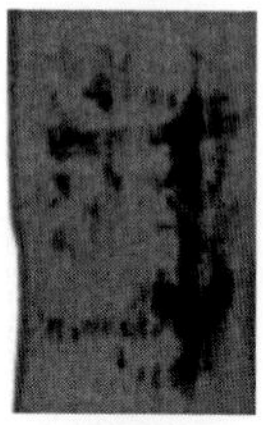 煮	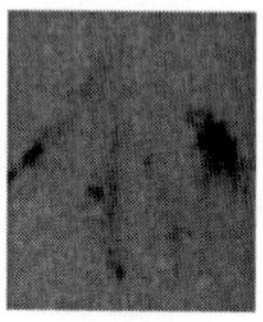 大	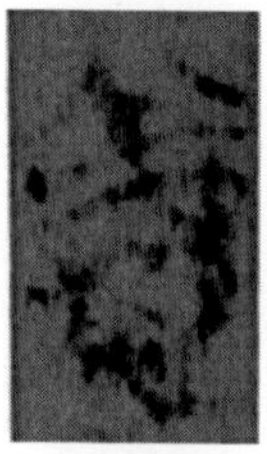 卷	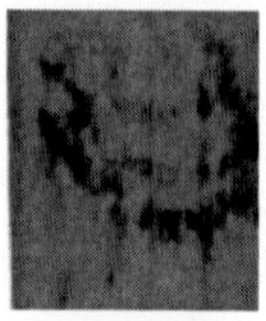 邦	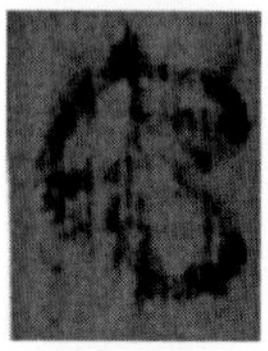 中
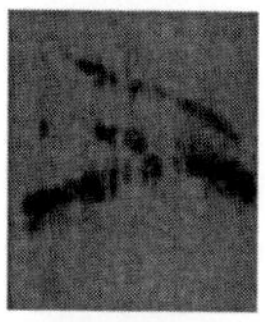 之	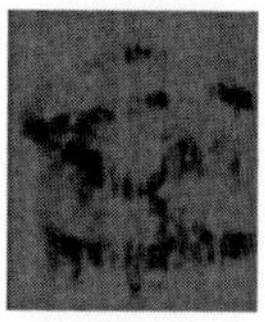 正	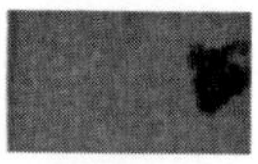 ■	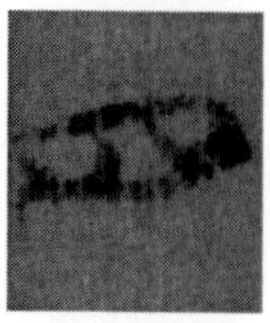 四	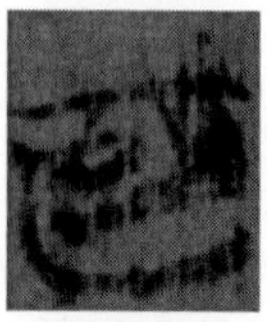 國	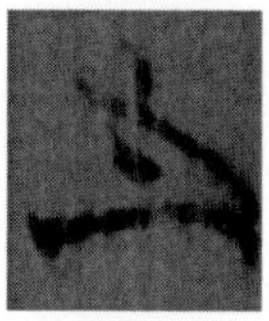 之
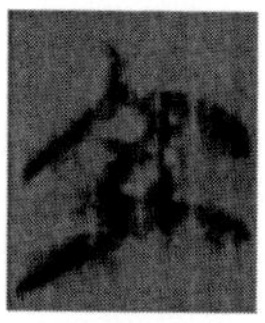 交	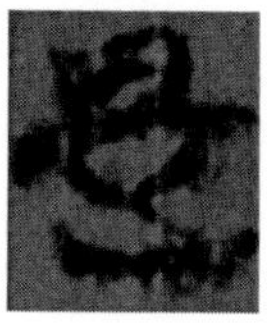 是	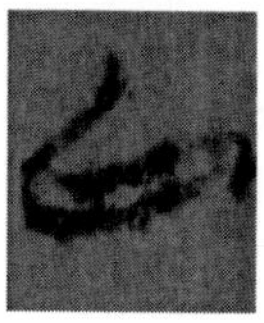 以	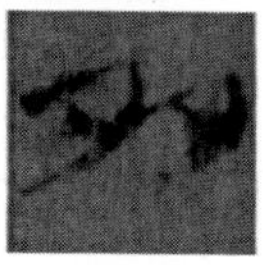 多	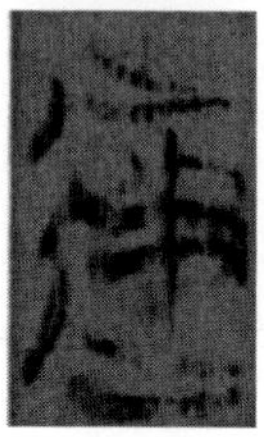 逹	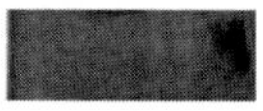 ■

〔47〕大悉（患）

原考釋（頁141）

邦中之政，指國之內政，與下文「四國之交」相對應。四國之交，與列國的外交。《戰國策‧秦策五》：「賈以珍珠重寶，南使荊、吳，北使燕、代之間三年，四國之交未必合也，而珍珠重寶盡於內。」

水墨翰林〈初讀〉61樓 [註284]

似不若斷讀作「唯今之王公獨不欲治而欲亂哉？抑取相廢興未軌於聖人？使有色，舉富貴，故度事謀圖大患，邦中之政、四國之交是以多失。」唯「令色」與「富貴」者為用，而不唯賢唯能，導致「度事謀圖」出現了大問題，邦政與外交也因之而多失。下面接著剖析，豈是令色與富貴者必定聖？不是這樣的，而是二者雖有之，但「稀」有之；「如其所貴正而是，則亦猶可。雖然，聖人猶三世者，既為身圖，或為子圖，或為孫圖」聖人三思而用之，今之王不是不想治而亂，而是取相於聖人未得其要。所以前兩句當是一個選擇疑問句。若按原來的斷句，「是以多失」也缺少主語，無處安放。

子居〈解析下〉

「邦中之政」，先秦文獻作「國中之政」，見《管子‧大匡》：「管仲曰：未也，國中之政，夷吾尚微為焉，亂乎尚可以待。」「大患邦中之政」可與《韓詩外傳》卷七：「左右者為社鼠，用事者為惡狗，此國之大患也。」參看。「多失」於先秦文獻見於《韓非子‧飾邪》：「故智能單道，不可傳於人。而道法萬全，智能多失。」漢代則有《說苑‧談叢》：「多易多敗，多言多失。」故可證《治政之道》的成文時間必當與《韓非子》、《戰國策》、《說苑》、《韓詩外傳》成編時間相近，既然不能晚至漢代，則自然《治政之道》的成文時間應為戰國末期。

鵬按

「唯」是句首詞，提起話題。「獨」訓為「僅僅」，放在謂語前表示反詰語氣，如《史記‧白起王翦列傳》：「今聞荊兵日進而西，將軍雖病，獨忍棄寡人

〔註284〕水墨翰林：清華九《治政之道》初讀，武漢大學簡帛網，61樓，http://www.bsm.org.cn/forum/forum.php?mod=viewthread&tid=12426&extra=page%3D1&page=7，2019年11月26日。

乎！」〔註285〕意思就如同石小力所言：「現在的王公難道不希望國家得到治理而願意國家動亂嗎？」故第一句「唯……哉？」是反問句，不會是水墨翰林所言的選擇句。

「抑」，是轉折連詞，見第〔17〕條疑難字詞討論。「取」，訓為「選擇」；「相」指「輔相」。《荀子‧王霸》：「彼持國者，必不可以獨也，然則彊固榮辱在於取相矣。」〔註286〕「軌」，從原考釋讀為「軌」。石小力斷句錯誤，當從原考釋斷為「抑取相廢興未軌於聖人」，意謂「但是選擇輔相、興人廢人沒有遵循聖人」。

水墨翰林斷讀成「度事圖謀大患」，並把大患譯為「出現了大問題」。但是「患」作為動詞沒有這樣的意思。「患」在此處是「使……憂患」的意思，如《莊子‧田子方》：「且萬化而未始有極也，夫孰足以患心！」〔註287〕斷句當從原考釋，「大患邦中之政、四國之交」意謂「使邦中之政、四國之交充滿憂患。」「是以多失」指今之國君因此常失位，呼應本段最後一句「是則危身墜邦之道。」

女（如）亓（其）所貴奠〈賣〉（富）〔48〕而是，則亦猷（猶）可。

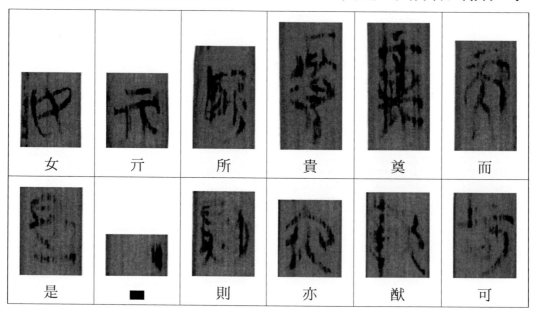

女	亓	所	貴	奠	而
是	■	則	亦	猷	可

〔註285〕〔漢〕司馬遷撰，〔劉宋〕裴駰集解，〔唐〕司馬貞索隱，〔唐〕張守節正義：《史記》，頁2340。
〔註286〕〔周〕荀況著，王天海校釋：《荀子校釋》，頁488。
〔註287〕〔周〕莊周著，〔清〕郭慶藩注，王孝魚點校：《莊子集釋》，頁714。

〔48〕奠〈賣〉（富）

原考釋（頁141）

奠，疑讀爲「正」，合乎法度。

陳民鎮〈筆記2〉

參照前後文的辭例，當是「富」之譌。

麒麟兒〈初讀〉23樓〔註288〕

在書後所附的字表中，這個字被處理為䫆。此字所在的辭例為「如其所貴△而是」，而32簡有「如其所貴富而非」，與此句正相對，可知原釋為「奠」之字䅵應改釋為「賣」，即楚簡中常見的「福」字，在簡文中用為「富」。二字相通亦為楚簡中所習見。

鵬按

當從陳民鎮之說，認定為當是「富」之譌。其一，「畐」旁跟「酉」旁常見形近訛誤，如「富」《上博三·彭祖》簡8作「䫆」，「福」《郭店·成之聞之》簡17作「䅵」。其二，這一整段都在講貴人、富人，且這一句是對比，「如其所貴富而是」對「如其所貴富而非」。

「如其所貴富·而·是」是「主而謂」句式，「主而謂」句式表假設〔註289〕，如《莊子·徐無鬼》：「若我而不有之，彼惡得而知之？若我而不賣之，彼惡得而鬻之？」〔註290〕「是」，訓為「正確」，意謂所任用的是對的人，類似的句子如《文子·上仁》：「使言之而是，雖商夫芻蕘，猶不可棄也；言之而非，雖在人君卿相，猶不可用也。」〔註291〕

〔註288〕麒麟兒：清華九《治政之道》初讀，武漢大學簡帛網，23樓，http://www.bsm.org.cn/forum/forum.php?mod=viewthread&tid=12426&extra=page%3D1&page=3，2019年11月22日。

〔註289〕「主而謂」句式表假設相關論證可參梅廣：《上古漢語語法綱要》，頁100～102。

〔註290〕〔周〕莊周著，〔清〕郭慶藩注，王孝魚點校：《莊子集釋》，頁849。

〔註291〕李定生，徐慧君校釋：《文子校釋》，頁382。

昔晶（三）弋（代）之相取〔49〕，周宗之紳（治）庳（卑），【32】聿
（盡）自逹（失）秉。

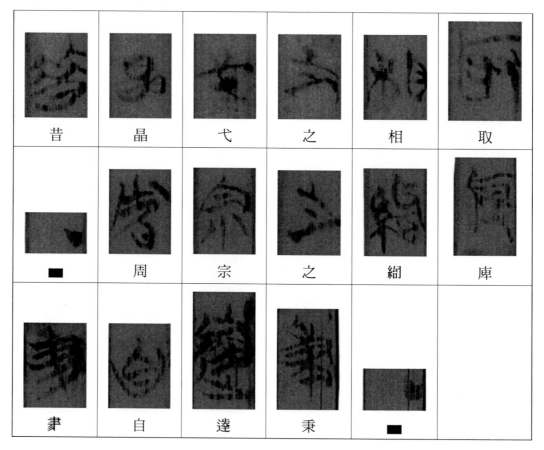

昔	晶	弋	之	相	取
▄	周	宗	之	紳	庳
聿	自	逹	秉	▄	

〔49〕相取

陳民鎮〈補說〉（頁 195～196）

「相取」猶言「相代」，指的是政權的更替。《左傳》莊公十一年云：「覆而
敗之曰取某師。」即指此義。《治政之道》簡 25 云：「故雖動其眾庶，攝飭其兵
甲，以戎力強而取之，則必不終其身。」「取之」之「取」亦指勝敵。

《天下之道》簡 5 云：

　　昔三王者之所以取之之器：一曰歸之以中以安其邦，一曰歸之謀人

　　以奪之志，一曰戾其脩以離其眾。

整理者認為「取之之器」指取得天下之器。由於「取之」是就如何征服敵國而
言的，故這裡的「取」應義同《治政之道》「昔三代之相取」，「以戎力強而取之」
之「取」。

鵬按

　　陳民鎮所言不夠精準。「取」，字面上的意思應該還是「取得」。所謂「覆而敗之曰取某師」，指的是文字背後的涵義。但此處應當更接近《左傳・襄公十三年》「邾亂，分為三。師救邾，遂取之。凡書『取』，言易也。用大師焉曰『滅』，弗地曰『入』。」〔註292〕《左傳・宣公九年》：「秋，取根牟，言易也。」〔註293〕《左傳・成公六年》：「取鄟，言易也。」〔註294〕楊伯峻注曰：「綜合觀之，凡取邑或取國，取之甚易，則言『取』。」文言文在戰爭或朝代興替的語境中，如果用「取」字，「取」字面上還是「取得」的意思，但是特別有表達過程很容易的意思，這在白話文中不明顯，但應當特別提出來說明。「取」表達改朝換代之容易的說法又可見《論衡・語增》：「周之取殷，與漢、秦一實也。而云取殷易，兵不血刃，美武王之德，增益其實也。」〔註295〕「取殷」，字面上是「取得殷」，指的是取得他的天下。

句（苟）亓（其）嬰（興）【33】人不厇（度），亓（其）灋（廢）人必或（又）不厇（度），记（起）事必或（又）不旹（時），奉（逢）民之逐（務）〔50〕。

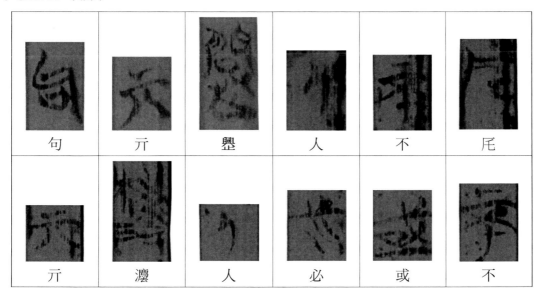

句	亓	嬰	人	不	厇
亓	灋	人	必	或	不

〔註292〕〔晉〕杜預注，〔唐〕孔穎達疏，〔清〕阮元校勘：《十三經注疏・春秋左傳正義》，頁554。

〔註293〕〔晉〕杜預注，〔唐〕孔穎達疏，〔清〕阮元校勘：《十三經注疏・春秋左傳正義》，頁380。

〔註294〕〔晉〕杜預注，〔唐〕孔穎達疏，〔清〕阮元校勘：《十三經注疏・春秋左傳正義》，頁441。

〔註295〕〔漢〕王充著，黃暉校釋：《論衡校釋》，頁344。

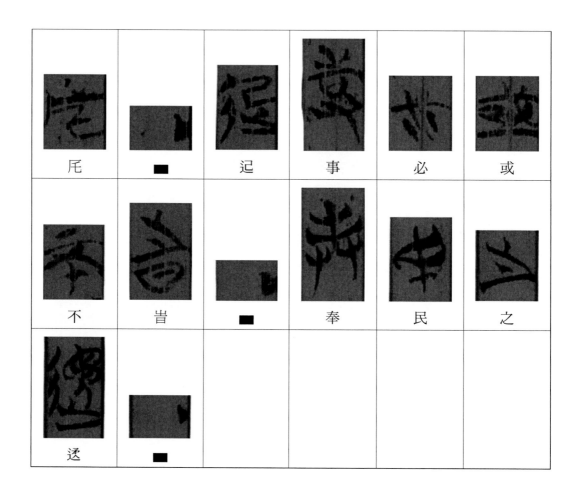

厇	■	记	事	必	或
不	甞	■	奉	民	之
逶	■				

〔50〕记（起）事必或不甞（時），奉（逢）民之逶（務）

原考釋（頁142）

奉，讀爲「妨」。起事逢遇民務即妨害民務。

陳民鎮〈筆記2〉

整理者亦曾讀「奉」作「逢」。這更合乎楚簡的用字習慣。

若讀作「逢」，當是「大」義。《尚書·洪範》：「身其康彊，子孫其逢，吉。」陸德明《釋文》引馬融語：「逢，大也。」《荀子·非十二子》：「士君子之容，其冠進，其衣逢，其容良。」楊倞注：「逢，大也。」下文「大宮室、高臺」云云，是「逢民之務」的具體內容。「逢民之務」與前文的「脫民務」形成對比。

子居〈解析下〉

雖然「奉」讀爲「妨」並無問題，但整理者言「起事逢遇民務即妨害民務」則頗難理解，按此說則是整理者實讀「奉」爲「逢」而非讀爲「妨」，而整理者

又沒有稱「一說」、「或言」，不知何故。「妨民之務」很好理解，但若言「逢民之務」則會意味著「民之務」只是一年中很小的時段，這就頗難理解了。所以，讀「奉」為「逢」顯然會有害文義。

my9082〈初讀〉135 樓〔註296〕

奉民之務原讀「妨」，但簡 8「妨善」的「妨」寫作「辶方」，這不能無疑。「奉」改讀「豐」，多、盛；也可能「夆／逢」（《說文》「夆，啎也」，《爾雅》「逢，遌也」）與簡 21「奪民務」有似。

鵬按

如陳民鎮所言，「奉」讀為「逢」較合楚簡用字習慣，前人多有論及。〔註297〕從原考釋之說訓為「逢遇」即可，不煩別解。「民務」乃是成詞，即指農務，陳民鎮把「逢」訓為「大」，就破壞這一個成詞，而且也就難以跟〈治邦〉簡 21「不起事於農之三時，則多穫」對比。my9082 訓「逢」為「啎」，但「啎」跟「逢」同義的是「逢遇」的義項，如《說文》「逢」字段注：「夆，啎也。啎，逆也。」〔註298〕又《說文》：「逆，迎也」所以訓為「啎」沒有解決任何問題。子居說「若言『逢民之務』則會意味著『民之務』只是一年中很小的時段」，則簡文後面有「不起事於農之三時，則多穫」（治邦 21），前後對比，可知「民務」即指「農務」，以及「農之三時」不會只是很短的時間，無害於文意理解。簡文此處說「起事不時」，「不時」即指不合時節，亦即逢遇民務。起事不妨農務的說法又如《論語・學而》：「使民以時。」邢疏：「雖不臨寇，必於農隙備其守禦，無妨民務。」〔註299〕

大宮室，高臺（臺）述（墻）〔51〕，深沱（池）寠（廣）宏〈固〉（囿），敊（造）尌（樹）闌（關）獸（守）、波（陂）墮（塘），土社（功）亡（無）既，【34】以敓（奪）民爻（務）。【21上】

〔註296〕my9082：清華九《治政之道》初讀，武漢大學簡帛網，135 樓，http://www.bsm.org.cn/forum/forum.php?mod=viewthread&tid=12426&extra=page%3D1&page=14，2020 年 9 月 8 日。

〔註297〕可參禤健聰：《戰國楚系簡帛用字習慣研究》（北京：科學出版社，2017 年），頁 101～102。

〔註298〕〔漢〕許慎注，〔清〕段玉裁注：《說文解字注》，頁 72。

〔註299〕〔曹魏〕何晏集解，〔宋〕邢昺疏，〔清〕阮元校勘：《十三經注疏・論語正義》，頁 6～7。

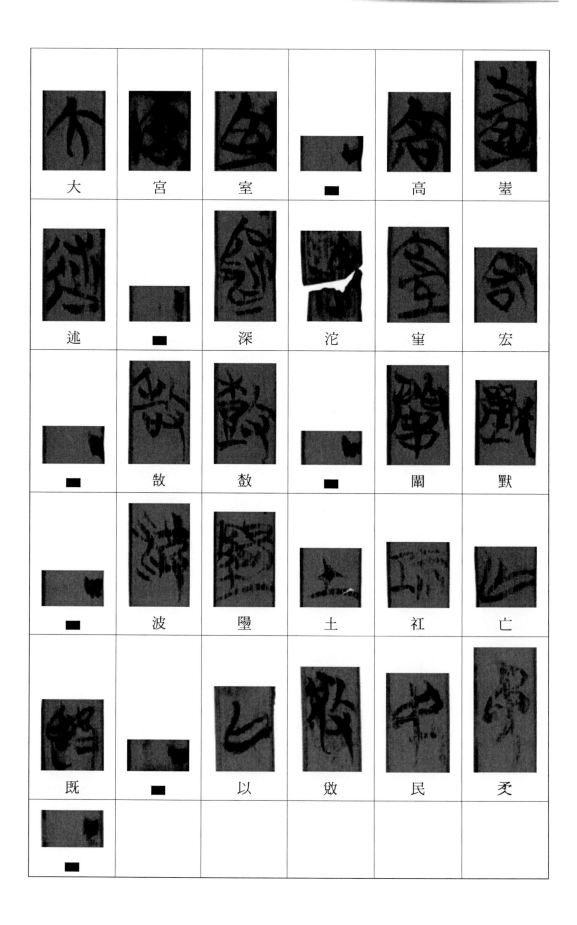

大	宮	室	■	高	臺
述	■	深	沱	窂	宏
■	敔	敥	■	闈	獸
■	波	隉	土	缸	亡
既	■	以	敓	民	戔
■					

〔51〕高臺（臺）述（壇）

原考釋（頁142）

高臺、深池，《管子・小匡》:「昔先君襄公，高臺廣池，湛樂飲酒，田獵畢弋，不聽國政。」燧，烽火臺。《墨子，號令》:「比至城者三表，與城上烽燧相望。」宏，讀爲「閎」，門。《左傳》襄公十一年「乃盟諸僖閎」，楊伯峻注:「閎，本意爲里巷之門，此僖閎是僖公廟之大門。」

陳民鎮〈筆記2〉

「大宮室、高臺（臺），述（遂）深沱（池）、宐（廣）宏（閎），（造）敇（樹）闈（關）戰（守）、波（陂）壜（塘），土（功）亡（無）旣。」本句筆者重新斷句，宮室、高臺是「大」的對象，深池、廣閎是「遂」的對象，關守、陂塘是「造屬」的對象，三者是並列關係。「遂」，成也。整理者讀作「燧」，指烽火臺，在文中相對突兀。

心包〈初讀〉55樓〔註300〕

茲從陳民鎮先生重新斷句，其讀「述」為「遂」，訓「成」（清華大學出土文獻與保護研究網站，11月22號。文獻有「九成之臺」的說法可以參看。）比整理者讀「燧」的意見要好一些，然仍嫌與前後之「大」、「高」、「廣」（「高臺」、「廣閎」我們不從陳先生的斷句意見）等不協，「述」可讀「邃」，訓「深」（「深池」之「深」是「池」的定語），把深池挖的更深，形容詞的動詞用法，與「大」、「高」、「廣」詞性、詞義相協。當然，另一方面亦可以考慮讀為「隧」，挖通深池。

激流震川2.0〈初讀〉123樓〔註301〕

簡34有「大宮室，高臺述」一句，其中的「述」整理者讀爲「燧」，與「宮」、「室」、「臺」不類。疑這裡的「述」可讀爲「閱」。《墨子・尚同中》所引先王之書《術令》，即《尚書》中的《說命》。因此從「术」聲的「述」與從「兌」

〔註300〕心包:清華九《治政之道》初讀，武漢大學簡帛網，55樓，http://www.bsm.org.cn/forum/forum.php?mod=viewthread&tid=12426&extra=page%3D1&page=6，2019年11月25日。

〔註301〕激流震川2.0:清華九《治政之道》初讀，武漢大學簡帛網，123樓，http://www.bsm.org.cn/forum/forum.php?mod=viewthread&tid=12426&extra=page%3D1&page=13，2020年2月21日。

聲的「閱」可以相通。「閱」是一種椽子，《爾雅·釋宮》：「棟謂之桴，桷謂之榱。桷直而遂謂之閱，直不受檐謂之交。」郝懿行《義疏》云：「閱、交者，別椽長短之名也。椽之長而直達於檐者名『閱』。」宮室臺門都需要「椽」，如《左傳·桓公十四年》載宋伐鄭，「以大宮之椽，歸爲盧門之椽。」《史記·趙世家》：「二十年，魏獻榮椽，因以爲檀臺。」

子居〈解析下〉

「述」疑為「途」字之訛，當是原「途」字上部磨損，僅餘「述」形，抄者不查，遂書為「述」，此處當讀為「榭」，宮室、台榭並舉，典籍習見。「大宮室，高臺榭」可對比《管子·四稱》：「昔者無道之君，大其宮室，高其台榭。」《管子·事語》：「非高其台榭，美其宮室，則群材不散。」《晏子春秋·內篇問上·景公問欲令祝史求福》：「大宮室，多斬伐，以偪山林。」《晏子春秋·內篇問下·晏子使晉晉平公問先君得眾若何晏子對以如美淵澤》：「今君大宮室，美台榭。」《戰國策·趙策二·蘇秦從燕之趙始合從》：「與秦成，則高臺榭、美宮室，聽竽瑟之音，察五味之和。」其中與《治政之道》所說最接近的明顯即《管子·四稱》，由此也可證《治政之道》作者必是熟悉《管子》諸篇。「高臺」、「深池」並稱，也習見於典籍，如《左傳·昭公二十年》：「高臺深池，撞鐘舞女。」《韓非子·難勢》：「桀紂為高臺深池以盡民力，為炮烙以傷民性。」馬王堆帛書《明君》：「高臺之下，必有深池。」《淮南子·主術》：「人主好高臺深池，雕琢刻鏤。」整理者隸定為「宏」的字，網友紫竹道人指出……說當是，「廣囿」辭例，可見于《說苑·善說》：「野遊則馳騁弋獵乎平原廣囿，格猛獸。」《新序·雜事四》：「平原廣囿，車不結軌，士不旋踵。」由此可證《治政之道》成文時間當距漢初不遠。

鵬按

「述」，陳民鎮讀為「遂」，訓為「成」，但是「遂」字訓為「成」沒有接具體名詞的辭例。心包提出可讀為「邃」，訓為「深」，或讀為「隧」，訓為「挖通」。但「邃」、「隧」不見動詞用法辭例。激流鎮川 2.0 讀爲「閱」，訓為一種「椽子」。但是「椽」是平行於地面的構件，為什麼要特別說「椽」高，難以想像，也沒有辭例。子居以為可能是「途」字訛，但兩者字形差異明顯，簡也不見磨損痕跡。

原考釋斷句可從。「述」是船母物部，疑或讀為餘母微部的「壝」。微、物陰入對轉，船母、餘母相通如《尹灣・神烏賦》「云云（營營）青繩（蠅），止于杆（樊）」「繩」是船母蒸部，「蠅」是餘母蒸部。跟「术」聲字常常相通的「矞」聲字跟「允」聲字中，也多餘母字。如《說文》「述」字下段注：「遹古多假爲述字。《釋言》云：『遹，述。』言叚借也。《釋詁》云：『遹、遵、率，循。』《釋訓》云：『不遹，不蹟也。』皆謂遹卽述字也。言轉注也。不遹者，今《邶風》之『報我不述』也。」述是船母，遹是餘母。〔註302〕又如予是餘母，從予之杼，其《廣韻》「神與切」是船母。〔註303〕總而言之，「术」聲跟「豕」聲關係密切前人已有論證，而「豕」聲跟「貴」聲也關係密切，如《詩・小雅・角弓》：「莫肯下遺。」〔註304〕「遺」《荀子・非相篇》引作「隧」。〔註305〕故「述」應可通「壝」。《周禮・地官・大司徒》：「設其社稷之壝。」孫詒讓《正義》：「蓋壝者委土之名。凡委土而平築之謂之壇，於壇之上積土而高若堂謂之壇，外為庫垣謂之壝埒。通言之，壇、壇皆得稱壝。」〔註306〕也就是土堆的壇、壇都可稱作「壝」。《左傳・哀公元年》：「昔闔廬食不二味，居不重席，室不崇壇，器不彤鏤，宮室不觀。」杜注：「平地作室，不起壇也。」〔註307〕楊伯峻注：「古代貴族為室，必先有壇，高於平地，然後起屋。闔廬平地作室，不起壇，言其簡。」〔註308〕《鹽鐵論・散不足》：「古者，不封不樹，反虞祭於寢，無壇宇之居，廟堂之位。」〔註309〕「高臺壝」的「高」跟「大宮室」的「大」對文，都是動詞。「高臺壝」推測是指先堆起比一般還要高很多的「壝」，也就是壇，再於其上築高臺。楚文化龍灣遺址為目前發現楚國最大宮殿遺址，其一號宮殿遺址面積達 13000 平方米，包括三層臺。其考古報告：「一層臺東

〔註302〕有關「术」聲字跟「矞」聲、「允」聲、「豕」聲字相通的詳細論證可參沈培：〈清華簡字詞考釋二則〉，復旦大學出土文獻與古文字研究中心網站，http://www.gwz.fudan.edu.cn/Web/Show/1367#_ednref8，2011 年 1 月 9 日。及其下面留言回覆。
〔註303〕〔宋〕陳彭年，周祖謨校：《廣韻校本》，頁 258。
〔註304〕〔漢〕毛亨傳，〔漢〕鄭玄箋，〔唐〕孔穎達疏，〔清〕阮元校勘：《十三經注疏・毛詩正義》，頁 505。
〔註305〕可參張儒、劉毓慶編：《漢字通用聲素》（山西：山西古籍出版社，2002 年），頁 883。
〔註306〕〔清〕孫詒讓著，汪少華整理：《周禮正義》（北京：中華書局，2015 年），頁 841。
〔註307〕〔晉〕杜預注，〔唐〕孔穎達疏，〔清〕阮元校勘：《十三經注疏・春秋左傳正義》，頁 992。
〔註308〕楊伯峻編著：《春秋左傳注》（臺北：洪葉文化，2015 年），頁 1608。
〔註309〕〔漢〕桓寬著，〔清〕王利器校注：《鹽鐵論》，頁 393。

西長約 130、南北寬約 100 米。其上分布有二層臺、三層臺、貝殼路、外曲廊……等遺跡。二層臺在一層臺上，高出一層臺約 0.5～0.9 米……主要建築遺跡有北牆、北門……三層臺高出一層臺約 1～3.5 米。」〔註310〕重要的是：「臺高三層的高臺建築群在全國東周遺址中是首次發現。『土木之崇高』是章華臺最顯著的特徵。」〔註311〕考古報告中的「臺」應該就是「壇」，也就是簡文中的「壇」，可參圖一及圖二。

圖二　章華臺遺址發掘現場。〔註312〕

圖三　章華台遺址展示館之模擬楚國修建章華宮模型。〔註313〕

〔註310〕湖北省潛江博物館、湖北省荊州博物館：《潛江龍灣：1987～2001 年龍灣遺址發掘報告（上）》（北京：文物出版社，2005 年）頁 227。

〔註311〕湖北省潛江博物館、湖北省荊州博物館：《潛江龍灣：1987～2001 年龍灣遺址發掘報告（上）》，頁 460。

〔註312〕湖北省人民政府入口網：〈章華台遺址文化旅遊區〉，https://www.hubei.gov.cn/jmct/hbms/qj_9050/202006/t20200615_2391257.shtml，2020 年 6 月 15 日。

〔註313〕王玉燕：〈湖北潛江／龍灣遺址「天下第一台」章華台〉《聯合報》，https://udn.com/news/story/7332/4950472，2020 年 10 月 21 日。

古（故）坓（地）【21上，35】材（財）盡，五穜（種）不隆（登）〔52〕，
寶（府）定（庫）倉宭，是以不實，車馬不（完）〔53〕，兵廔（甲）
不攸（修），亓（其）民乃敄（寡）以不正。

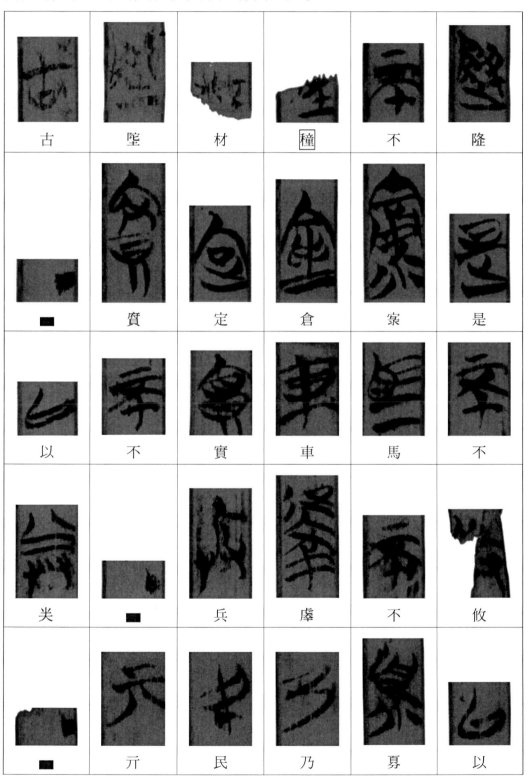

古	坓	材	穜	不	隆
■	寶	定	倉	宭	是
以	不	實	車	馬	不
关	■	兵	廔	不	攸
■	亓	民	乃	敄	以

不	正	▬		

〔52〕古（故）壄（地）材（財）盡，五穜（種）不隡（登）

麒麟兒〈初讀〉18 樓 [註314]

從殘餘筆劃來看，這個字應該是「材」。「材」字楚簡常見，如郭店《尊德義》簡 32「民材足」之「材」作 ，《六德》13、14「大材設諸大位，小材設諸小官」作 、 。「地材」之說可參上博簡《三德》1「天共時，地共材，民共力」。傳世文獻中「材」、「財」每互作，如《禮記·禮器》：「禮也者，合于天時，設於地財，順于鬼神，合於人心，理萬物者也。」

子居〈解析中〉

筆者在《清華簡九〈治政之道〉簡序調整一則》中已指出：「簡二一上段當下接簡三五，按四字句式，兩段之間可補入『盡，五』二字，簡序調整為：簡三四＋簡二一上＋簡三五，三支簡內容連讀為『人不度，其廢人必或不度，起事必或不時，妨民之務，大宮室，高臺燧，深池廣閎，造樹關守、陂塘，土功無既，以奪民務，故地材〔盡，五〕種不登，府庫倉窌，是以不實，車馬不完，兵甲不修，其民乃寡以不正。其德淺于百姓。』」

原考釋（頁 142）

簡上部殘缺十字左右，「穜」字據殘存筆畫補出，「隡」在楚簡中可讀為「升」「登」，又與「降」混訛同形。疑簡文可補為「五種不隡」。「隡」出土文獻多讀為「種」，或為「種」之異體。此處讀為「五種不登」。五種，即五穀。

鵬按

子居所調整之簡序可從。簡序調整後，這兩句都在講上位者使民不以時，所以「閱」字當從羅小虎，讀為「奪」，不煩別解。「奪」與「兌」聲字通假常

〔註314〕麒麟兒：清華九《治政之道》初讀，武漢大學簡帛網，18 樓，http://www.bsm.org.cn/forum/forum.php?mod=viewthread&tid=12426&extra=page%3D1&page=2，2019 年 11 月 22 日。

見〔註315〕，「奪」與「民時」也是常見搭配用法，如《孟子‧梁惠王上》：「百畝之田，勿奪其時。」〔註316〕

　　第一個殘字「」，當從麒麟兒之說，釋為「材」，其右邊「才」旁跟跟本篇簡文的「才」如出一轍，如 （政13）、（政23）。應讀為「財」，「材」、「財」皆从「才」聲。《周禮‧冬官‧考工記》：「飭力以長地財，謂之農夫。」賈疏：「地財，穀物皆是。」〔註317〕《呂氏春秋‧孝行覽‧慎人》：「堀地財，取水利。」高誘注：「地財，五穀。」〔註318〕本簡當缺兩字，第一個缺字，子居補「盡」字，可從。《淮南子‧本經訓》：「不得其時，上掩天光，下殄地財。」高誘注：「殄，盡也。」〔註319〕「地財盡，五種不登」意謂「穀物耗盡，而且不熟」，指現有的藏糧吃完了，新種的又不熟（因為疏於照顧），所以糧倉不實。

〔53〕关（完）

原考釋（頁142）

完，修治，使完。《孟子‧離婁上》：「城郭不完，兵甲不多，非國之災也。」

my9082〈初讀〉62樓〔註320〕

可以讀「捲」。《廣雅‧釋詁三》：「捲，治也」

鵬按

my9082讀為「捲」，訓為「治」，但此訓不知所據，王念孫《廣雅疏證》無說、錢大昭《廣雅疏義》以為「未詳」，亦不見用例。「关」，原考釋讀「完」，

〔註315〕可參白於藍：《簡帛古書通假字大系》，頁763、766、769。

〔註316〕〔漢〕趙岐注，〔宋〕孫奭疏，〔清〕阮元校勘：《十三經注疏‧孟子注疏》，頁12。

〔註317〕〔漢〕鄭玄注，〔唐〕賈公彥疏，〔清〕阮元校勘：《十三經注疏‧周禮注疏》，頁594。

〔註318〕〔周〕呂不韋著，陳奇猷校注：《呂氏春秋新校釋》，頁812。

〔註319〕張雙棣撰：《淮南子校釋》，頁874、890。

〔註320〕my9082：清華九《治政之道》初讀，武漢大學簡帛網，62樓，http://www.bsm.org.cn/forum/forum.php?mod=viewthread&tid=12426&extra=page%3D1&page=7，2019年11月26日。

可從。〔註321〕但訓為「使完」則有問題，因為使動用法一定要有賓語。實際上訓為「完整」、「完好」即可。「修」亦訓為狀態動詞「整飭的」即可。「車馬不完，兵甲不修」意謂車馬兵甲缺的缺、破的破，類似辭例如：《說苑‧臣術》：「兵革不完，戰車不修，此臣之罪也。」〔註322〕

亓（其）悳（德）屚（淺）於百眚（姓）〔54〕，【35】虐（虐）殺不辜（辜），睸（罪）戾型（刑）戮（戮）取人之子女〔55〕，貧俴（賤）不懇（愛），獄訟不中，詞（辭）告〔56〕不達。

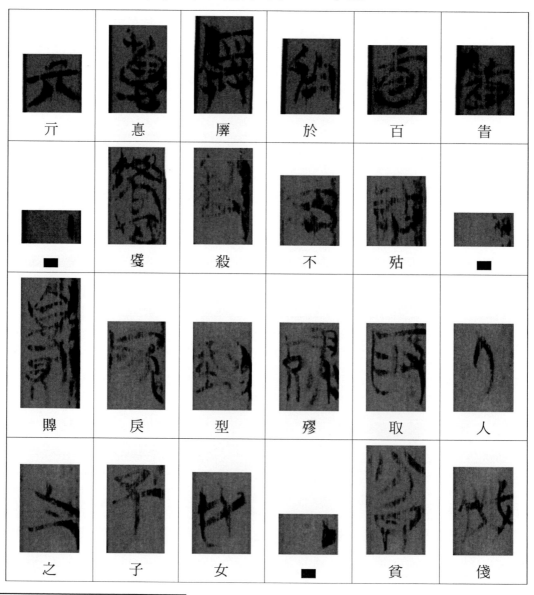

亓	悳	屚	於	百	眚
■	虐	殺	不	辜	■
睸	戾	型	戮	取	人
之	子	女	■	貧	俴

〔註321〕可參王輝：《古文字通假字典》，頁719。

〔註322〕〔漢〕劉向著，盧元駿註譯；中華文化復興運動推行委員會，國立編譯館中華叢書編審委員會主編：《說苑》，頁65。

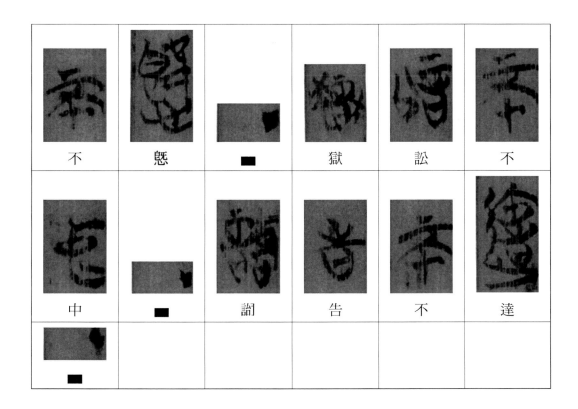

不	慇	■	獄	訟	不
中	■	訽	告	不	達
■					

〔54〕民乃尃（寡）以不正。亓（其）悳（德）孱（淺）於百眚（姓）

原考釋（頁 142）

不正，《論語・子路》：「其身不正，雖令不從。」德淺，與德厚相對。《管子・形勢解》：「無德厚以安之，無度數以治之，則國非其國，而民無其民也。」

激流震川 2.0〈初讀〉118 樓〔註 323〕

簡文的「其民乃寡以不正，其德淺於百姓」一句似乎不容易理解。整理者原讀爲「淺」的字似可讀爲「殘」，懷疑這段話應重新標點爲：「府庫倉鹿，是以不實，車馬不完，兵甲不修，其民乃寡。以不正其德，殘於百姓，虐殺不辜，罪戾刑戮……。」

府庫倉鹿不實、車馬兵甲不完、人民寡少，這些都是爲上者興廢不度、起事不時所造成的後果。「以不正其德」中的「以」可訓「而」，而在上者不正其德，做出種種暴虐行徑。《左傳・定公四年》：「吾子欲復文武之略，而不正其德，將如之何」。《莊子・漁父》：「諸侯暴亂，擅相攘伐，以殘民人」，《戰國

策‧齊策五》：「夫士死於外，民殘於內」，《韓詩外傳‧卷十》：「昔殷王紂殘賊百姓」，皆可說明「殘於百姓」之意。而《商君書‧慎法》：「非侵於諸侯，必劫於百姓。」《逸周書‧時訓解》：「困於百姓」，並與簡文「殘於百姓」句式一致，可以爲證。

子居〈解析下〉

「以」訓「而」，「寡以不正」即「少而不正」。《治政之道》此處說的是「民」，顯然與整理者所引《論語》無關，先秦兩漢文獻中「不正」辭例甚多，整理者單取並不相關的《論語》「不正」為辭例，未免難懂。《治政之道》此處實可參看《新序‧雜事一》：「至道不明，法令不行，吏民不正，百姓不安，而君不悟，此五墨墨也。」當讀為「殘」，《左傳‧宣公二年》：「君子謂羊斟非人也，以其私憾，敗國殄民，於是刑孰大焉，詩所謂『人之無良』者，其羊斟之謂乎，殘民以逞。」《呂氏春秋‧禁塞》：「此七君者，大為無道不義，所殘殺無罪之民者，不可為萬數。」《莊子‧漁父》：「諸侯暴亂，擅相攘伐，以殘民人。」皆其辭例。

my9082〈初讀〉131 樓〔註324〕

簡 35「其民乃寡以不正」，「寡」當讀為「顧」，「顧」即《管子‧心術上》「直人之言，不義不顧」之「顧」（「義」「顧」近義對舉），不正也（王氏父子，章太炎）。

鵬按

my9082 所謂「顧，不正也」，不見於王念孫《讀書雜志》、章太炎《管子餘義》，不知所據。「寡」，當從原考釋讀為「寡」，訓為「寡少」。「以」是連詞，表示「而且」。王引之《經傳釋詞》引《廣雅》：「以，猶而也。」〔註325〕《論衡‧自紀》：「文必麗以好，言必辨以巧。」〔註326〕「不正」即指「德不正」，《漢書‧董仲舒傳》：「凡以教化不立而萬民不正也。」〔註327〕上位者大興土

〔註324〕my9082：清華九《治政之道》初讀，武漢大學簡帛網，131 樓，http://www.bsm.org.cn/forum/forum.php?mod=viewthread&tid=12426&extra=page%3D1&page=14，2020 年 8 月 5 日。

〔註325〕王引之撰，李花蕾點校：《經傳釋詞》，頁 6。

〔註326〕〔漢〕王充著，黃暉校釋：《論衡校釋》，頁 1199。

〔註327〕〔漢〕班固撰，〔唐〕顏師古注，楊家駱主編：《漢書》，頁 2503。

木，荒奢淫逸，致使百姓飲食不足，所以人民流散，也就導致剩下的人民寡少而且不正派。

斷句當從原考釋。激流震川 2.0 斷在「寡」下，把「屛」讀為「殘」，但是「殘」是及物動詞，「殘於百姓」不合句法，如其所引《莊子》、《韓詩外傳》的辭例中，「殘」跟賓語「百姓」中間都沒有介詞「於」。「屛」當從原考釋讀為「淺」，「德淺於百姓」相當於「對百姓很缺德」。類似的結構如《鹽鐵論·國疾》：「無德厚於民。」〔註328〕

〔55〕賹（罪）戻型（刑）殘（戮）取人之子女

原考釋（頁142）

罪戻，《左傳》莊公二十二年：「赦其不閑於教訓而免於罪戻，弛於負擔，君之惠也。」刑戮，《荀子·榮辱》：「室家立殘，親戚不免乎刑戮。」

子居〈解析下〉

「罪戻」、「刑戮」並稱，先秦文獻僅見于《管子·五輔》：「薄征斂，輕征賦，弛刑罰，赦罪戻，宥小過，此謂寬其政。……整齊撙詘，以辟刑僇。」因此可證《治政之道》篇作者必然是對《管子》中的很多篇章都非常熟悉的。「取人之子女」可參看《淮南子·本經》：「大國出攻，小國城守，驅人之牛馬，係人之子女，毀人之宗廟，遷人之重寶，血流千里，暴骸滿野，以澹貪主之欲，非兵之所為生也。」《新序·雜事五》：「墮人城郭，系人子女，其名尤甚不榮。」說明《治政之道》的成文時間當近於《淮南子》、《新序》。

鵬按

「罪戻」，從原考釋之說，看成義近複詞，就是指「罪」。「刑戮」，從原考釋之說，看成義近複詞，就是指「各種刑罰」。「罪戻刑戮」四個字都是名詞。原考釋在「戮」下句讀，可不必，簡文的意思是以各種刑罰來奪取人民的子女。

〔56〕詞（辭）告（誥）

原考釋（頁142）

辭誥，《〈尚書正義〉序》：「夫《書》者，人君辭誥之典。」辭與誥皆司法

用語。

陳民鎮〈筆記 2〉

整理者指出「辭」「誥」皆司法用語。但讀「告」作「誥」並不適宜。「辭」指訴訟的供詞。《尚書・呂刑》：「上下比罪，無僭亂辭。」孔穎達疏：「辭，訟也。」《禮記・大學》：「聽訟，吾猶人也。必也使無訟乎！無情者不得盡其辭，大畏民志，此謂知本。」另可參見清華簡《成人》「無辭」。「告」可指告發。另可讀作「鞫／鞠」，指審訊。《禮記・文王世子》：「其刑罪則纖剸，亦告於甸人。」鄭玄注：「告，讀爲鞫。」

子居〈解析下〉

雖然前文有「獄訟不中」句，但整理者言「辭與誥皆司法用語」仍並無確據，這裡的辭告完全可能就是普通意義的辭告，指下告上之辭，《荀子・正名》：「心合於道，說合於心，辭合於說。」楊倞注：「成文為辭。」《廣韻・沃韻》：「告上曰告，發下曰誥。」《逸周書・武紀》：「卑辭而不聽，□財而無枝，計戰而不足，近告而無顧，告過而不悔，請服而不得，然後絕好於閉門，循險近，說外援，以天命無為，是定亡矣。」「辭告不達」則言路不通，上下阻塞。

鵬按

「辭」，子居以為「辭」可能是普通意義的辭告，但所舉的辭例並不相符。《荀子・正名》中的「辭」，同一段中荀子自己就有解釋「辭也者，兼異實之名以論一意也。」[註329]《逸周書》中的「卑辭」則是在外交的語境。上句講「獄訟不中」，所以這裡的「辭」恐怕還是從原考釋理解成司法用語較好，相關辭例陳民鎮有詳細補充。「告」，陳民鎮讀為「鞫」，訓為「審訊」。但是審訊是上對下，「審訊不達」難以理解。「告」，當從子居，訓為「下告上」即可。這一句前有「虐殺不辜……獄訟不中」，所以這裡「辭告」或許可以看成廣義的同義複詞，就是指證辭、口供都不會到達該到之上位者處。「虐殺不辜，罪戾刑戮取人之子女，貧賤不愛，獄訟不中，辭告不達」，整句皆與司法不公有關。除了嚴刑峻法之外，還包含不公正，且這種不公正其中還部分牽涉「貧賤不愛」，也就是指司法容易被富貴人士關說收買。連續五句排比，氣勢強烈。

[註329]〔周〕荀況著，王天海校釋：《荀子校釋》，頁 904。

或（又）聚（驟）厚為正（征）貣（貸）〔57〕，以多敓（造）不甬（用）之器，以玫（飾）宮室，以為目觀之亡（無）既。

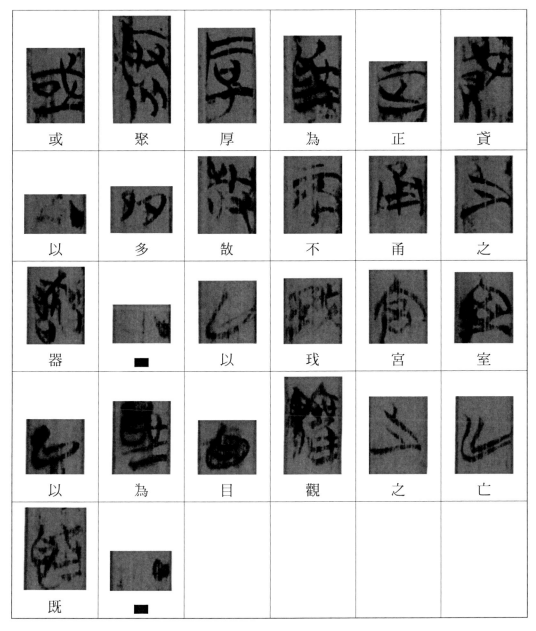

或	聚	厚	為	正	貣
以	多	敓	不	甬	之
器	■	以	玫	宮	室
以	為	目	觀	之	亡
既	■				

〔57〕聚（驟）厚為正（征）貣（貸）

原考釋（頁143）

厚，財物。《韓非子·有度》：「毀國之厚以利其家，臣不謂智。」正，讀為「征」，徵收。貣，借貸。睡虎地秦簡《法律答問》：「府中公金錢私貣用之，與盜同法。」徵收與借貸是兩種聚歛財物的手段。

子居〈解析下〉

「厚」當訓為富，《逸周書・程典》：「商不厚，工不巧，農不力，不可成治。」《說文・宀部》：「富，備也。一曰厚也。從宀畐聲。」皆可證。先秦時期權貴在以征貸盤剝民眾財富方面的酷烈程度，于《管子・治國》：「凡農者，月不足而歲有餘者也，而上征暴急無時，則民倍貸以給上之征矣。耕耨者有時，而澤不必足，則民倍貸以取庸矣。秋糴以五，春糴以束，是又倍貸也。故以上之征而倍取於民者四。關市之租，府庫之征，粟什一，廝輿之事，此四時亦當一倍貸矣。夫以一民養四主，故逃徙者刑，而上不能止者，粟少而民無積也。」所述即可見一斑。

HYJ〈民壇〉

「聚」字，整理者在解釋「聚厚為征貸」的時候說：「厚，財物……徵收與借貸是兩種聚斂財物的手段。」（143頁）似是將「聚」理解為「聚斂」。我們認為，「厚為征貸」為一偏正短語，「聚」為修飾「厚為征貸」的副詞，當讀為「驟」，理解為「數次」「屢次」。《廣雅・釋詁三》：「驟，數也。」楊樹達《詞詮》：「驟，表數副詞。」《左傳・文公十四年》：「公子商人驟施於國。」《宣公二年》：「宣子驟諫，公患之。」「聚厚為征貸」大意是說多次向人民施加厚重的賦稅、征役等。

鵬按

「厚」原考釋訓為「財物」，然《韓非子》之辭例恐為孤證。且《韓非子・有度》：「卑主之名以顯其身，毀國之厚以利其家，臣不謂智。」陳奇猷認為對照《韓非子・五蠹》：「今人臣之言衡者皆曰：『不事大則遇敵受禍矣。』事大未必有實，則舉圖而委，效璽而請兵矣。獻圖則地削，效璽則名卑，地削則國削，名卑則政亂矣。」「卑主之名」猶「效璽則名卑」，「毀國之厚」猶「獻圖則地削」。陳總結道「厚」指國土，[註330]此說可從。一切財富之根本皆從土地出，「有土斯有財」，吃穿用度、金銀財寶皆是。國君封賞亦莫大於封土。

《大戴禮記・曾子制言中》：「昔者，伯夷、叔齊，仁者也，死於溝澮之間，其仁成名於天下；夫二子者，居河濟之間，非有土地之厚、

[註330]〔周〕韓非著，陳奇猷校注：《韓非子新校注》，頁105。

　　貨粟之富也，言為文章、行為表緻於天下。」〔註331〕

可以看出「富厚」之「厚」析言之則指「土地」。而且古文中「厚」也是與「土地」、「土德」息息相關的概念，如「厚土」、「厚德載物」等等。總而言之原考釋所引《韓非子》辭例中的「厚」不當看成「財物」，故將「厚」訓為「財物」便沒有文獻支持，而且「聚厚」也沒有辭例。

　　HYJ讀「聚」為「驟」，訓為「屢次」可從，「驟」從「聚」聲。上位者不定時或時常縱欲徵稅的情況就如《荀子・宥坐》：「今生也有時，斂也無時，暴也。」〔註332〕「厚為」是常見用語，以「厚」修飾徵稅與借貸亦常見。「厚征」如《晏子春秋・內篇問上・景公問伐魯晏子對以不若修政待其亂》：「厚藉斂。」〔註333〕《韓非子・外儲說右下》：「厚賦斂而殺戮民。」〔註334〕春秋戰國時期，以薄貸濟民之急是常見的收民心手段，前人以有詳論。〔註335〕如《左傳・昭公三年》：「以家量貸而以公量收之。」孔疏：「貸厚而收薄。」〔註336〕簡文此處的正卿大夫，恐怕就是反著來，貸薄而收厚。人民還不起上位者的貸款利息的事情，如《史記・孟嘗君列傳》：「使人出錢於薛。歲餘不入，貸錢者多不能與其息。」〔註337〕

亓（其）民乃賥（贅）立（位）叚（假）賁（貸）〔58〕，亡（無）又（有）閱（閒）雙（廢）〔59〕。

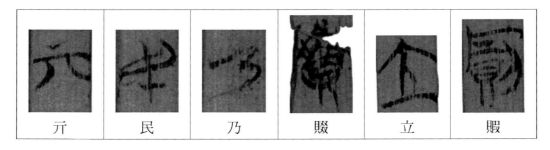

亓	民	乃	賥	立	叚

〔註331〕高明註譯，中華文化復興運動推行委員會，國立編譯館中華叢書編審委員會主編：《大戴禮記》，頁204。

〔註332〕〔周〕荀況著，王天海校釋：《荀子校釋》，頁1110。

〔註333〕吳則虞編著：《晏子春秋集釋》，頁177。

〔註334〕〔周〕韓非著，陳奇猷校注：《韓非子新校注》，頁812。

〔註335〕可參杜正勝：〈戰國的輕重術與輕重商人〉，《中央研究院歷史語言研究所集刊》第六十一本，第二分（民國八十一年），頁495。

〔註336〕〔晉〕杜預注，〔唐〕孔穎達疏，〔清〕阮元校勘：《十三經注疏・春秋左傳正義》，頁722。

〔註337〕〔漢〕司馬遷撰，〔劉宋〕裴駰集解，〔唐〕司馬貞索隱，〔唐〕張守節正義：《史記》，頁2360。

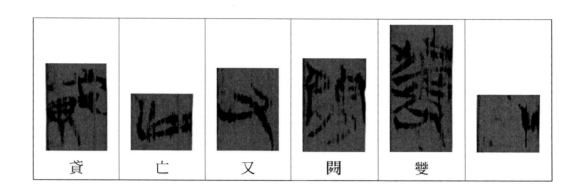

| 賓 | 亡 | 又 | 閼 | 燮 | |

〔58〕賕立（位）叚（賈）賓（貸）

原考釋（頁 143）

「賕」字楚簡習見，清華簡《治邦之道》有「邦獄眾多，婦子賕叚」。「賕」當與「叚」同義。「叚」與「賈」音義並通。賕位，似指買官求位。賈貸，買賣。焦贛《易林・鼎之》：「坤，郤叔賈貸，行祿多悔，利無所得。」或指重商輕農。又，「叚貸」或可讀為「假貸」，《管子・輕重乙》：「曲防之戰，民多假貸而給上事者，寡人欲為之出略，為之奈何？」《晏子春秋・叔向周齒咨愛之于行何如晏子對以齒者君子之道》：「稱財多寡而節用之，富無金藏，貧不假貸。」若此，則民被盤剝窮困。

陳民鎮〈補說〉（頁 199）

《治邦之道》簡 24「婦子贅假。」整理者疑「叚」讀為「賈」，「婦子贅假」猶《淮南子・本經》的「贅妻鬻子」。簡 26 又云「故萬民懔病，其粟米六擾敗竭，則價買其臣僕，贅位其子弟，以量其師尹之徵。」整理者認為「位」是職位、地位。《治政之道》簡 37「其民乃贅位假貸無有閒廢」一語為理解《治邦之道》「婦子贅假」與「贅位」提供了新線索。在整理小組討論時，石小力先生便指出《治政之道》的「贅位假貸」當聯繫《治邦之道》。《治政之道》所見「假」亦寫作「叚」，「贅叚（假）」相當於「贅位假貸」，「假」、「貸」均訓「借」；「贅位」則指抵押子弟。整理者過去的訓釋是存在問題的。

耒之〈初讀〉32 樓 [註338]

整理者讀為「賈」之字原從貝從叚，該字又見於清華八《治邦之道》簡 24

〔註338〕耒之：清華九《治政之道》初讀，武漢大學簡帛網，32 樓，http://www.bsm.org.cn/forum/forum.php?mod=viewthread&tid=12426&extra=page%3D1&page=4，2019 年 11 月 23 日。

等處，該字即假借之「假」，不必破讀為「賈」。

子居〈解析下〉

不知是原稿問題還是排版問題。整理者隸定為「睗」的字，之前清華簡八《治邦之道》部分網友羅小虎已指出讀為「賸」更為妥當。「立」當讀為「納」，筆者《清華簡八治邦之道解析》已言：「「位」當讀為「納」，訓為致、進，《禮記·曲禮下》：「納女，于天子曰『備百姓』，于國君曰『備酒漿』，于大夫曰『備埽灑』。」鄭玄注：「納女，猶致女也。」「賸納其子弟」即以子弟來抵償稅收。」故此處當讀為「賸納假貸」。

鵬按

本篇簡文類似句子凡三見：

> 睗位假貸（政 37）
>
> 婦子睗假，市多臺（邦 24）
>
> 賣買其臣僕，睗位其子弟（邦 26）

楚簡「乘」、「叕」形近常混，前人已有詳論。[註339]原考釋認為「睗」與「賈」音義並通，不知所據。當從陳民鎮讀為「贅」，訓為「抵押」，「叕」、「贅」相通之例常見。[註340]但是陳民鎮認為「贅位」指抵押子弟，然如此則難以理解「位」如何能指「子弟」。且若「贅位」指抵押子弟，則〈治邦〉簡 26「贅位其子弟」更難理解。「爵」、「位」義近，如《集韻·藥韻》：「爵，爵位也。」[註341]「贅位」當指「抵押爵位」相當於《漢書·嚴朱吾丘主父徐嚴終王賈傳》：「賣爵。」[註342]類似的狀況如《睡虎地·軍爵律》簡 156「欲歸爵二級以免親父母為隸臣妾者一人，及隸臣斬首為公士，謁歸公士而免故妻隸妾一人者，許之，免以為庶人」，規定丈夫可以歸還爵位，以贖回成為隸妾的妻子，妻子得以恢復庶人的身分。

總結來說「贅位假貸」指「抵押爵位以借貸」。〈邦〉簡 24「婦子贅假，市多臺」，指「妻、子都被抵押借貸了，所以市場上都是奴隸」。至於最難解的

〔註339〕可參金宇翔：〈談《上博五·弟子問》「飲酒如啜水」及其相關問題〉，《成大中文學報》第 67 期（2019 年），頁 44～46。

〔註340〕可參白於藍：《簡帛古書通假字大系》，頁 784、762。

〔註341〕〔宋〕丁度：《宋刻集韻》，頁 206。

〔註342〕〔漢〕班固撰，〔唐〕顏師古注，楊家駱主編：《漢書》，頁 2779。

「贅位其子弟」，頗疑「位」是寫錯字，因為贅字不能接雙賓語，當為「贅假其子弟」才合句法，指「以其子弟抵押借貸」。

〔59〕閟（閒）雙（廢）

原考釋（頁143）

閒廢，閒暇休息。

羅小虎〈初讀〉26樓 [註343]

整理報告云：閒廢，閒暇休息。似非。閒，應理解為間，空隙。廢，止也，休也。無有間廢，意思是說沒有片刻的休止。

my9082〈初讀〉40樓 [註344]

也可以讀成「簡」，故訓匯纂書中62條引到《詩緯》「廢義簡禮」（其棄—闕—惏等訓也相關）。

子居〈解析下〉

「無有間廢」就是指其民眾被迫「媵納假貸」的行為無盡無休。

鵬按

「閟」，羅小虎訓為「空隙」，但是如此便是方位詞，而方位詞的「間」前面必須指出在什麼之間，如「君臣之間」、「春夏之間」。my9082以為如「廢義簡禮」的「簡」，但置於簡文難以理解「缺」什麼。子居的翻譯則沒有考慮到「閒」字。林師清源以為「有間」為常見的時間詞，表示片刻。「無有間廢」意謂「沒有片刻停止」，可從。

古（故）萬民宾（窘）通（痛）〔60〕，【37】寒心以慮（疾）于上＝（上。

〔註343〕羅小虎：清華九《治政之道》初讀，武漢大學簡帛網，26樓，http://www.bsm.org.cn/forum/forum.php?mod=viewthread&tid=12426&extra=page%3D1&page=3，2019年11月23日。

〔註344〕my9082：清華九《治政之道》初讀，武漢大學簡帛網，40樓，http://www.bsm.org.cn/forum/forum.php?mod=viewthread&tid=12426&extra=page%3D1&page=4，2019年11月23日。

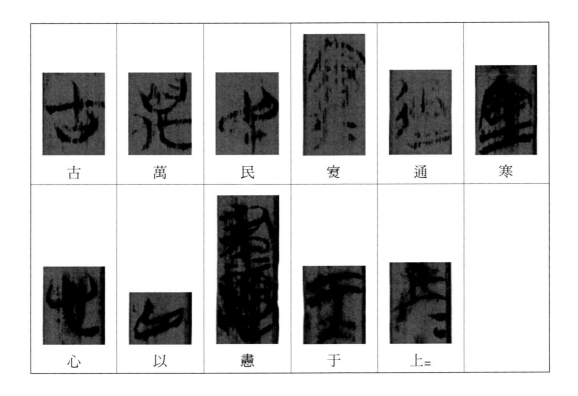

古	萬	民	竅	通	寒

| 心 | 以 | 蠹 | 于 | 上= | |

〔60〕竅（窘）通

原考釋（頁143）

竅，疑讀爲「均」，普遍、全面。《墨子・尚同下》：「千里之外有賢人焉，其鄉里之人皆未之均聞見也，聖王得而賞之。」均通，全部。或疑「竅通」讀爲「窘痛」。

王寧〈散札〉

「竅」當是「熏」字的或體，從宀君聲，《玉篇》：「焄，詡云切。火上出也。亦作熏。」此當讀爲《詩・雲漢》「憂心如熏」之「熏」，毛傳：「熏，灼也。」「通」當從後說讀「痛」，「熏痛」即「灼痛」。亦或讀爲「慇」或「隱」，《說文》：「慇，痛也。」段註：「《柏舟》：『耿耿不寐，如有隱憂』，傳曰：『隱，痛也。』此謂『隱』即『慇』之叚借，痛憂猶重憂也。《桑柔》：『憂心慇慇』，《釋訓》：『慇慇，憂也』，謂憂之切者也。凡經傳『隱』訓『痛』者，皆《柏舟》詩之例。」「熏通」即「慇（隱）痛」。

子居〈解析下〉

讀爲「窘痛」當是，《詩經・小雅・正月》：「終其永懷，又窘陰雨。」毛傳：「窘，困也。」《管子・正世》：「制民急則民迫，民迫則窘，窘則民失其所葆。」

「寒心」可參看《鶡冠子‧備知》:「是故天下寒心,而人主孤立。」

my9082〈初讀〉129 樓[註345]

「[窘＋火]通」與《封許之命》簡 8「図童」有可能是一詞。通假可參考「黔之菜」先生 http://www.gwz.fudan.edu.cn/Web/Show/3118

「図童」的考釋參看「抱小」先生 http://www.gwz.fudan.edu.cn/Web/Show/4332#_ednref3

my9082〈初讀〉130 樓[註346]

毛公鼎研究者或讀「図」為「愍」,「童」恐則《芮良夫毖》「平和庶民,莫敢懁憧」的「憧」,整理者對「懁憧」的解釋很好,即近義相連,「愍憧」也是這樣

鵬按

my9082 以為「宯通」可讀為「図童」,但「甬」聲字與「童」聲字完全不見音例。王寧提出三種看法,讀為「熏痛」、「隱痛」、「慇痛」,但「熏痛」嫌不詞,楚簡「隱」都從「𡧛」聲,「慇」聲字亦都從「殷」旁,不合用字習慣。「宯」,原考釋讀為「均」或「窘」,筆者以為「窘痛」較優,把人民的處境跟心理狀態一起點出來,文意更具體而充分。子居的辭例可以參考。

上)唯(雖)智(知)之,或(又)弗屑(屑)仰,曰:「虗(吾)人之亡(無)又(有)虖(乎)〔61〕?」

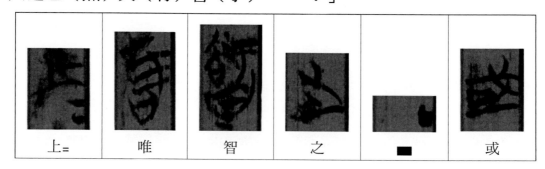

上=	唯	智	之	■	或

〔註345〕my9082:清華九《治政之道》初讀,武漢大學簡帛網,129 樓,http://www.bsm.org.cn/forum/forum.php?mod=viewthread&tid=12426&extra=page%3D1&page=13,2020 年 7 月 22 日。

〔註346〕my9082:清華九《治政之道》初讀,武漢大學簡帛網,130 樓,http://www.bsm.org.cn/forum/forum.php?mod=viewthread&tid=12426&extra=page%3D1&page=13,2020 年 8 月 3 日。

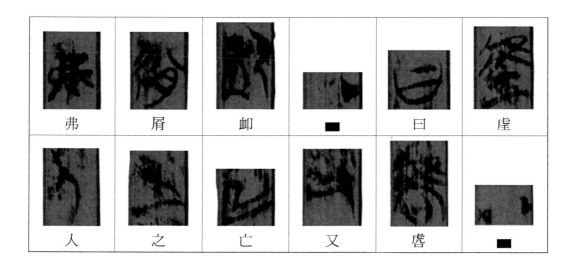

弗	屑	卹	■	曰	虗
人	之	亡	又	唐	■

〔61〕虗（吾）人之亡（無）又（有）唐（乎）

鵬按

「吾人」指「吾民」，如《史記・河渠書》：「為我謂河伯兮何不仁，泛濫不止兮愁吾人。」〔註347〕「無有」指「匱乏」，如《易林・訟之第六》：「民不安處，年飢無有。」〔註348〕「吾人之無有乎」意謂「我的人民都匱乏了嗎？」

乃窋（令）色弗受以固御之〔62〕，曰：【38】「女（汝）或（又）臨〔63〕我以智唐（乎）？」

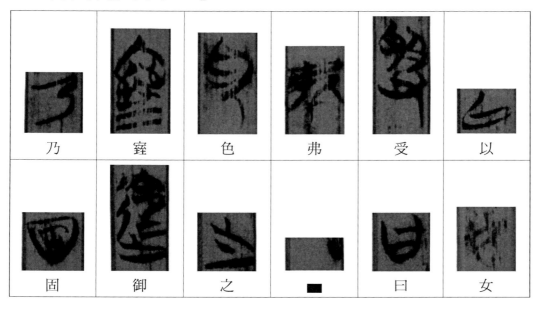

乃	窋	色	弗	受	以
固	御	之	■	曰	女

〔註347〕〔漢〕司馬遷撰，〔劉宋〕裴駰集解，〔唐〕司馬貞索隱，〔唐〕張守節正義：《史記》，頁1413。

〔註348〕《易林》收錄於〔明〕張宇初、邵以正、張國祥編纂《正統道藏》（台北：新文豐，1985年），第60冊，頁18。

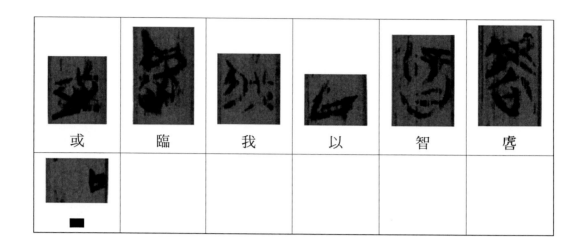

或	臨	我	以	智	虗
■					

〔62〕以固御之

原考釋（頁143）

御，抵禦，阻止。

my9082〈初讀〉93 樓〔註349〕

「固」「御」連言，古亦御也（蔽、塞），字或作「錮」

鵬按

my9082 所言「蔽」、「塞」都跟「御」的意思有距離，也不見義近辭例。「固」當是副詞，訓為「堅決」，如《尚書・大禹謨》：「禹拜稽首固辭。」〔註350〕「以」是連詞，表示並列。「之」指代同一句開頭的「令色」。「乃令色弗受以固御之」意謂於是好聲好氣諫言都不接受，還堅決的抵禦。

〔63〕臨

原考釋（頁144）

臨，居高視下，輕視。

陳民鎮〈筆記2〉

亦當如簡12的「臨」，是「治」的意思。

〔註349〕my9082：清華九《治政之道》初讀，武漢大學簡帛網，93 樓，http://www.bsm.org.cn/forum/forum.php?mod=viewthread&tid=12426&extra=page%3D1&page=10，2019 年12 月 1 日。

〔註350〕〔漢〕孔安國傳，〔唐〕孔穎達疏，〔清〕阮元校勘：《十三經注疏・尚書正義》，頁 57。

子居〈解析下〉

「臨」無「輕視」義，整理者所言不知何故。《國語·晉語五》：「臨長晉國者，非女其誰？」韋昭注：「臨，監也。」故「臨我以智」即「監我以智」。

鵬按

如子居所言，「臨」沒有「輕視」的意思。陳民鎮跟子居的意見差不多，「臨」當是「治」的意思。「智」也是「智謀」一類的意思。「或」當通讀為「又」整句是說君王聽信讒言而不受諫，堅決地抵禦忠臣，還說「你們又要用計謀來治我？」

（彼）〔64〕乃歔（播）善執恖（怨），亦戒以詩（待）之，【41】為嵜（時）〔65〕以相見坪（平）鈞（邊）之审（中），歔（鑿）杜敘（序）軕（陣）〔66〕，被虜（甲）緩（嬰）蓁〈蓁〉（胄），以眾相向。

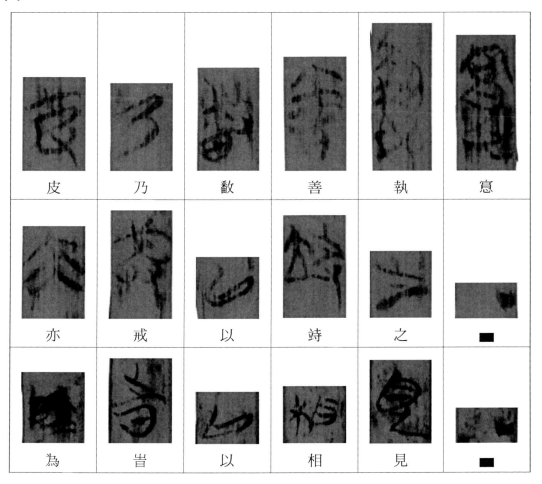

皮	乃	歔	善	執	恖
亦	戒	以	詩	之	▇
為	嵜	以	相	見	▇

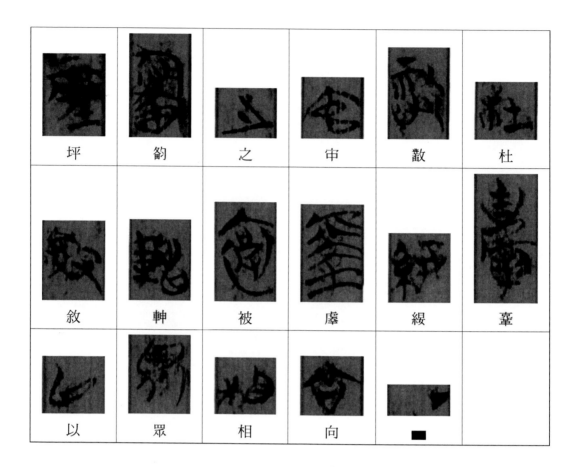

坪	韵	之	宙	散	杜
敘	軸	被	麿	綏	韋
以	眾	相	向	■	

〔64〕皮（彼）

原考釋（頁144）

彼，指對方來使。

子居〈解析下〉

「彼」與前文的「彼」相同，當指諸侯而非「對方來使」。

鵬按

當從子居之說。上句「彼其行李……」，此句於是「彼……」，前後文意相承，兩個「彼」指代當相同。前謂「諸侯的使者」，後謂「諸侯」。

〔65〕為旹（時）

羅小虎〈初讀〉44樓 [註351]

〔註351〕羅小虎：清華九《治政之道》初讀，武漢大學簡帛網，44樓，http://www.bsm.org.cn/forum/forum.php?mod=viewthread&tid=12426&extra=page%3D1&page=5，2019年11月23日。

整理報告讀為「時」，或許理解為「約定時間」一類的意思。我們懷疑此處的「時ᵤ可讀為「伺」，偵查、刺探。本字作「覗」。簡文意思是說：安排好了偵查人員然後財在平原之中相見。「伺」與君是戰爭有關，與上文的「亦戒以待之」以及下文的「除軔」、「披甲纓冑，以眾相向」正合。

子居〈解析下〉

「為時以相見」下當加句號，此句當是說兩國約定日期以解決緊張的外交關係，或是交戰，或是以某些條件為代價罷兵。交戰稱「相見」，可參《左傳·文公十二年》：「秦行人夜戒晉師曰：兩君之士皆未憖也，明日請相見也。」正常的會面也可以有軍隊護衛，可見《左傳·宣公十二年》：「且雖諸侯相見，軍衛不徹，警也。」所以「為時以相見」當是兩國國君會面，但是否交戰則不一定。

鵬按

羅小虎讀「旹」為「伺」，雖然兩者都是之部，舌音、齒音也有相通的例子，但是沒有音例，也不符合楚簡的用字習慣。「為時」如羅小虎、子居所言，就是約定時間的意思，如《漢書·王莽傳》：「以雞鳴為時。」〔註352〕春秋時期，雙方交戰前會遣使請戰，先文攻一番，然後約定作戰時間、地點。〔註353〕如《左傳·隱公十年》：「癸丑，盟于鄧，為師期。」〔註354〕「為師期」即指約定出兵時間。子居認為此處「相見」不一定是交戰，但是後文都已經「被甲纓冑，以眾相向」，跟所引辭例之「軍衛」不同。

〔66〕斁（鑿）杜（度）敘（除）軕（軔）

原考釋（頁144）

鑿杜，疑指鑿高塞低以平路。除軔，猶發軔。《楚辭·離騷》：「朝發軔於蒼梧兮，夕余至乎縣圃。」

〔註352〕〔漢〕班固撰，〔唐〕顏師古注，楊家駱主編：《漢書》，頁4095。
〔註353〕可參李漢林：《春秋軍禮研究三則》（吉林：吉林大學碩士學位論文，黃海烈副教授指導，2020年），頁32～33。
〔註354〕〔晉〕杜預注，〔唐〕孔穎達疏，〔清〕阮元校勘：《十三經注疏·春秋左傳正義》，頁77。

羅小華 [註355]

整理者認爲：「鑿杜，疑指鑿高塞低以平路。除軔，猶發軔。」從「除軔」、「被甲」、「纓胄」的結構看，都是動賓短語。據此可知，「鑿杜」也應該是動賓結構。「杜」當爲名詞。《周禮・夏官・大司馬》：「犯令陵政則杜之」，鄭玄注：「杜之者，杜塞使不能與鄰國交通。」《書・費誓》：「杜乃擭，敜乃穽，無敢傷牿。」陸德明釋文：「杜，本又作敷。」《新方言・釋言》：「今浙江謂垛積木石以塞門曰敷門」。簡文中的「杜」，可能是指用於杜塞的木石類障礙物。

子居〈解析下〉

「敘」、「序」相通，《經義述聞・左傳》「日失其序」條：「家大人曰：序，與敘同。《爾雅》曰：『敘，緒也。』《周頌・閔予小子》篇：『繼序思不忘』，毛傳曰：『序，緒也。』」「序」有列義，《國語・齊語》：「班序顛毛，以為民紀統。」韋昭注：「序，列也。」故「敘c」猶言「列陣」，《逸周書・小明武》：「降以列陳，無悁怒□。」《周禮・夏官・大司馬》：「司馬以旗致民，平列陳，如戰之陳。」《管子・七法》：「愛賞者無貪心，則列陳之士，皆輕其死而安難。」《管子・國蓄》：「列陳系累獲虜，分賞而祿。」《管子・輕重甲》：「中軍行戰，委予之賞不隨，士不死其列陳。」《管子・輕重乙》：「見禮若此其厚，而不死列陳，可以反於鄉乎？」可證這是《逸周書》、《周禮》、《管子》常用詞彙。

my9082〈初讀〉133 樓 [註356]

敘軐，所在語境講戰爭，懷疑「軐」讀陳（名詞戰陳，動詞列陳、佈軍陳），「敘」則可能讀舍（駐扎軍隊或駐扎軍隊之所），「鑿杜」難索解，敘軐語法結構也不清楚。

鵬按

「杜」字，原考釋以為是動詞，但如羅小華所說，「除軔」、「被甲」、「纓胄」都是動賓結構，此處也較可能是動賓結構，而且「杜」恐怕也沒有「塞低」的意思。但羅小華所舉的辭例中，「杜」全是動詞。「杜」指何詞仍待考。

〔註355〕羅小華：〈清華玖雜識〉，武漢大學簡帛網，http://www.bsm.org.cn/show_article.php?id=3459，2019 年 11 月 28 日。

〔註356〕my9082：清華九《治政之道》初讀，武漢大學簡帛網，133 樓，http://www.bsm.org.cn/forum/forum.php?mod=viewthread&tid=12426&extra=page%3D1&page=14，2020 年 9 月 2 日。

　　「敍軸」，原考釋讀「軸」為「靭」，「靭」是日母文部，「申」是書母真部，雖然音理上可通，但是「刃」聲字跟「申」聲字不見往來音例。至於「敍」字，子居讀為「序」，「敍」、「序」從「余」聲也是楚簡的用字習慣。〔註357〕先秦文獻雖然不見「序陣」或「敍陣」用例，惟由「序位」一詞類推，可知「序陣」大概意謂「照次序排列軍隊陣形」。

古（故）卲（灼）龜、鰊祀、祗（礫）禳、祈禖，浲（沉）□（瘞）珪辟（璧）、我（犧）全（牷）、饋鬯，以忥（祈）亓（其）多福，乃卽以遄（復）〔67〕之。

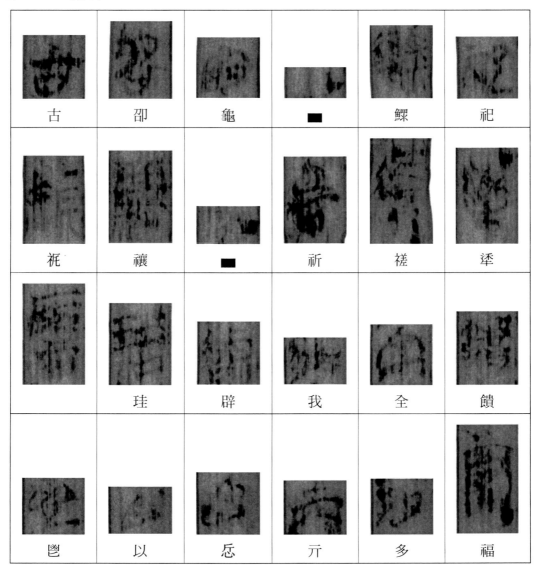

〔註357〕可參禤健聰：《戰國楚系簡帛用字習慣研究》，頁365～366。

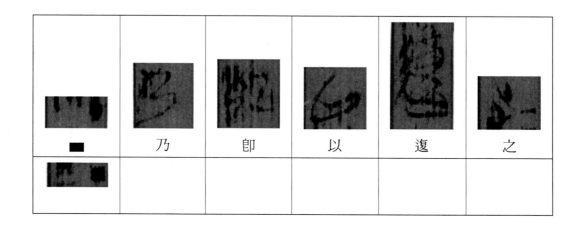

	乃	卽	以	返	之

〔67〕乃卽以返（復）之

原考釋（頁145）

復，報復。磔禳是除惡之祭，因咎天而報復。

羅小虎〈初讀〉35 樓〔註358〕

細推文意，似與咎天無關。無道之君舉行那些祭祀並非為了報復，而是為了「以祈多福」。復，返也，重也。即，立即。簡文的意思是說無道之君在舉行那些祭祀活動之後，于是立刻又做了以前那些不好的舉動。

ee〈初讀〉59 樓〔註359〕

「故灼龜，鰥祀，磔禳，祈佐，沉□珪璧、犧牷、饋鬯，以祈其多福，乃即以復之。」其「復」是因天降福而報答，并非整理者所言是「因咎天而報復」。

鵬按

「復」，原考釋認為是報復，但是包含「磔禳」的各種祭祀活動，都是為了祈求多福，如何會是報復。ee說是「因天降福而報答」，但簡文並沒有提到天降幅。羅小虎以為是「做了以前那些不好的舉動」，若是如此則簡文當為「復為之」。「復」作動詞沒有這麼複雜的意思。「復」應該就是單純「答覆」的意思，「之」指代前面祭祀的神明。「乃」是連詞，表順承。「即」是副詞，表示

〔註358〕羅小虎：清華九《治政之道》初讀，武漢大學簡帛網，35 樓，http://www.bsm.org.cn/forum/forum.php?mod=viewthread&tid=12426&extra=page%3D1&page=4，2019 年 11 月 23 日。

〔註359〕ee：清華九《治政之道》初讀，武漢大學簡帛網，59 樓，http://www.bsm.org.cn/forum/forum.php?mod=viewthread&tid=12426&extra=page%3D1&page=6，2019 年 11 月 25 日。

「僅僅」。「以」是介詞，引進目的。整句意謂「然後僅僅是為了回應神明。」本段大意是昏君所為「不圖中政之不治、邦家之多病、萬民之不恤」等等，結果導致「不得其意於天下」，但是昏君自以為是神明「慍愔于我邦」，所以大行祭祀「以祈其多福。」但是昏君大行祭祀僅僅是為了回應冥冥之天。簡文接著說，「彼其刑政是不改」、「無顧於諸侯」等等，亂政依然，結果「滅由虛丘」。最後總結「禍福不遠，盡自身出。」就如《清華六・子產》簡 15：「前者之能役相其邦家，以成名於天下者……不以冥冥仰福，不以逸求得。」「不以冥冥仰福」，即指不是在昏瞶的狀態中仰求鬼神佑助。雖然本篇簡文對話的對象是國君，而《子產》是大臣，但都在強調為政是人事，事在人為。也呼應〈治政之道〉70 簡全文最後一段說國家之治亂愚者說都是命，智者則知道在於興人。

第五節　白話語譯

翻譯原則以盡量將原文每一個字都翻譯出來為優先，原文指代、省略可能導致誤會者，以括號方式補充，語序也以遵照原文為優先，而不以通順優先。未知釋讀的字句則以「……」標示。「言外之意」不做說明，讀者可以參看新編釋文的註腳及疑難字詞考釋的章節。

從前先王治理政治的原則，是上下有各自的職守，終身不懈，所以六詩不過分。六詩是用來節制人民、區別地位，使君臣、父子、兄弟不會互相逾越，這（君臣、父子、兄弟不會互相逾越）是天下的大綱紀。國君統領天下的綱紀，然後以教化治理人民。國君施行教化，一定要親自實行教化的內容。國君如果不施行教化，實在是沒有要求人民，如今又詳密地施用刑法來懲罰人民，這叫做傷害人民。下位者於是也虛偽，（虛偽）是用來隱瞞上位者的。因此上下心志相背，百事於是大亂。上位者不施行上位者的道，卻希望下位者達到治理的狀態，實在是不可能。上風，下草。上位者喜歡的，下位者也喜歡；上位者討厭的，下位者也討厭。所以擔任上位者不可以不慎重。

上位者謹慎什麼？就是謹慎興人。四輔阿，把它打個比方，就好像大腿和手臂，只要一肢不滿足，就不完成一個人。（上位者）都知道這個狀況對於身體來說就是這樣，卻不擔心他們的四輔跟這個狀況也是一樣……因此如果以（四輔）謀取人民安定，而在政治上成就功業，那麼國君實在承擔了功勞，因此能

因為擁有崇高的德性而被諸侯辨別出來。

　　從前說：「從前皇帝旁邊有四張臉。」難道說的是臉？說的是四佐。皇帝不出門，卻了解四海之外。這個鄉里有聖人，一定知道他；這個鄉里有暴民，一定知道他。所以天下的賢民都舉用了，而盜賊沒有安居之處只能整天站著，難道不是因為國君擁有方正的臣下，臣下用有方正的國君嗎？（國君）並列（臣下）施政上的功績，估量（臣下）德性的賢能，這是用來為了自己，匡輔及左右，不是為了臣下而賜予（匡輔左右的職位），說：「這樣可以長久保有社稷，安定自身，擴展到旁支的祭祀。那些遠人會和順、歸服我，就是因為這樣。」輔佐的大臣公開心志、竭盡智謀，不敢妨礙善人、協助惡人，致使國君的國家憂慮，不只是為了自己，其實自身也很依靠。所以君臣互相服務，把它打個比方，就好像市場上的交易，（雙方）都有利在這個交易上。所以上下不會相互酬謝，來謀求政治的協調。政治是用來利惠人民的，上位者若明察（於這件事），政治就會成功；政治若成功，上位者就會宣明；上位者若宣明，就沒有可以匹敵的人，所以兼併邦國不用武力，使人民敬畏不用刑罰。

　　這件事（政治是用來利惠人民的）讓亂君接受，（亂君）也會丟失他的王位。亂君沈湎於安閒快樂，而且在德義方面狹小，所以四荒九州各自離散、自稱為王，然後不歸服於他們的國君。上位者若愚昧則臣下失去行事的依據；臣下失去行事的依據則想著對策，臣下想著對策則會有很多謀略；如果眾多臣下都很多謀略，就會違逆不接受政令。若施政不合於道，上位者就會失去王位，上位者若失去（王位）就難以再興。

　　從前擔任百姓管理人而治理人民獄訟的人，一定會恭敬慎重、孜孜不倦，以避免這個（施政不合於道而失去王位）危難。如果終身盡世，患難不到來，這就叫做聖人。聖人聽力清楚、視力清楚，難道真的是耳朵跟眼睛的能力！他（聖人）有強有力的輔佐為自己在外面聽跟看，所以天下的真實與虛偽都能夠知道。上位者是聖人則眾人愚直分散，愚直分散則聽命，聽命則歸順而且可用，威嚴於是更堅實、更強大。用來治理所有諸侯，作為天下榜樣，因此不用刑法殺戮卻能使職守、國中達到治理、諸侯歸服的，難道不是上位者能夠興人嗎？所以上下相安，百姓和悅，每公布一條政令，人民就如同解凍。他（聖人）使用民力會遵循時節，他使人民休養會遵循時節。血氣通暢，庶民不生病而且長壽，沒有夭折的。這就是所謂的惠德。

　　當今的王公，以多征伐少，以強征伐弱，以多消滅別人的國家，削減別人的疆土，離散別人的父子、兄弟，奪取他們的馬牛錢財以有利於自己的國家，又說這是武德。這就是堵塞諸侯的路，而促使天下趨向動亂的原因。

　　從前夏朝制定獎賞，人民因此貪求錢財；殷朝制定刑罰，人民因此喜歡暴力。所以教化一定要從上位者開始。從前的有國者約束使自己合於義，不以義約束一定會有憂愁。百姓不和、四方邊境不嚴實、盜賊不平息、戰爭不停止，這是侯王、君公的憂患，所以一定要早點設法應付在這些事上的危難；公布政令、做事，不要到了危難才設法應付；他到了危難才設法應付，就算最後幸免於難，也又不是聖人。聖人公布政令、做事，遠臣、近臣□□□□。他的輔佐大臣、左右大臣、近臣和諧同心，然後協同彼此的智謀。名聲因此更好，名聲因此更顯著，諸侯萬邦都讚賞他（聖人），於是孝悌勉力寬厚慈惠然後一起奉事他（聖人）。春天秋天的時候，以他們（諸侯）的馬、女、金、玉、幣帛、名器來聘問不懈怠，於是……。他雖然先行不道之事於我，我仍然一樣。他一次不停，他再一次才停；三次而不停，四鄰的諸侯於是必定不相信他的德行，而後自己主動鞏固與我的關係。把它打個比方，就好像金屬：使它剛硬，則怕折毀；使它柔軟，則怕捲曲。武的德行，把它打個比方，就好像猛烈的辛辣容易消散；文的德行，把它打個比方，就好像淳厚而甘美駐留而餘味悠長。所以武可以干犯而文不可以干犯。

　　當今那些有國之君將又要不滿足於什麼呢？他們又貪於爭奪而使自身危險。他們所治理的（人民），不論多寡，只要治理的好，什麼都可以滿足國君。（國家）治理的好就能保有器，大亂就會失去器。有國　定有國的器，不論（器的）大小，守護好器，（國家）就一定可以長長久久、無災無害。如果沒有所守的器，難道可以在守器這事上爭奪嗎？他們不安於小器，何況更大的器？所以即使動用他們的軍隊、整理修治他們的兵甲，以軍事力量強橫的奪取器，也必定不能終其一生。

　　庶民把它打個比方，就好像飛鳥迭相止歇，但是所安處的樹，難道可以強迫嗎！所以從前的有國者，使政治清明以招徠民眾，慎重教化以安撫人民。他們（從前的有國者）所招集的一定到，所求取的一定得到，而且諸侯朝聘的珪璧嘉幣在時間上都不會差錯，這是治理的好所致使的。諸侯的邦國，大的算數千里、算數千輛車，小的算數百里、算數百輛車而（從前的有國之君）有這樣

的諸侯。他們（從前的有國之君）的人民每年生育，五穀每年豐收，絲纊每年熟，鳥獸的羽毛每年脫落，皮革每年堅硬，飛鳥、跑鹿、水鼠每年繁殖，青、黃、金、玉、珠、玫、璿、玔、飾每年到來。所以從前的聖人重視能治理的人，能夠治理國家才能富裕，國君將不再危險，而且對於天下不再有過錯。聖人的功業，每天都看得見，每月都可以知道，每年都可以依靠。

難道當今的王公獨獨不希望國家達到治理，反而希望大亂嗎？（他們）卻選擇輔相、興人廢人不遵循聖人，任用有姿色的人，舉用富貴的人，所以揣度事情、出謀劃策使國家內政、四國外交非常憂患，所以（當今的王公）常常失位。難道姿色佼好的人、富貴的人就一定又是聖人？就算有姿色的人、富貴的人裡有聖人，也很少。如今用人看姿色，使人富貴沒有限度。如果他所使富、使貴的是正確的，也還可以。即使如此，聖人也會為（自己的）三代圖謀，既為自身圖謀，又為兒子圖謀，又為孫子圖謀。如果所使富、使貴的是錯誤的，這是使自身危險、讓失國家的道路。

從前三代輕易的遞相取得天下，周室的治理衰落，都是自己失去國柄。諺語有說：「伐製斧柄、伐製斧柄，斧柄的榜樣不遠。」遠看夏、商、周，近看齊、晉、宋、鄭、魯的國君，這些都是用人有過錯的。只要他任用人不合法度，他廢黜人必定也不合法度，辦事一定又不合時節，遇到人民的農務。使宮室大，使臺壇高，使池深使苑廣，建造關守、陂塘，土木工程沒有終止，來耽誤人民的農務。所以糧食耗盡，五穀不熟，府庫倉鹿因此不充實，車馬不完整，兵甲不修整，他們的人民於是寡少而且不正派。他們對百姓很缺德，殘暴地殺戮無罪的人，以大罪小錯刑罰死罪奪取人民的子女，不愛貧賤的人，刑事民事訴訟不公正，證辭、口供都不會到達（該到之上位者處）。正卿大夫又猛烈過分地捲取糧食，來掠奪他的邦國，以及其他的野鄙四邊。又多次很重地徵稅、收利息，來大造用不到的器物，用來裝飾宮室，為了使外表看不完。他們的人民於是抵押爵位以借貸，沒有片刻休息。所以萬民困窘痛恨，寒心而且憎惡上位者。上位者雖然知道，又不介意、不體恤，說：「我的國民匱乏了嗎？」

他們親暱近臣……忠愛近臣，於是好聲好氣（上諫）不接受，而且堅決抵禦上諫，說：「你們又要用計謀來治我嗎？」他們（忠臣）兩次三次還不停，他們上諫的更強烈，（那些國君）於是遠遠的屏除他們（忠臣）。讒臣擴大他們謀圖欲求的不善，然後自私地使自己有利。在外面就拋棄真相宣揚惡事，……使

國君陷入大難。如果大難已經到來，（國君）又自己遭受大難。

他們不知道自己的過失，不設法應付內政的不平，邦家的多病，不顧念萬民，所以又想要大開闢疆土，以建立名聲於天下，……改變國界，以斷絕諸侯的好意。諸侯的行李使節來請問這樣的原因，不聽行李使節的言詞，只放縱自己的意志。諸侯於是揚棄善意結下仇怨，也戒備以等待他們（亂君），約定時間以相見在平原之中，……排列軍隊，穿盔甲綁頭盔，以軍隊相對。作亂的人於是有叛心、憂悶忿恨，不完成國君的事情，以羞辱他們的國君。他們（亂君）事情沒有成功，使軍人疲勞凋敝，使戰車武器破敗，而且不得其意於天下，於是又歸咎上天說：「莫非是我……山川、丘社、后稷，以及我的先祖、天神地神、眾神。這是他們對我的國家生氣，所以不保佑我的事。」所以燒龜甲、慎重祭祀、分裂牲體祭神以除不祥、沈埋珪璧、純色牛、以香酒祭祀，以祈求鬼神多多地佑祝，然後僅僅是為了回應神明。

他們（亂君）不改刑法政令，不圖謀一開始就不樹立過錯，不顧念諸侯，他們（亂君）的人民生病凋敝而且憤怒怨恨，假托理由以不信從上位者，政令於是推行不了。（亂君）進用（臣民）都不到，為亂君出力都不努力，才能斷絕過錯杜絕災禍以免於死罪。（亂君）……而且不如意，以至於邦家黑暗混亂、削減裁損，甚至到自身。凡是他們國家被削弱、國君被削弱，甚至到消滅如同廢墟，都是因為廢黜人、舉用人不合法度，所以禍福不遠，都是從自身造成的。

第三章　結　論

　　〈治政之道〉出版雖已近一年半，字跡相對其他楚簡端正，文字亦較淺近，相關文章多而豐富，但是議論紛紜乃至無解之處仍相當多，亟待學者研究。本文主要目的即在最初步的文字釋讀上求突破，冀於學界有所裨益。首先第一章在形制上指出第 5-9 簡的簡背畫痕不能當作簡續編聯的依據，並且接受學者的意見，將簡序調整為「1-19＋21 下＋22-34＋21 上＋35-43」。新編釋文部分於註腳簡要修正、補充或提出新說，如注 8「上下」、注 11「大紀」、注 13「辨」、注 17「褊」、注 18「不道」、注 21「愚披」、注 23「檢」、注 37「令色、有色」、注 41「暴贏」、注 49「皇示」、注 51「不謀初過之不立」、注 53「瘤」。又如注 35、65 改斷句等等。第二章，首先調整第一大段兩處分段，修正原釋文簡 17 及簡 25 的分段錯誤，並製表簡要說明〈治政之道〉的文章架構及段旨。其次針對 68 則疑難字詞考釋，前人未及或尚未有共識之處，主要如：

　　一、第〔01〕則，將「上下各有其修」、「以亢其修」、「是以不刑殺而修中治」、「此之曰修」的「修」統一訓解為「修治」，用法相同，皆指「修治」這個事務本身，所以能有「職守」這樣的涵義，分別意謂「上下都有他的職守」、「以當得起他的職守」、「所以不透過刑法殺戮而能使職守、國中都達到治理的狀態」、「這就叫做職守」。並嘗試提出「修」何以可以如此訓解。

　　二、第〔03〕條，將「則亦無責於民」的「責」訓為「要求」，意謂「也就不要要求人民」。

三、第〔04〕條一次討論本文所有的「或」字，並主張應當全部通讀為副詞的「又」。

四、第〔05〕條，提出「審用刑以罰之」的「審」當如字讀，而且不當分段。意謂「細密地以刑法懲罰人民」。

五、第〔06〕條，提出「巧」可以直接訓為「虛偽」，「所以」是虛詞，意謂「下位者於是也就虛偽，是用來隱瞞上位者的。」

六、第〔11〕條，提出「無所終朝立」的「所」當訓為「處所」，「無所」指沒有安居之處。「終朝立」指「整天站著」。整句直譯作「盜賊沒有居所整天站著」，意謂盜賊無安居之處、立足之地，只能整日惶惶而立。

七、第〔12〕條，提出「方君」、「方臣」的方當訓為「方正」，表達「謹守本分」的意思。

八、第〔15〕條，提出「庶祀」的「庶」當指「非嫡」，意謂可以連非嫡的子孫都能澤及。

九、第〔18〕條，將「政所以利眾」屬下讀，使「辨」字得以落實。「上辨」意謂「只要在上者清楚的知道政治是用來利惠眾民的」。

十、第〔21〕、〔22〕條，提出「昔之為百姓牧以臨民之中者」當為名詞組作主語，「為百姓牧」意謂「為君」，認同《尚書‧呂刑》、〈治政之道〉、《上博五‧季庚子問於孔子》三處的「民之中」，且「臨民之中」與「執民之中」同義，都指治理人民的獄訟。並且在「以避此難」後斷句，將後半看成條件句。前半句意謂從前的國君都會夙夜匪懈的處理政事，後半句意謂如果還能作到，到死為止都沒有差錯，那就叫作聖人。

十一、第〔33〕條，提出「剛」、「柔」當為使動用法，並重新斷句為「剛之，疾毀；柔之，疾鈕。」意謂「使它剛硬，則怕折毀；使它柔軟，則怕捲曲。」

十二、第〔34〕條提出「蓼莉」可讀為「熮瘌」，第〔36〕條提出「溫甘」意謂「淳厚而甘美」，第〔37〕條提出「羼覃」讀為「傺罩」。

十三、第〔41〕條，為「無割」提出補證。

十四、第〔42〕條，提出「爭於守」當意謂「在守器這件事上較量」。

十五、第〔49〕條，提出「相取」的「取」當訓為取得，而在語用層次有「很容易地取得」的含意。

　　十六、第〔50〕條，提出「逢」當直接訓為「逢遇」，意謂在農忙時期大興土木。

　　十七、第〔51〕條，提出「高臺述」的「述」當讀為「壝」，訓為「壇」，意謂把壝跟臺都建的很高。

參考文獻

一、傳統文獻

1. 〔周〕荀況著，王天海校釋：《荀子校釋》（上海：上海古籍出版社，2005 年）。

2. 〔周〕管子著，黎翔鳳校注，梁運華整理：《管子校注》，北京：中華書局，2004 年。

3. 〔周〕鄧析著：《鄧析子》，北京：中華書局，1991 年。

4. 〔周〕韓非著，陳奇猷校注：《韓非子新校注》，上海：上海古籍出版社，2000 年。

5. 〔周〕莊周著，〔清〕郭慶藩注，王孝魚點校：《莊子集釋》，北京：中華書局，1995 年。

6. 〔周〕莊周，〔晉〕郭象注，〔唐〕成玄英疏，曹礎基、黃蘭發點校：《莊子注疏》，北京：中華書局，2011 年。

7. 〔周〕佚名，陳曦譯註：《六韜》，北京：中華書局，2016 年。

8. 〔周〕商鞅，石磊譯著：《商君書》，北京：中華書局，2011 年。

9. 〔周〕呂不韋著，陳奇猷校注：《呂氏春秋新校釋》，上海：上海古籍出版社，2002 年。

10. 〔漢〕鄭玄注：《易緯乾坤鑿度》，清乾隆敕刻武英殿聚珍本。

11. 〔漢〕焦贛著：《易林》，收錄於〔明〕張宇初、邵以正、張國祥編纂《正統道藏》第 60 冊，台北：新文豐，1985 年。

12. 〔漢〕劉向著，盧元駿註譯；中華文化復興運動推行委員會，國立編譯館中華叢書編審委員會主編：《說苑》，臺北：商務印書館，1988 年。

13. 〔漢〕趙岐注，〔宋〕孫奭疏，〔清〕阮元校勘：《十三經注疏・孟子注疏》臺北：藝文印書館，2001 年。

14. 〔漢〕孔安國傳，〔唐〕孔穎達疏，〔清〕阮元校勘：《十三經注疏・尚書注疏》，臺北藝文印書館，2001 年。

15. 〔漢〕毛亨傳，〔漢〕鄭玄箋，〔唐〕孔穎達疏，〔清〕阮元校勘：《十三經注疏・毛詩正義》，臺北藝文印書館，2001 年。

16. 〔漢〕鄭玄注，〔唐〕孔穎達疏，〔清〕阮元校勘：《十三經注疏・禮記注疏》，臺北：藝文印書館，2001 年。

17. 〔漢〕桓寬著，〔清〕王利器校注：《鹽鐵論》，北京：中華書局，2015 年。

18. 〔漢〕許慎注，〔清〕段玉裁注：《說文解字注》，臺北：洪葉文化，2016 年。

19. 〔漢〕司馬遷撰，〔劉宋〕裴駰集解，〔唐〕司馬貞索隱，〔唐〕張守節正義：《史記》，臺北：鼎文書局，1981 年。

20. 〔漢〕班固撰，〔唐〕顏師古注，楊家駱主編：《漢書》，臺北：鼎文書局，1986 年。

21. 〔漢〕鄭玄注，〔唐〕賈公彥疏，〔清〕阮元校勘：《十三經注疏・周禮注疏》，臺北：藝文印書館，1965 年。

22. 〔漢〕劉向集錄：《戰國策》，上海：上海古籍出版社，1987 年。

23. 〔漢〕劉珍等撰，吳樹平校注：《東觀漢記校注》，鄭州：中州古籍出版社，1987 年。

24. 〔漢〕趙曄撰：《吳越春秋》，上海：上海書店，1989 年。

25. 〔漢〕董仲舒撰；賴炎元註釋；中華文化復興運動推行委員會，國立編譯館中華叢書編審委員會主編：《春秋繁露》，臺北：台灣商務印書館，1987 年。

26. 〔漢〕徐幹撰：《中論》，臺北：世界書局，1975 年。

27. 〔漢〕張機撰，〔晉〕王叔和編，〔金〕成無己注：《注解傷寒論》，民國十二年（1923）北京中醫社修補清光緒間江陰朱文震刊本。

28. 〔漢〕王充著，黃暉校釋：《論衡校釋》，北京：中華書局 1990 年。

29. 〔漢〕韓嬰撰，許維遹校釋：《韓詩外傳集釋》，北京：中華書局，1980 年。

30. 〔漢〕荀悅撰，〔明〕黃省曾注：《申鑒》，臺北市：世界書局，1991 年。

31. 〔魏〕王肅注：《孔子家語》，臺北：世界書局，1991 年。

32. 〔曹魏〕何晏集解，〔宋〕邢昺疏，〔清〕阮元校勘：《十三經注疏・論語注疏》，臺北：藝文印書館，2001 年。

33. 〔劉宋〕范曄撰，〔唐〕李賢等注，〔晉〕司馬彪補志，楊家駱主編：《後漢書》，臺北：鼎文書局，1981 年。

34. 〔梁〕蕭統編，〔唐〕李善注：《文選》，上海：上海古籍出版社，1986 年。

35. 〔晉〕杜預注，〔唐〕孔穎達疏，〔清〕阮元校勘：《十三經注疏・春秋左傳正義》，臺北：藝文印書館，2001 年。

36. 〔晉〕范寧注，〔唐〕楊士勛疏，〔清〕阮元校勘：《春秋穀梁傳注疏》，臺北：藝文印書館，1965 年。

37. 〔晉〕陳壽撰，〔南朝宋〕裴松之注，楊家駱主編：《三國志》，臺北：鼎文書局，1991 年。

38. 〔隋〕姚察，〔唐〕魏徵，姚思廉合撰，楊家駱主編：《陳書》，臺北：鼎文書局，1980 年。

39. 〔宋〕洪興祖著，白化文等點校：《楚辭補注》，北京：中華書局，1983 年。

40. 〔宋〕陳彭年，周祖謨校：《廣韻校本》，北京：中華書局，2011 年。

41. 〔宋〕丁度：《宋刻集韻》，北京：中華書局，1989 年。

42. 〔宋〕陸佃解：《鶡冠子》，臺北，臺灣中華書局，1981 年。

43. 〔明〕李時珍著：《本草綱目》，北京：人民衛生出版社，1975 年。

44. 〔清〕王引之撰，李花蕾點校：《經傳釋詞》，上海：上海古籍出版社，2016 年。

45. 〔清〕孫詒讓著，汪少華整理：《周禮正義》，北京：中華書局，2015 年。

46. 〔清〕孫詒讓著，孫以楷點校：《墨子閒詁》，臺北：華正書局，1987 年。

47. 〔清〕孫星衍撰，陳抗、盛冬鈴點校：《尚書今古文註疏》，北京：中華書局，1936 年。

48. 〔清〕嚴可均校輯：《全上古三代秦漢三國六朝文》，北京：中華書局，1991 年。

49. 〔清〕錢繹撰集，李發舜、黃建中點校：《方言箋疏》，北京：中華書局，2013 年。

二、出土材料

1. 清華大學出土文獻研究與保護中心編、李學勤主編：《清華大學藏戰國竹簡（肆）》，上海：中西書局，2014 年。

2. 清華大學出土文獻研究與保護中心編、李學勤主編：《清華大學藏戰國竹簡（捌）》，上海：中西書局，2018 年。

3. 清華大學出土文獻研究與保護中心編、李學勤主編：《清華大學藏戰國竹簡（玖）》，上海：中西書局，2019 年。

4. 裘錫圭主編：《長沙馬王堆漢墓簡帛集成（肆）》，北京：中華書局，2014 年。

5. 裘錫圭主編：《長沙馬王堆漢墓簡帛集成（伍）》，北京：中華書局，2014 年。

三、專　書

1. 上海師範大學古籍整理組校點：《國語》，上海：上海古籍出版社，1978 年。

2. 王輝：《古文字通假字典》，北京：中華書局出版社，2008 年。

3. 王震撰：《司馬法集釋》，北京：中華書局，2018 年。

4. 白於藍：《簡帛古書通假字大系》，福州：福建人民出版社，2017 年。

5. 吳則虞編著：《晏子春秋集釋》，北京：中華書局，1982 年。

6. 呂淑湘、王海棻編：《馬氏文通讀本》，上海：上海古籍出版社，1986 年。

7. 李定生，徐慧君校釋：《文子校釋》，上海：上海古籍出版社，2004 年。

8. 屈萬里：《尚書集釋》，北京：中華書局，2014 年。

9. 侯乃峰：《上博楚簡儒學文獻校理》，上海：上海古籍出版社，2018 年。

10. 俞紹宏、張青松編：《上海博物館藏戰國楚簡集釋第 8 冊》，北京：社會科學文獻出版社，2019 年。

11. 高明註譯，中華文化復興運動推行委員會，國立編譯館中華叢書編審委員會主編：《大戴禮記》，臺北：臺灣商務印書館，1984 年。

12. 陳松長：《簡帛研究文稿》，北京：線裝書局，2008 年。

13. 陳偉等著：《楚地出土戰國簡冊（十四種）》，北京：經濟科學出版社，2009 年。

14. 陳偉主編，彭浩、劉樂賢等撰：《秦簡牘合集‧釋文註釋修訂本》，武漢：武漢大學出版社，2016 年。

15. 殷寄明：《漢語同源大字典》，上海：復旦大學出版社，2018 年。

16. 許倬雲：《求古編》，台北：聯經出版事業公司，1982 年。

17. 張儒、劉毓慶編：《漢字通用聲素》，山西：山西古籍出版社，2002 年。

18. 張雙棣撰：《淮南子校釋》，北京：中華書局，2013 年。

19. 梅廣：《上古漢語語法綱要》，臺北：三民書局股份有限公司，2015 年。

20. 程元敏：《尚書周書牧誓洪範金縢呂刑篇義證》，臺北：萬卷樓圖書股份有限公司，2011 年。

21. 單育辰：《新出楚簡《容成氏》研究》，北京：中華書局，2016 年。

22. 楊伯峻：《古漢語虛詞》，北京：中華書局，1981 年。

23. 楊伯峻編著：《春秋左傳注》，臺北：洪葉文化，2015 年。

24. 楊琳：《訓詁方法新探》，北京：商務印書館，2011 年。

25. 楊樹達：《詞詮》，臺北：臺灣商務印書館，1955 年。

26. 裘錫圭：《裘錫圭學術文集第一卷》，上海：復旦大學出版社，2012 年。

27. 禤健聰：《戰國楚系簡帛用字習慣研究》，北京：科學出版社，2017 年。

四、期刊及研討會論文

1. 王永昌：〈讀清華簡（九）箚記〉，《出土文獻》第十五輯，2019 年 10 月，頁 200～205。

2. 王挺斌：〈璽印考釋兩篇〉，《「古文字與出土文獻」青年學者西湖論壇論文集》，2021 年 5 月，頁 52～59。

3. 田天：〈北大藏秦簡〈祠祝之道〉初探〉，《北京大學學報（哲學社會科學版）》2015 年第 02 期，頁 37～42。

4. 石小力：〈釋戰國楚文字中的「軌」〉，《首屆漢語字詞關係學術研討會論文提要》（待刊）2019 年，頁 81～85。

5. 杜正勝：〈戰國的輕重術與輕重商人〉，《中央研究院歷史語言研究所集刊》第六

十一本第二分，民國八十一年，頁 481～532。

6. 吳良寶：〈野王方足布幣考〉，《江蘇錢幣》2008 年第 1 期，頁 1～4。

7. 李守奎：〈治政之道的治國理念與文本的幾個問題〉，《文物》2019 年第 9 期，頁 44～49。

8. 沈培：〈《詩・秦風・權輿》毛詩本與安大簡本對讀〉，《出土文獻綜合研究集刊》第 11 輯，2020 年，頁 98～112。

9. 金宇翔：〈談《上博五・弟子問》「飲酒如啜水」及其相關問題〉，《成大中文學報》第 67 期，2019 年，頁 39～56。

10. 岳拯士：〈清華簡校釋三則〉《簡帛研究》二〇二〇年春夏卷，2020 年，頁 22～29。

11. 姚堯：〈「或」和「或者」的語法化〉，《語言研究》第 32 卷第一期，2012 年，頁 49～54。

12. 侯瑞華：〈清華大學藏戰國竹簡《治政之道》校釋五則〉，《文物春秋》2020 年第 5 期，頁 46～50。

13. 陳劍：〈上博簡《子羔》、《從政》篇的竹簡拼合與編連問題小議〉，《文物》2003 年第五期，頁 56～64。

14. 陳劍：〈清華簡《金縢》研讀三題〉，《出土文獻與古文字論集》第四輯，2011 年，頁 145～169。

15. 陳民鎮：〈據清華九《治政之道》補說清華八（六則）〉，《出土文獻》第十五輯，2019 年，頁 193～199。

16. 陳民鎮：〈清華簡《治政之道》《治邦之道》思想性質初探〉，《清華大學學報（哲學社會科學版）2020 年第一期，頁 48～52。

17. 馬曉穩：〈讀清華簡《治政之道》札記（六則）〉，《清華大學學報（哲學社會科學版）》2020 年第一期（第 35 卷），頁 52～56。

18. 馬立志：〈試釋今文中一個可能讀為「悉」的字〉，《古文字研究》第 33 輯，2020 年，頁 223～226。

19. 孫沛陽：〈簡冊背劃線初探〉，《出土文獻與古文字研究》第四輯，2011 年，頁 449～462。

20. 袁金平、王麗：〈新見曾國金文考釋二題〉，《出土文獻》第六輯，2015 年，頁 20～24。

21. 張宇衛：〈談楚簡五則有關「安（焉）」字句的解釋──兼論「安」字〉，《國立新竹教育大學語文學報》第十七期，2011 年，頁 207～228。

22. 梅廣：〈詩三百「言」字新議〉，《漢語史研究：紀念李方桂先生百歲冥誕論文集》（臺北：中央研究院語言所，2005），頁 235～266。

23. 黃盛璋：〈古漢語人身代詞研究〉，《中國語文》1963 年 6 期，頁 463～465。

24. 黃德寬：〈清華簡新見「湛（沈）」字說〉，《清華大學學報（哲學社會科學版）》2020 年第一期，頁 35～38。

25. 黃春蕾：〈讀清華簡九《治政之道》札記四則〉，《四川職業技術學院學報》2021 年第 1 期，頁 122～125。

26. 湖北省考古研究所、隨州市博物館：〈湖北隨州市文峰塔東周墓地〉，《考古》2014年第七期，頁 642～657。

27. 勞榦：〈論漢代的內朝與外朝〉，《歷史語言研究所集刊》第十三本，1948 年，頁 227～267。

28. 單育辰：〈《清華大學藏戰國竹簡（捌）》釋文訂補〉，《出土文獻》第 14 輯，2019年，頁 166～173。

29. 單育辰：〈由清華簡《封許之命》《四告》釋四十二年逨鼎「林」字〉，《出土「書」類文獻研究高階學術論壇論文集》，2021 年，頁 130～136。

30. 楊柳婷：〈從《馬氏文通》看「或」的語法化〉，《渤海大學學報（哲學社會科學版）》2009 年第 4 期，頁 120～123。

31. 趙平安：〈談談戰國文字中用為「野」的「也」字〉，《嶺南學報》第 10 輯，2018年，頁 49～55

32. 賈連翔：〈清華簡《鄭武夫人規孺子》篇的再編連與復原〉，《文獻》2018 年第 3 期，頁 54～59。

33. 賈連翔：〈從《治邦之道》《治政之道》看戰國竹書「同篇異制」現象〉，《清華大學學報（哲學社會科學版）2020 年第 1 期，頁 43～47。

34. 賈連翔：〈《封許之命》綴補及相關問題探研〉，《出土文獻》總第三期，2020 年，頁 13～20。

35. 劉洪濤：〈談古文字中用作「察、淺、竊」之字的考釋〉，《古文字研究》第 30 輯，2014 年，頁 315～319。

36. 劉剛：〈釋《上博六·用曰》20 號簡的「裕」和「褊」—兼說「扁」聲字的上古音歸部問題〉，《安徽大學學報（哲學社會科學版）》2017 年第 5 期，頁 94～96。

37. 劉國忠：〈清華簡治邦之道初探〉，《文物》2018 年第 9 期，頁 41～45。

38. 滕勝霖：〈清華九補釋三則〉，《中國文字》總第四期，2020 年，頁 319～327。

39. 魏慈德：〈馬王堆帛書《周易》經文的照片與底本用字問題〉，《文與哲》第 17 期，2010 年，頁 1～45。

40. 蘇建洲：〈根據清華簡《治政之道》「？」字重新討論幾個舊釋為「夗」、「邑」、「序」的字形〉，《中國文字》總第三期，2020 年，頁 223～252。

41. 蘇建洲：〈「㢉」讀為「庫」補證兼論金文「黼福」的讀法〉，《古文字研究》第 33輯，2020 年，頁 249～252。

42. 蘇建洲：〈說清華簡《金滕》的「尃有四方」〉，《出土「書」類文獻研究高階學術論壇論文集》，2021 年，頁 137～147。

43. 蘇建洲：〈說戰國文字「再」、「兩」的字形結構〉，《中國文字》2021 年總第 5 期夏季號（待刊）。

五、學位論文

1. 呂佩珊：《《上海博物館藏戰國楚竹書（一～六）》通假字研究》，臺北：臺灣師範大學博士論文，季旭昇教授指導，2011 年。

2. 李漢林：《春秋軍禮研究三則》，吉林：吉林大學碩士論文，黃海烈副教授指導，2020 年。

3. 陳姝羽：《〈清華大學藏戰國竹簡（捌）〉集釋》，上海：華東師範大學碩士論文，白於藍教授指導，2020 年。

4. 魏宜輝：《楚系簡帛文字形體訛變分》，南京：南京大學博士論文，張之恒教授指導，2000 年。

六、武漢大學簡帛網

1. ee：〈清華八《治邦之道》初讀〉，武漢大學簡帛網，http://www.bsm.org.cn/forum/forum.php?mod=viewthread&tid=4357&extra=page%3D1，2018 年 10 月 10 日。

2. 羅小虎：〈清華九《治政之道》初讀〉，武漢大學簡帛網，http://www.bsm.org.cn/forum/forum.php?mod=viewthread&tid=12426&extra=&page=1，2019 年 11 月 12 日。

3. 羅小華：〈清華玖雜識〉，武漢大學簡帛網，http://www.bsm.org.cn/show_article.php?id=3459，2019 年 11 月 28 日。

4. 蔡偉：〈清華簡《治政之道》小札一則〉，武漢大學簡帛網，http://www.bsm.org.cn/show_article.php?id=3460，2019 年 12 月 02 日。

5. 劉信芳：〈清華玖《治政之道》試說〉，武漢大學簡帛網，http://www.bsm.org.cn/show_article.php?id=3486，2019 年 12 月 27 日。

6. 劉信芳：《清華（八）〈治邦之道〉試說》，武漢大學簡帛網，http://www.bsm.org.cn/show_article.php?id=3507，2020 年 1 月 23 日。

7. 顏世鉉：〈說楚竹書「宛悁」即「鬱怨」〉，武漢大學簡帛網 http://www.bsm.org.cn/show_article.php?id=3540&fbclid=IwAR2Asl3Kbppnu0mRxt6-mxpbOxLUIS6kUFXh9iG0gXzN30N_ve8v3zuW4AQ，2020 年 5 月 7 日。

七、清華大學出土文獻與保護中心網站

1. 石小力：《清華簡第八輯字詞補釋》，清華大學出土文獻研究與保護中心網站，http://www.ctwx.tsinghua.edu.cn/info/1081/2469.htm，2018 年 11 月 17 日；又載於《紀念清華簡入藏暨清華大學出土文獻研究與保護中心成立十周年國際學術研討會論文集》，2018 年 11 月 17～18 日，頁298～303。

2. 侯瑞華：《〈清華簡九‧治政之道〉「六詩」解》，清華大學出土文獻與保護中心網站，https://www.tsinghua.edu.cn/publish/cetrp/6830/2019/20191124220010506191167/20191124220010506191167_.html，2019 年 11 月 22 日。

3. 陳民鎮：〈讀清華簡《治政之道》筆記（2）〉，清華大學出土文獻與保護中心網站，https://www.tsinghua.edu.cn/publish/cetrp/6830/2019/20191122152705853803 309/20191122152705853803309_.html，2019 年 11 月 22 日。

八、復旦大學出土文獻與古文字研究中心論壇

1. 沈培：〈《上博（六）》和《上博（八）》竹簡相互編聯之一例〉，復旦大學出土文獻與古文字研究中心論壇，http://www.gwz.fudan.edu.cn/Web/Show/1590，2011 年 7 月 17 日。
2. 蕭旭：〈清華簡（八）《治邦之道》校補〉，復旦大學出土文獻與古文字研究中心論壇，http://www.gwz.fudan.edu.cn/Web/Show/4340，2018 年 11 月 26 日。
3. 王寧：〈讀清華簡《治政之道》散札〉，復旦大學出土文獻與文字研究中心網站，http://www.gwz.fudan.edu.cn/Web/Show/4490，2019 年 11 月 28 日。
4. 胡寧：〈讀清華九《治政之道》札記〉，復旦大學出土文獻與文字研究中心網站，http://www.gwz.fudan.edu.cn/Web/Show/4491，2019 年 11 月 28 日。
5. 侯瑞華：〈說《治政之道》的「五種歲稔」〉，復旦大學出土文獻與文字研究中心網站，http://www.gwz.fudan.edu.cn/Web/Show/4496，2019 年 12 月 4 日。
6. 劉信芳：〈清華玖《治政之道》所言詩教與「憮」試解〉，復旦大學出土文獻與文字研究中心網站，http://www.gwz.fudan.edu.cn/Web/Show/4508，2019 年 12 月 22 日。

九、先秦史論壇

1. 子居：〈清華簡八《治邦之道》解析〉，先秦史論壇，https://www.xianqin.tk/2019/05/10/735/，2019 年 5 月 10 日。
2. 子居：〈清華簡九《治政之道》簡序調整一則〉，先秦史論壇，ttp://www.xianqin.tk/2019/12/02/865/，2019 年 12 月 2 日。
3. 子居：〈清華簡九《治政之道》解析（上）〉，先秦史論壇，http://www.xianqin.tk/2019/12/07/868/，2019 年 12 月 7 日。
4. 子居：〈清華簡九《治政之道》解析（中）〉，先秦史論壇，http://www.xianqin.tk/2019/12/15/876/，2019 年 12 月 15 日。
5. 子居：〈清華簡九《治政之道》解析（下）〉，先秦史論壇，http://www.xianqin.tk/2019/12/29/884/，2019 年 12 月 29 日。

十、出土文獻與民族古文字論壇

1. HYJ：〈清華九《治政之道》初讀〉，出土文獻與民族古文字論壇，http://wenxiansuo.com/article/1577703513333，2020 年 1 月。

十一、網路資料

1. 湖北省人民政府入口網:〈章華台遺址文化旅遊區〉,https://www.hubei.gov.cn/jmct/hbms/qj_9050/202006/t20200615_2391257.shtml,2020 年 6 月 15 日。

2. 王玉燕:〈湖北潛江／龍灣遺址「天下第一台」章華台〉《聯合報》,https://udn.com/news/story/7332/4950472,2020 年 10 月 21 日。